Milton Keynes UK
Ingram Content Group UK Ltd.
UKHW022132210724
445808UK00014B/89

9 781961 420274

جوريا داماسكينا

جوريا داماسكينا

د. سلمى جميل حداد

عدد الصفحات: 300

الطبعة الأولى: 2024

الناشر: الخيّاط

ISBN: 978-1-96142-027-4

Jourya Damacena

First published in 2024

KHAYAT
Publishing

Washington, DC
United States
+1 7712221001
info@khayatpublishing.com
www.khayapublishing.com

سلمى جميل حداد

جوريا داماسكينا

رواية

كان حضوركَ بخفة الياسمين مسرعاً كقبلة في الهواء!

أنا هنا خلف نافذة أحلامي حرّة كنسيمٍ يحملكَ إليّ،

اقترب بعيداً كي نبقى اثنين على مسافة واحدة من الحب

وابتعد قريباً كي تبقى النورَ المنبعث من حرائق مدنٍ

تركتُ فيها ظلّي حين ضاقت أكمامُه على ساقيّ.

"سلمى حداد"

الفصل الأول

دمشق

مشفى الشامي

خبر عاجل: خبيرة العطور العالمية روزا داماسكينا (جوريا سعد)، 65 عاماً، تُنقل إلى المشفى إثر إصابتها بنوبة قلبية حادة.

غرفة العناية الفائقة، ممنوع الدخول!

أرجوكم ابتعدوا من هنا!

هل هي في حالة مستقرة؟

أرجوكم لا أستطيع الإجابة على أي سؤال الآن.

- هل سيتم نقلها للعلاج في الخارج، فرنسا مثلاً كونها تحمل الجنسية الفرنسية؟
- هل وضعها الصحي يسمح بالسفر؟
- هل خضعت لعملية جراحية؟
- أرجوكم ابتعدوا من هنا، الوضع لا يسمح.

- هل تعرضت مؤخراً إلى حادث ما أدى إلى تدهور حالتها الصحية؟
- ما رأي الأطباء في وضعها الصحي؟
- ابتعدوا! خذوا كاميراتكم وابتعدوا من هنا، لا أستطيع الإجابة الآن! ابتعدوا من هنا أرجوكم! الوضع لا يحتمل كل هذا الضجيج، سنوافيكم بالمستجدات حين يكون الوقت ملائماً، وحين تتوفر لدي المعلومات الدقيقة من طبيبها المشرف على حالتها.

رحل الضجيج.. حزم حقائبه ورحل، تماماً مثلما فعل بيير منذ سنوات لا أذكر لها عدداً. أشعر بالعطش.. بالعطش الشديد. أسمع شخيراً خافتاً يأتيني من بعيد، أو قد يكون من قريب. ربما كان شخيري أنا، أو ربما شخير جهاز مشنوق إلى يميني أو يساري، لا أدري. فقدت الشعور بالاتجاهات وبوضعية جسدي. أنا أطفو.. أطفو فوق اللامكان وأغرق في محيط اللاأدري، لا يهم. لا شيء يهم يا جوريا.. فقط استرخي ولا تفكري في أي شيء! لا شيء يهم الآن، لا شيء يهم بعد أن رحل كل ما يهم وغاب كل من يهتم.

- غوزا داماسكينا! أيتها الجورية الدمشقية التي أتقنتُ على يديها أسمى أبجديات الحب.
- أوه! بيير حبيبي كم اشتقت إليك وإلى أنفاسك المعطّرة القادمة من حقول غراس الجميلة. كيف سمحوا لك بالدخول إلى غرفة العناية الفائقة؟
- دخلتُ إليكِ بقلبي فلم يشعر بي أحد.

- أنـا أطفو.. أطفو فوق اللامكان وأغرق في محيط اللاأدري، لا يهم. لا شـيء يهم يا جوريا.. فقط اسـترخي ولا تفكري بأحد! لا أحد يهم الآن، لا أحد يهم.
- جوريّة! جوريّة أيتها الشفّافة الرقيقة كشهقة الطمأنينة.
- عمتـي نجوى! كيف سـمحوا لـك بالدخول إلى غرفـة العناية الفائقة؟
- دخلتُ إليكِ بقلبي فلم يشعر بي أحد.

أسمع صفيراً متواصلاً يأتيني من بعيد. أشعر بالرهبة والخوف. ما كل هذا الضجيج حولي؟ ضجيج من طراز آخر. ربما من جهاز مشنوق إلى يميني أو يساري، لا أدري.. الشاشة تستنجد.. اضطراب شديد في دقات القلب. رجفان بطيني. وقع أقدام متسارعة. استدعوا الدكتور أنور فوراً! جهاز مزيل الرجفان بسرعة. صدمة كهربائية. صدمة كهربائية أخرى. القلب لا يستجيب. الدكتور أنور بسرعة.. بسرعة!

وصل الإيميل من مشفى كوشان. ماذا يقولون؟ دكتور فيليب. غداً؟ لا لا الوضع لا يحتمل التأجيل إلى الغد. باريس. حقول غراس. دكتور أنور. مزرعة الجوري. الجورية تنحني لي، لا أحد يصدق أنها تحبني وأنها تنحني لي. صفير.. صفير.. صفيرررررر

أنا أطفو.. أطفو فوق عطوري على خصر الفضاء، فوق قلبي المسجّى على سرير أبيض... أبيض كالرحيل. أرى فيه وجوهاً باهتة كالعدم. أسمع فيه أصواتاً تقترب ثم تتلاشى. تقترب وتتلاشى.. تقترب وأتلاشى.. أعيش معه أزمنة كثيرة

قطعتُ بعضها إليّ وقطعني بعضها إليكَ. امسك بيدي المثلجة يا بيير، أخاف أن أذهب وحيدة إلى هناك، إلى وجهة لا تدركها قدماي الصغيرتان. بيير! احتضن كفي الممدودة إليك بصقيع الموت وحرارة الحب! رائحة الجوري تدس بريدها تحت تجاعيد وسادتي، رسائل لا طوابع لها تحمل إليكَ عطشي، وحديثاً سأكمله معك في الصباح حين يوزع الفجرُ أنفاسه على عصافير السماء.

***

لا أشبه أحداً ولا يشبهني أحدٌ..

هكذا تفرّدتُ وبقيتُ في مزرعة الجوري وحيدةً كالشمس

أقيم داخل نفسي لا أستضيف فيها،

لا قهوة عندي يتراءى في فنجانها حضورٌ يستوقفني

يتبادل معي عناوين الغياب كوجه آخر للفراق..

عبرته الغيومُ فاحتضنه المطر.

"سلمى حداد"

الفصل الثاني

دمشق

حي المهاجرين

- إن رزقنـا اللـه ببنـت سأسـميها جهينـة علـى اسـم المرحومة جدتـي والـدة أمي، كانت سـيدة فاضلة ومعطـاءة رحمة الله على روحها الطاهرة، وإن رزقنا بصبي سأسـميه ممدوحاً على اسم أبي أطال الله عمره وأعطاه الصحة.
- يا سلام! قمة العدالة الإنسانية والله! وماذا عني أنا؟ ماذا عن خياراتي أنا، أم إنك الوحيد الذي تملك أباً وأماً وأجداداً تتكنّى بهم وتسـمّي على أسـمائهم؟ البنت حصة أمها والصبي حصة أبيه، سمّه ماشئت إذا كان صبياً لن أتدخل بكلمة واحدة، أما ابنتي فلا شـأن لك بها على الإطلاق، سأسـميها على كيفي ولن أنتظر موافقة أحد.
- يـا لطيـف!! البندقيـة جاهـزة ويدك دائمـاً على الزنـاد! ومم يشتكي اسم جهينة سهام خانم؟ اسم قديم وفي الوقت نفسه حديث ودارج وخفيف على السمع.

- أريد أن أسمي ابنتي اسماً فريداً لم يسمع به أحد من قبل. اسم لا يشبه إلا ابنتي لأنها ستكون فريدة لا تشبه أحداً ولا يشبهها أحد.
- فريدة الأطرش؟؟
- أرجوك فواز لا تهزأ بي أنا جادة فيما أقول.
- خير إن شاء الله. يبدو أنك جاهزة للفلسفة وعلم النفس اليوم. الحمد لله أنك لم تتمكني من إنهاء تعليمك الجامعي في هذا القسم المعقد نفسياً. أطربينا أيتها الفيلسوفة بما لديك، كلي آذان مصغية.
- سأسميها جوريا. ما رأيك بهذا الاسم؟ طازج من فرن أفكاري. ها! ماذا قلت فواز أفندي؟
- طازج! طازج ماذا أيتها المجنونة! جوريّة اسم نصف بنات الوطن العربي، أين العبقرية بالموضوع؟
- لا، لا، جوريَا... جوريَاااا وليس جوريّة أيها المتخلف. قال جوريّة قال!!
- ما هذا الهراء! بالله ما الفرق يعني بين جوريّة وجوريَا؟ لماذا لا تسميها جوريّة وتريحي رأسك ورأسي من كل هذا التعقيد؟ قال طازج قال! دخيل فرن أفكارك أنا!!
- أولاً جوريّة اسم قديم وعجائزي وكما تفضلت يا سيد فواز هو اسم نصف بنات الوطن العربي.
- وثانياً يا ست سهام؟ هيا أتحفينا بثانياً قبل أن أفقد الرغبة في الاستماع!

- ثانياً، أريد أن تكون ابنتي أنثى مميزة تماماً مثل اسمها، وأريدها أن تتعلق منذ اليوم الأول لولادتها بمزرعة الجوري وتحبها من كل قلبها وتدافع عنها حتى آخر يوم في حياتها.
- هه! بدأنا التخطيط للاستيلاء على مزرعة أبي سهام خانم؟ يا لطيف على الطمع ما أبشعه!
- لا والله لا أخطط للاستيلاء على مزارع أحد ولا عين لي على أرزاق أحد، أنت تعرفني يا فواز.
- نعم.. نعم أعرفك جيداً. أعرفك كما أعرف باطن كفي.
- عمي قال البارحة إن مزرعة الجوري لكَ ومزرعة الخضار والفاكهة لأخيك ماهر، طبعاً بعد عمر طويل إن شاء الله.
- أبي قال هذا؟ غريب! هذه أول مرة يفتح الموضوع بهذا الوضوح.
- والله هذا ما حصل، حتى بإمكانك أن تتأكد من أمك إذا كنت لا تصدقني، فقد كانت موجودة، ولم يعجبها الكلام على الإطلاق.
- ماذا قالت؟
- لم تعلق أبداً، كعادتها، ولكنها لم تكن مرتاحة للقسمة والله أعلم، فقد اصفر وجهها وزمّت شفتيها بامتعاض وأدارت وجهها عنه. فواز! هل تعتقد أن عمي سينفذ تهديده بشأن حرمان أختك نجوى من الميراث، أم إنه سيلين ويغير رأيه في اللحظة الأخيرة؟ خوفي أن يغير رأيه ونخرج من المولد بنصف الحمّص.

- سهام! كم ألف مليون مرة حذرتك من التعرض لهذا الموضوع الحساس؟ لماذا تصرين على استفزازي؟ وما شأنك أنت بهذا الموضوع، ها؟ ما شأنك أنت بأمور عائلتنا!
- ولماذا كل هذا الغضب! طوّل بالك علينا والله ما كفرنا، سألنا سؤالاً واحداً أجبتنا بأطروحة دكتوراه. يا لطيف!! قال أمور عائلتنا قال!! لا تؤاخذنا فواز أفندي أنت وعائلتك المحترمة!
- كل هذا الغضب لأنك تعرفين جيداً أنني لا أرغب في سماع أي شيء عن هذه القصة، وتعرفين أيضاً أن أبي ليس من النوع الذي يقول ولا يفعل، فلماذا الفضول؟ ها! لماذا الفضول والتدخل فيما لا يعنيك؟
- لأنني أريد أن أتأكد أن الإرث سيقسم في نهاية الأمر على اثنين لا على ثلاثة. أريد أن أطمئن على مستقبل أولادي، فهل هذه جريمة يعاقب عليها قانون عائلتكم الموقرة سيد فواز؟ والله أمركم عجيب! فعلاً عائلة معقدة ومريضة نفسياً.
- سهام! بالله اخفضي صوتك رأسي يؤلمني من نبرته العالية! ثم ألن ننتهي من هذا الموضوع الكئيب! قلت لك ألف مرة لا أريد أن أسمع شيئاً عن نجوى ولا عن موضوع الإرث. لماذا لا تفهمين؟ ولماذا أصلاً تدسين أنفك الطويل في قصة لا تعنيك؟ هل كانت نجوى أختك أم أختي! وهل الإرث إرثك أنت حتى تعطي نفسك الحق في التحدث عنه بهذه الأريحية وبهذا الطمع المقزز! الله يرحمك يا يونس أفندي رحلت عن هذه الدنيا كما أتيت لم تترك شتلة نعناع ولا حتى عرق فصّة يترحم عليك أولادك به.

- وصلت فيك الوقاحة والعنجهية أن تعيّرني بفقر المرحوم أبي يا فواز؟ لعلمك أبي كان إنساناً مكافحاً والكل يشهد له بالأخلاق الحميدة ويترحم عليه ويذكره بالخير. وفي جميع الأحوال الإرث ليس إرثي ولكنه إرث أولادي، أم إنك نسيت أنني سأكون أماً بعد ثلاثة أشهر فواز أفندي؟
- إرث أولادك الذين لم يأتوا إلى الحياة بعد!! إرث أولادك من جدهم وأبيهم اللذين لا يزالان على قيد الحياة؟ ما هذا التخريف يا سهام؟ ما كل هذا التخريف يا بنت الناس؟ هل تسمع أذناك ما تقولين من سخافات؟ أستغفر الله العلي العظيم، أستغفر الله.. والله هذه المرأة ستضع عقلي في كفي. نامي! نامي يا بنت الناس ودعي الليلة تمر على خير. نوم الظالم رحمة يا سهام. تصبحين على خير.
- طيب.. طيب لا داعي لكل هذه المحاضرة الطويلة العريضة في الأخلاق الحميدة. لن أدس أنفي بعد اليوم في قصة لا تعنيني. قال يا داخل بين البصلة وقشرتها لا ينوبك غير رائحتها. الحق علي أنني أحاول أن أحافظ على مالك ومال أولادك من بعدك. ابصق بوجهي فواز أفندي إذا سمعت مني كلمة واحدة في هذا الموضوع بعد الآن حتى لو رأيت بأم عيني ماهر ونجوى وأمك يأكلون إرثك كله. عائلة مغرورة ومعقدة ولا تعرف ماذا تريد! شيء مقرف! قال حظ عطيني وبالبحر ارميني.
- أستغفر الله من هذا الموال الذي لا ينتهي ومن هذه الليلة التي لن تنتهي. أستغفر الله!

- سهام! سهام! نمت؟
- لا لـم أنـم بعد، خير إن شـاء الله؟ هل نبشـت أحد أجدادي مـن قبـره لتعيّرنـي بفقـره، أم تذكـرت محاضـرة أخـرى فـي الأخـلاق الحميدة والنبل الإنسـاني؟ تفضل أنـا جاهزة، الليل بطوله أمامنا!
- أنا آسـف أنني تكلمت معك بهذه الطريقة الخشنة ولكن كل الحق عليك، لقد أخرجتيني عن طوري وأيقظت كل شياطيني النائمـة. أنـت تعرفيـن تماماً مدى حساسـية هـذا الموضوع بالنسـبة إلـي وإلـى كل العائلـة، فلمـاذا تحفريـن وتحفريـن وتنبشين وتسألين أسئلة كثيرة لا أملك الإجابة على أي منها؟ هل تقصدين إحراجي وإزعاجي، أم ماذا؟
- أنا آسفة أنني تدخلت بموضوع لا يخصني. أعدك وعد شرف أن هذا لن يتكرر أبداً، هل ارتحت الآن؟
- سهام أرجوك لا تعطي الموضوع أكبر من حجمه. أنا لم أقصد إهانتـك علـى الإطلاق. أكيد الموضـوع يخصك، فأنت فرد من العائلـة وأم أطفالـي القادميـن، ولكن من الأفضـل أن نتجنب الحديث فيه من الآن فصاعداً. القصة أكل الزمان عليها وشرب ورأيُنـا فيهـا الآن لن يغير أي شـيء في واقـع الحال. أبي عنيد كالحجـر، ونجـوى، سـامحها اللـه، طعنتـه فـي ظهـره طعنة لا أعتقد أنه سيشـفى منها أو يغفر لها. لنترك الأمور على حالها ونـرى مـاذا تخبئ لنا الأيام. أرجـوك لا تتحدثي مرة أخرى عن الإرث، هذا الموضوع يزعجني كثيراً ويقلق راحتي، ويشعرني أنني أنهش بلحم أبي قبل أن يموت، و... حتى بلحم أختي.

- الله يقدم ما فيه الخير للجميع ويطول عمرك وعمر عمي.
- آميـن يـارب. تصبحـي على خير يـا أم جوريااااا. هـل لفظتها طازجة كما يجب أن تكون، أم أن هناك أي خطأ تقني تريدين تصحيحه؟
- هههههه. نعـم.. نعم جوريا هي بالضبط كذلك. وأنت بألف خير يا أبا ممدوح.

***

على عتبات عطركِ أتأبجد في الحب
أتجذّر في ترابكِ كما الهواء في رئة الفضاء
أبداً من شمسٍ تغيب ولا تزول،
ما أضيق حدودي خارج خصركِ المسكون برقصة
أتنفس التراب وأصغي إلى سمفونية الأرض
إلى فراغ تملؤه الفصول بنكهة الانتظار،
يا هذا الرحيق ازرعني جسداً آخرَ للّون،
الجوريّة تحبني.. الجوريّة تحبني!
ما أقرب المسافة بين أنفاسي وبتلات الشوق.

"سلمى حداد"

الفصل الثالث

مزرعة الجوري

الانتظار يفسد الحب يا بنتي

- جوريّة! يا جوريّة! أين أنت يا عيون جدك؟
- أنا هنا جدي، هنا.
- جوريّة! يا جوريّة! أين أنت؟
- أنا هنا جدي، هنا.. هنااااا.
- هنا أين؟
- ألعب برجيس أنا وأولاد عمي تحت العريشة.
- اتركي البرجيس والعريشة وأولاد عمك وتعالي بسرعة إلي، تفتحت ورود شجرة الجوري البلدي التي زرعناها أنا وأنت الشهر الماضي. يا الله كم هي جميلة ومليئة بالحياة! بسرعة يا جوريّة بسرعة لا تدعي المنظر يفوتك يا بنتي. كل دقيقة واحدة مع ألوانها ورائحتها تطيل العمر سنة كاملة. يا إلهي ما أجملها! يا الله! أجمل جوريّة بلدية زرعتها في حياتي. بسرعة يا جوريّة، بسرعة يا عيون جدك!

- أظن أن أباك يتعمد إغاظتي، لا بل ويستمتع بها، ليس عندي أي تفسير آخر لما يجري. لقد قلت له ألف مليون مرة أن اسمها جوريَا وليس جوريّة دون فائدة. حتى أمك تناديها جوريّة، حتى وديع ابن أخيك الذي لم تفقس البيضة عنه أصبح يناديها جوريّة لأنه منذ ولادته وهو يسمع الجميع يناديها كذلك. يا إلهي ما أعند هذه العائلة وما أصعب إدخال أي فكرة في عقلها المتحجر!
- ولماذا يتعمد إغاظتك ويستمتع بها؟ ألن نتخلص من عقدة الاضطهاد هذه؟ كبّري عقلك يا سهام ولا تصنعي دراما من كل حدث، أبي رجل كبير في السن ومشاغله كثيرة ولا بد أنه ينسى. الذاكرة تتعب وتشيخ مثل أي شيء آخر في جسم الإنسان.
- والله لا أتفق معك أبداً يا سيد فواز، فأنا لا أراه كبيراً في السن ولا فاقداً للذاكرة. عندما يدقق معك حسابات مزرعة الجوري والمعصرة تكون ذاكرته عشرة على عشرة ونظره عشرة على عشرة، ما شاء الله ولا قوة إلا بالله من عيني.
- أولاً هذا حقه ولا أحد ينكره عليه، وثانياً اخفضي صوتك لا أريده أن يسمع هذا الحوار السخيف الذي لا ينتهي. يا إلهي! ألا يتعب لسانك الطويل من النميمة؟
- لا أظن أن حاسة السمع لديه تساعده على سماع حديثنا حتى لو كان بيننا، فكيف به وهو في آخر المزرعة! هل نسيت أنه أطرش؟
- سهام! حذرتك ألف مرة ألا تتكلمي عن أبي بهذه الطريقة الوقحة. لا أسمح لك أبداً بالتطاول عليه. فهمت أم يجب علي

أن أعيد الكلام ألف مرة حتى تفهمي؟ اللهم طولك يا روح! اللهم طولك يا روح!

- إحمممم! فواز حبيبي أين ذهب الأولاد؟ لا أرى أحداً منهم. هريسة الفستق جاهزة ومعمول الجوز سيكون جاهزاً خلال دقائق.
- جوريا مع جدها في أسفل المزرعة، وأولاد ماهر كانوا هنا من لحظات ولا أدري أين اختفوا. ربما تجدينهم في باحة الفيلا يلعبون. لماذا العذاب يا أمي، كنا أحضرنا الحلوى جاهزة من السوق، ووفرنا عليك تعب يوم الجمعة يا ست الحبايب. والله لا يهون علي تعبك ووقفتك طول النهار في المطبخ.
- لا حبيبي فواز حلوى البيت أنظف وأشهى، على الأقل نعرف بالضبط ماذا نأكل ونوعية الزيوت والدهون التي نستخدمها. ثم مع أم عطية وابنتها ميادة كل التعب يهون، أنا فقط أحضّر لهما المواد والمقادير وأشرف عليهما وهما تقومان بالباقي. ميادة! يا ميادة الله يرضى عليك يا بنتي فتشي عن الأولاد في باحة الفيلا. وسام! وائل! وديع! أين أنتم يا أحبابي؟ الهريسة جاهزة يا أولاد. أين أنتم؟ بسم الله الرحمن الرحيم أين اختفوا؟ فص ملح وذاب. بسم الله.
- هذه هي عادتها رجاء خانم لا تغير طبعها الأناني أبداً، طول عمرك يا زبيبة في قفاك العود. كل يوم جمعة تخترع مشروعاً «مهماً» مع زوجها وترمي أولادها العفاريت في وجهنا. ولكن الحق ليس عليها، الحق كله على الست أمك «ست الحبايب» التي لا يهون عليك تعبها والتي تيسّر لها الأمور وتقدم لها

الحلـول على حسـابنا «اشـتقنا لـلأولاد يا بنتي يا رجـاء، إذا لم يكن بإمكانك الحضور هذه الجمعة على الغداء، أرسليهم مع عمهـم وأنـا أتولى أمرهم، لا تقلقي!». والحق أيضاً على أخيك الفهيـم الـذي تجره زوجته كالنعجة مـن أذنيه كل يوم جمعة إلـى مشـاوير أصدقائها التافهين، وتأتينا آخـر النهار على آخر طـرز وآخـر مكيـاج. واللـه لا أعرف كيـف تتمكن النسـاء من سحر الرجال. إيهههههه من لا حظ لها لا تتعب ولا تشقى! قال حظ عطيني وبالبحر ارميني.

- أوفففـف يا سـهام! دعينا من رجـاء وعاداتها الآن. هل تظنين أن أمي سـمعتنا ونحن نتكلم عن أبي؟ يا إلهي لو سـمعت ما كنت تقولين.
- لا أبـداً أبـداً اطمئن. أنا أعـرف حماتي جيداً، فهـي يتغير لون وجههـا مباشـرة عندمـا تسـمع حديثـاً لا يعجبها. لا تسـتطيع إخفاء امتعاضها، ولا تحاول أصلاً أن تخفيه.
- ولماذا أصدرت صوتاً عند الاقتراب منا؟
- ربمـا ظنـت أننـا نتبـادل أحاديثـاً غراميـة، فـأرادت أن تنبهنـا لاقترابها، هذا كل ما في الأمر، لا تقلق!
- غراميـة! غراميـة مـاذا يا ملكـة النكد وعدوة الفـرح وأنت لم ترحمـي أحـداً مـن لسـانك الطويـل منذ الصبـاح. واللـه والله أشـعر بقلبـي كالبالون المنفوخ في صـدري وأنت لا تتوقفين عـن التذمـر والتنظير والسـلبية والنق والحسـد. أبـي ثم أمي ثـم رجـاء ثم ماهر. حتى الأطفال المسـاكين لم ترحميهم من لسـانك، يـا إلهـي! انظـري حولـك يا سـهام، اسـتمتعي بالهواء

النقي، بألوان الجوري على مد النظر، برائحته الخلابة، بأنفاس السكون والطمأنينة، اخرجي من نفسك الغاضبة الحاسدة المستاءة من كل شيء، ابتعدي عنها قليلاً كي تتمكني من الحكم على ما تفعلين وما تقولين بمنطق وحيادية. ابتعدي عنها كي تشاهدي أخطاءك بوضوح من دون أي مكياج بدلاً من التركيز على أخطاء الآخرين والتنظير عليهم. إذا بقيت داخل نفسك المتذمرة المنظّرة ستتابعين الدوران في ذات الدوائر المظلمة ولن تستمتعي بالحياة يا سهام ولن تمنحي السعادة لأحد ممن حولك وأولهم أنا وجوريا.

- سامحك الله يا فواز. أنا ملكة النكد وعدوة الفرح! أنا متذمرة ومنظّرة وسلبية وغاضبة ومستاءة وحاسدة! كل هذا أنا؟ هل لديك أي صفة قبيحة أخرى نسيت أن تنسبها لي في قائمتك التقريعية الطويلة! إذا كنت تراني بهذه البشاعة وهذه الوحشية، فلماذا تزوجتني إذاً؟ ها! لماذا تزوجتني وأنا كل هذا؟
- لأنني أحبك يا سهام، وأحب أن أراك سعيدة ومتفائلة وإيجابية، وأحب أن أعيش معك حياة هانئة بلا نكد، أريدك أن تكوني في نظري ونظر الجميع أفضل امرأة في العالم، وأن أفتخر بك أينما ذهبنا، وأن أتحدث معك بمواضيع ممتعة ومسلية لا شأن لها بالناس ولا بما يفعلون ولا بما يكسبون ولا بما يفكرون ولا ماذا يلبسون. أريد أن أتحدث معك عن حياتنا الشخصية.. عن مستقبلنا ومستقبل أولادنا.. عن فيلم حضرناه.. عن أغنية سمعناها.. عن كتاب قرأناه.. عن نكتة.. أي نكتة مهما كانت سخيفة ومكررة.

- تحب أن تفتخر بي فواز أفندي! وهل تشعر بالعار معي؟ هل هذه هي الرسالة التي تريد أن توصلها إلي يا سيد فواز؟ انظر إلى أخيك ماهر كيف يفتخر بزوجته ويدللها أمام الجميع وكأنها ملكة، وهي لا تساوي قشرة بصلة.. انظر إلى..
- سهام... يا إلهي!! مأساة.. مأساة حقيقية.. لا فائدة من الكلام معك. أنت إنسانة بلا مشاعر.. بلا إحساس.. عاجزة عن حب حتى أقرب الناس لك.. الحياة كلها تدور حولك. لا فائدة. ضياع للوقت وللعمر وللأعصاب.. لا فائدة. ميادة! يا ميادة! يا زفتة! حضري لي أركيلة معسل التفاح وضعيها على شرفة الصالون مع فنجان قهوة سادة أريد أن أجلس وحدي على رواق. وحدي. يا لطيف الطف!! رأسي يكاد ينفجر. يا رب! متى سينتهي هذا الكابوس؟

***

- يا إلهي ما أجمل ألوانها يا جدي! يا الله! يا الله هذه أجمل وردة رأيتها في حياتي، أشعر أن قلبي يريد أن يخرج من صدري ليضمها ويخبرها كم هي جميلة. جدي!
- نعم يا روح روح جدك.
- هل أستطيع أن أقول للجورية إنني أحبها كثيراً؟
- بالتأكيد يا عيون جدك.
- كيف؟ كيف يا جدي؟ كيف؟ أخبرني أرجوك! علّمني!
- بكل بساطة يا جوريّة، تماماً كما تقولين لأي شخص إنك تحبينه.
- هل هذا صحيح يا جدي؟ هل الموضوع بهذه البساطة؟ هل الجورية تسمع وترى مثلنا؟

- طبعاً يا بنتي.
- ولكنني لا أرى عينيها، ولا أرى أذنيها.
- الجورية ليست بحاجة إلى عينين وأذنين كي ترى وتسمع، إنها تسمع وترى وتشعر بقلبها.
- طيّب، أين قلبها؟ أنا لا أراه، أين هو؟
- وهل ترين قلبك يا جوريّة؟
- لا، ولكن الآنسة سوسن أخبرتنا أن القلب يسكن في الجهة اليسرى من صدر الإنسان.
- هذا صحيح، وقلب الجورية يسكن في الجهة اليسرى من صدرها ولكنها لا تراه ولا نراه.
- للجورية صدر يا جدي؟
- نعم.
- وهل تُرضع أطفالها مثلنا يا جدي؟ أقصد مثلي أنا حين أكبر ويكبر صدري وأتزوج ويصبح لدي الكثير الكثير من الأطفال.
- ههههه. لا تحتاج الجورية لإرضاع أطفالها، الأرض ترضعهم من خيراتها ولا تنتظر أحداً يا حبيبتي.
- هل أقول لها الآن إنني أحبها، أم أنتظر حتى تتفتح باقي ورداتها؟ ما رأيك يا جدي؟
- الانتظار يفسد الحب يا بنتي. قولي لها الآن وغداً وبعد غد.
- طيب علّمني ماذا أقول يا جدي، أنا مرتبكة، مرتبكة جداً، هذه أول مرة أتكلم فيها مع جورية وأخبرها أنني أحبها.
- ضميها برفق بين كفيك الصغيرتين واغمضي عينيك السوداوين الجميلتين وقولي لها: «أيتها الجورية الجميلة

شـكراً لأنك تزينين حياتنا بألوانك الزاهية وتمنحيننا السـعادة بعطـرك النبيـل. أحبك من كل قلبي الصغير الذي يكبر بحبك، وأتمنـى أن نبقـى أصدقاء إلى الأبد». وإذا اهتزت أوراقها بين يديـك، فهـذا يعنـي أنها تبادلك الحـب، وإن لم تهتـز أوراقها، فهذا يعني أن مزاجها معكر والوقت غير مناسب الآن، أو أنها غير راضية عن طريقة العناية بها، أو أنها ببساطة لا تحبك.

- أيتهـا الجوريـة الجميلـة شـكراً لأنـك تزينيـن حياتنـا بألوانـك الزاهيـة وتمنحيننا السـعادة بعطـرك النبيل. أنا أحبـك كثيراً.. أوه لقـد أخطـأت الـكلام يـا جدي! نسـيت تتمـة الجملة، هل أعيدها مرة أخرى؟ أنا خائفة يا جدي.. خائفة.
- لا تخافـي يـا حبيبتـي! لا أحد يخاف من الحـب. أعيديها على مهلك، ولنرَ ماذا ستقول لك.
- أيتهـا الجوريـة الجميلـة شـكراً لأنـك تزينيـن حياتنـا بألوانـك الزاهية وتمنحيننا السعادة بعطرك النبيل. أحبك من كل قلبي الصغيـر الذي يكبر بحبـك وأتمنى أن نبقى أصدقاء إلى الأبد. يـا اللـه! يا الله!!! انظر يـا جدي! لقد هزت أوراقها، هل رأيتها يا جدي؟ هل رأيتها مثلي؟ هذا يعني أنها تحبني، أليس كذلك يا جدي؟ هذا يعني أنها تحبني وأنها قبلت صداقتي إلى الأبد. يـا الله كم أنا سـعيدة اليوم! هذا أسـعد يـوم في حياتي كلها. أسعد يوم في حياتي!
- ومـن لا يحبـك يـا حبيبـة قلـب جـدك، مـن لا يحبك يـا أحلى جوريّة على وجه الكرة الأرضية؟

- أبا ماهر! يا جوريّة! يا أبا ماهر! الحلوى جاهزة، أين أنتما؟ يا ربي ما هذا البيت العجيب الغريب؟ والله تشنجت حنجرتي من الصراخ ولا أحد يرد. أين اختفى الجميع؟
- جدتي تنادينا يا جدي.
- ماذا تريد؟
- تقول الحلوى جاهزة.
- قولي لها لا نريد حلوى الآن. نريد أن نشبع من صحبة الجوري وبعدها نتفرغ للحلوى.
- ولكن يا جدي..
- ولكن ماذا؟ آه، فهمتك يا ملعونة، تريدين الحلوى أليس كذلك؟ أعرفك جيداً وأعرف كم تحبين حلوى جدتك. طيب.. اذهبي أنت إليها واحضري الحلوى نأكلها سوياً هنا بصحبة الجوري. جوريّة! قولي لأم عطية أن تغلي الشاي بالنعناع جيداً وتحضره إلي، أريد أن أشرب كأس شاي معتّق على رواق مع جوريتي الجديدة.
- حاضر جدي، سأكون عندك بعد دقائق. وسام! وائل! وديع! يا وسام! يا وائل! يا وديع! أين أنتم؟ الجورية تحبني.. الجورية تحبببببببني تحبببني. لقد اعترفت لي بذلك الآن وقبلت صداقتي إلى الأبد. وسام! وائل! وديع! الجورية تحبني. اسألوا جدي إن كنتم لا تصدقوني. لقد رآها بعينه وهي تنحني لي وتقبل صداقتي. الجورية تحبني. يا الله! يا الله!

***

تكلمني المسافاتُ لغةً لا أفهمها وأنا أبجديةٌ للقريب،
فاكهة الدار تطيل الأعمار
فلماذا تخاصمني وأنا بِكر الدار؟
أرسم روحي على جسد برتقالة
فتحجبني الريح وتغلق أبوابها في وجهي،
أتريدني يا سيدي أن أعتذر عمّ فعلتُ؟
لا شيء لي في ذاك الغبار المنفى
لا شيء فيه يشبه أريكةً ترتاح عليها أفكاري
أنا أنتمي إلى أحضان الفضاء فتقاسمه معي
ولا تعلّبني في ذاتك المغلقة
أرجوك يا سيدي لا تُسَرْدِنّي وأنا نسرٌ كبيرٌ في السماء.

"سلمى حداد"

الفصل الرابع

الزبداني

مزرعة الفواكه والخضار

- أبا عطية! يا أبا عطية! أين أنت؟
- أنا هنا ست أم ماهر.. هنا.
- الله يرضى عليك أخبر البستاني سليم أن يحضّر كرتونات الفواكه والخضار كالعادة، وأن يضعها في سيارة البيك آب البيضاء، وإياك أن تنسى البقدونس والنعناع والبصل الأخضر كما فعلت المرة الماضية، أنت تعرف كم تحب الست نجوى التبولة.. والخس.. لا تنسَ الخس يا أبا عطية.
- كانت غلطة ولن تتكرر بإذن الله. سامحيني ست أم ماهر. أحلى بقدونس ونعناع وبصل أخضر وخس بلدي لعيون الست نجوى.
- أبا عطية! انتبه! لا تذكر اسم الست نجوى أمام سليم أو الناطور!
- يا ست أم ماهر أنا سائقك الخاص وخادمك الأمين منذ أكثر من عشرين سنة ومازلت تنبهينني إلى مثل هذه الأمور الصغيرة! سرك في بئر عميق والله شاهد علي.

- أعـرف يـا أبـا عطيـة أعـرف وأشـهد أنـك لـم تخـن الأمانة في حياتـك، ولكـن الموضوع في غاية الأهميـة.. أنت تعرف ماذا يمكن أن يحدث لو علم أبو ماهر أنني ألتقي نجوى.
- أقسـم لـك إننـي لم أذكر هـذا الموضوع حتى أمـام أم عطية، خوفـاً مـن أن يـزلّ لسـانها يوماً ما ونقع في سـين وجيم نحن في غنى عنه. لا تخافي يا ست أم ماهر، يمكنك الاعتماد علي في كل شيء، وإن شاء الله سأكون دائماً عند حسن ظنك بي. أنـا لحـم أكتافي وأكتـاف كل عائلتي من خيرك يا سـت الكل، والعِشرة لا تهون إلا على أولاد الحرام.
- الله يرضى عليك ويبارك لك بصحتك وأولادك ورزقك.
- مامـا! مامـا! ماذا تتهامسـين أنت وأبو عطية؟ تعالي اجلسـي معي، لا وقت لدي، أريد أن أكون في البيت قبل عودة الأولاد مـن المدرسـة. لا تتعبي نفسـك بالفواكه والخضار، كل شـيء متوفـر عنـدي والحمد لله. صدقيني لا داعـي لذلك. أنا جئت لأطمئن عليك وأستمتع بصحبتك وأنال رضاك.
- فاكهـة الـدار تطيل الأعمـار يا بنتي. ثم هذا مـن رزقك ورزق أبيك ولا منّة لأحد عليك. الجميع يأكل من هذا البستان، ولن أقبل أن تكوني أنت وأولادك الاستثناء مهما كلفني الأمر.
- أطال الله عمرك يا ست الكل. متى سيعود أبي من الأردن؟
- غداً بعد الظهر بإذن الله.
- هي رحلة قصيرة إذن.
- كل رحلاته أصبحت قصيرة. صحته لم تعد كما كانت من قبل، وهمّته على السفر تراجعت كثيراً في الفترة الأخيرة.

- خير، شغلت بالي يا أمي. هل يعاني من شيء؟ هل من جديد لا أعرفه؟
- لا.. لا.. أقصد الأمراض العادية لمن في مثل سنه الضغط والسكر وورم الساقين من الطريق الطويل، وهو لا يرحم نفسه ويتدخل في كل تفاصيل العمل. ولكن كله بكفة ومشكلة السمع بكفة. والله أشعر أحياناً أن حنجرتي تتشقق من تكرار الأحاديث. يا إلهي! معاناة حقيقية. يسمع حي المهاجرين كله وتسمع غوطة دمشق كلها وأبو ماهر لا يسمع.
- وأنت يا أمي؟
- أنا ماذا؟
- ماذا عنك أنت، ومم تعانين؟
- أنا! الحمد لله لا أعاني من شيء، كما ترين مثل الفلّة.
- أكيد أحلى فلّة بالعالم كله، ولكنني لاحظت أن رجفة يديك أسوأ بكثير من قبل. هل استشرت الطبيب بهذا الخصوص؟
- والله لاحظت منذ فترة قريبة أنني أحياناً لا أستطيع حتى التحكم بفنجان القهوة في يدي، فأضطر إلى إسناد كوعي إلى جانب الكرسي. سأطلب موعداً من الدكتور زكي الأسبوع القادم، وأطلب منه إجراء تحاليل كاملة.
- ولماذا لا تذهبين لمراجعته غداً؟ لماذا التأجيل؟ خير البر عاجله يا أمي، لا شيء أهم من الصحة.
- غداً عودة أبيك من السفر، لا أريده أن يأتي ولا يجدني في انتظاره. أنت تعرفين مدى حساسيته في مثل هذه الأمور.
- طيب، وبعد غد؟

- بعد غد عيد ميلاد جوريّة، سنحتفل به في مزرعة الجوري. دعت كل أولاد العائلة ورفيقاتها في المدرسة وجيرانها في المهاجرين. لقد أخبرتهم أن الجورية تنحني لها حين تخبرها أنها تحبها وأنها تريد أن تكون صديقتها إلى الأبد، فسخروا منها ولم يصدقوها، فغضبت وأرادت أن تثبت لهم أنها صادقة فيما تقول.
- وهل فعلاً تنحني الجورية لها يا أمي؟
- والله علمي علمك يا بنتي، هكذا قالت هي وجدّها، ولكنني لم أر بعيني. سيجنّنها جدها المجنون بمزرعة الجوري. لا حديث لهما إلا عن الجوري ورائحته وألوانه وابتساماته وانحناءاته ووو. شيء ممل فعلاً. صدقيني بدأت أكره الجوري من كثرة الكلام عنه. نصحو على سيرة الجوري وننام عليها كل يوم.. كل يوم على هذا المنوال.
- مزرعة الجوري! يا الله كم أشتاقها يا أمي... يا الله! قضيت فيها أجمل أيام طفولتي ومراهقتي. كم أحنّ إليها وأزورها في مناماتي. هل ما زالت على حالها يا أمي، أم إن أبي غيّر في توزيع الجوري وألوانه؟
- الله كريم يا بنتي. الله كريم. والله أغصّ لك ولأولادك كلما اجتمعنا فيها أيام الخميس والجمعة. الله يهديك يا ممدوح وننهي هذه القصة على خير، والله تعبنا، تعبنا وما بقي بالعمر أكثر مما مضى.
- لا أظن أنه سيغير رأيه بالموضوع يا أمي. أبي عنيد ولا يقبل أن يكسر أحد كلمته، والقصة صارت قديمة جداً وأنا

تأقلمت مع هذا الواقع، لا تشغلي بالك. المهم.. كم أصبح عمر جوريّة الآن؟

- تسع سنوات.
- تسع سنوات، يا إلهي! مرّت الأيام بسرعة البرق. أشعر وكأن فواز وسهام تزوجا بالأمس. هل عندك صورة جديدة لها يا أمي؟
- لقد أحضرت لك بعض الصور لها ولأولاد عمها التقطها لهم ماهر في مزرعة الجوري الأسبوع الماضي. انظري كم هي جميلة وذكية. تشبهك كثيراً حين كنت في عمرها، نفس الشعر الأسود الطويل ونظرة العين الحادة. تذكرني بك كثيراً. بالأمس كنت أحاول أن أمشط شعرها وأجدله فرفضت قائلة إنها تفضل الشعر الغجري المنفوش، ولا تحب أن يكون شعرها مرتباً، تماماً كما كنت تقولين لي حين كنت أركض وراءك في البيت والمشط والمطاطة بيدي حتى تنقطع أنفاسي. أتذكرين يا نجوى؟ الله على تلك الأيام! مرت هي أيضاً بسرعة البرق.
- كانت أياماً جميلة يا أمي. سقى الله. المهم.. ألا يفكر والداها بإنجاب طفل آخر. حرام أن تبقى جوريّة وحيدة.
- لا أدري، هناك تعتيم كامل على الموضوع، وأنا كما تعرفين لا أحب التدخل في شؤون أحد، ولكن المشكلة في أخيك فواز، والعلم عند الله. سألته مرة واحدة فقط، فشعر بحرج شديد، واحمرت أذناه وتلعثم في الإجابة، فتقطّع قلبي عليه، وقررت عدم إحراجه بالسؤال مرة أخرى.

- هـذا لا يعنـي بالضـرورة أن المشـكلة فيـه هـو، ربمـا تكـون المشـكلة فـي العقربـة سـهام، ولا يريـد أن يحرجهـا ويكسـر خاطرها أمامكم.
- لا أظن. أشعر بهذا من خلال تصرفات سهام معه ومع الجميع. أنـا امـرأة وأعرف جيداً متى تتنمر المـرأة ولماذا يصبر الرجل على تنمرها. وقاحتها تزداد يوماً بعد يوم، وتطاولها لا يستثني أحـداً.. دائمـاً متذمـرة ومتنمرة ومتأففة وحاسـدة ولا يعجبها العجب ولا الصيام برجب.
- سـبحان الله، طول عمرها بلدية ووقحة وسـوقية. لا أرتاح لها أبداً ولا أحترمها. أشعر أنها قماشة مختلفة تماماً عن قماشتنا. لسـت أدري مـا الذي جذب فواز إليهـا، وما الذي أعجبه فيها! لا وجه حلو ولا قفا ناعمة. هذا الغطاء لا يصلح لهذا الوعاء.
- نصيبـه يـا بنتي، نصيبه الأسـود ونصيبنا معـه. قدرنا أن نعيش كل هذه المشاكل. الحمد لله على كل حال.
- طيّـب.. ومـا موقفـه هـو مـن كل ما يجـري حوله؟ أعنـي.. ألا يُظهـر أي امتعـاض مـن تصرفاتهـا الوقحـة؟ ربما يخـاف منها ويحسب للسانها الطويل ألف حساب.
- أحيانـاً أسـمعهما يتشـاجران بعنـف وبكلمـات قاسـية جـداً، وحيـن أقتـرب منهمـا يتوقفـان عـن الشجار ويبتسـمان فـي وجهي ابتسـامة صفراء، وأحياناً يتصنع أنه لا يسـمع ما تقول فيتجاهلهـا تماماً ويشـغل نفسـه بموضوع آخـر كي يتجنب التصادم معها. ولكنني أشـعر أنـه دائماً في موقف الضعيف حتـى عندمـا يكون في أشـد حـالات الغضب منهـا. أنا امرأة

وأفهم جيداً تلك الأمور.. أتمنى من كل قلبي أن أكون مخطئة.. ولا أظنني كذلك.

- وأبي؟ أقصد ألا يعلم شيئاً عن الموضوع؟ مستحيل.
- أظنه يعلم ولا يريد أن يخبرني. سألته عدة مرات، فقال إنه لا يعرف ولا يسأل ولا يهمه غير حفيدته جوريّة ولن يحب غيرها ولا حتى مثلها حتى لو رزقه الله بألف حفيد. ولكنني أستبعد أنه لم يسأل فواز عن الموضوع، فأبوك فضولي جداً كما تعرفين ولا يتردد في الدخول بفظاظة في أي موضوع مهما كان خاصاً ومحرجاً.
- طيّب.. إذا كانت المشكلة بفواز فلماذا لا يتعالج، وماذا ينتظر؟ العمر يجري بسرعة وليس من مصلحتهما الانتظار أكثر من ذلك. لقد أنجبا جوريّة أصلاً بشق الأنفس بعد مرور أكثر من ثمان سنوات على زواجهما، والآن هي في التاسعة من العمر.. ماذا ينتظران؟ الطب تقدم كثيراً في هذا المجال، والأحوال المادية ممتازة والحمد لله. لا بد من إيجاد حل.
- لقد سافرا منذ عدة سنوات إلى لندن، وأظن أنها كانت رحلة علاجية، وعادا بمزاج سيئ للغاية، وبقي فواز محبطاً لفترة طويلة. ربما أخبرهما الطبيب ألا أمل في الإنجاب مرة أخرى. وأنا متأكدة أن أباك على علم بذلك، فقد أخبرني أبو عطية أنه شاهده في مزرعة الجوري يعطي فواز مبلغاً كبيراً من المال قبل سفره إلى لندن بأسبوع. لا يطلعني على شيء، وهذا هو سبب خلافي الرئيسي معه. حاولت كثيراً منذ بداية زواجنا أن أكون شريكة له بكل معنى الكلمة،

وأن أغير هـذه العـادة السـيئة لديـه، لكنني لـم أنجـح، فهو كمـا تعرفيـن دقّـة قديمـة.. قديمـة جـداً. كنت كلمـا فاتحته بالموضـوع نهرنـي قائلاً إنه غير مقصّـر في حقي وفي حقكم بشيء، وإن التفاصيل مسؤولية الرجل لا المرأة، وإن الشراكة التـي أتكلـم عنها لا توجد إلا في روايـات المراهقات والأفلام. فـي النهاية استسـلمت لنظريته فـي الحياة، وأخـذت زاويتي وجلسـت فيهـا بهـدوء. وفـي الحقيقـة أنـا شـاكرة لـه من كل قلبي. لقد ربحت نفسـي وصحتي. كنت سـأقضي عمري كله أتطاحن مع شخص عنيد لا يلين، وأخوض معه معارك خاسرة لا أعرف إلى أين كانت سـتقودني. بصراحة، أرحت رأسـي من الأخذ والرد الذي لا ينتهي مع هذا النوع من الرجال، وكسبت صحتي وعقلي.

- هل تحبينه يا أمي؟
- طبعـاً أحبـه يا نجـوى، ما هذا السـؤال السـخيف! صحيح أننا نختلـف عـن بعض كثيـراً، لكنه يبقى زوجـي وأب أولادي، ولا أشك في حبه لي على الإطلاق. الله يهديه لو يخفف قليلاً من عناده وتسلّطه، لكانت الحياة معه أسهل وأكثر متعة.
- ورجاء خانم ما هي آخر أخبارها الفنية؟ ألا تزال حرب داحس والغبراء قائمة بينها وبين سلفتها الشرشوحة؟
- واللـه يـا بنتي رجاء خانم على حالها، اللهم أسـألك نفسـي، لا يحرّهـا الحـرّ ولا يضرّهـا البـرد. لا تهتـم لأمر أحـد ولا يغضبها شـيء وليسـت فـي حرب مع أحـد لا سـلفتها ولا غيرها.. هي أصـلاً لا تـرى أحداً بعينهـا. تعيش حياتها علـى مزاجها ومهلها

ولا يعنيها لا زوج ولا أولاد ولا مسؤوليات بيتية. تصوري أنها لا تطبخ أبداً ولا تدوس رجلها المطبخ إلا لتحضير وجبة الفطور للأولاد قبل ذهابهم إلى المدرسة. تقول إنها لا تعرف وإن أمها، الله يسامحها، لم تعلمها الطبخ. أي كلام.. أي كلام.. هي في الحقيقة لا تعرف ولا تريد أن تعرف. لا أظن أن تعلّم الطبخ يحتاج إلى مواهب خارقة. الله يرحم أيام زمان، كان عمري عشرة أعوام عندما ذهبت أمي إلى حلب لحضور عزاء جدي.. طبخت يومها، وللمرة الأولى في حياتي، بامية باللحم ورز بالشعيرية.

- يا إلهي ما كل هذا الاستهتار!! وماذا يأكل الأولاد؟
- سندويشات جاهزة وبطاطا مقلية وأكل مطاعم. تقطّع قلبي على وسام الجمعة الماضية، قال لي إنه ينتظر يوم الجمعة بفارغ الصبر كي يأكل الأكل الذي يحب ويشتهي، لأن أمه لا تطبخ في البيت. ووديع يزداد وزنه بسرعة مرعبة. لقد عاد من المدرسة منذ أيام ودموعه على طول خديه لأن أحد زملائه في الصف ناداه «دبدوب" وآخر ناداه «عبدو». وهي لا تهتم ولا عندها خبر. كل أسبوع تعدنا أنها ستقضي يوم الجمعة معنا في مزرعة الجوري، ثم تغير رأيها في اللحظة الأخيرة، وترتب أمورها بعيداً عنا وتسحب زوجها معها لا أعرف إلى أين. عندها مجموعة من المهندسين والمهندسات الذين يعملون معها في وزارة الأشغال، تقضي برفقتهم أغلب الأوقات وتجر زوجها وراءها. وأنا بصراحة لا يهمني على الإطلاق إن أتت أم لم تأت، لأن وجودها مثل

عدمـه. فهـي لا تقدم أي خدمة، حتى الطبق الذي تأكل منه لا تكلـف نفسـها عناء أخـذه إلى المطبـخ. ولا تتوقف عن النداء لميـادة وأم عطيـة لإحضار الماء والعصيـر والكولا لها وللأولاد. يعنـي بصراحـة رجـل مكسـورة بحاجـة إلـى خدمـات دائمـة، بالإضافـة إلـى أنـه لا توجد مواضيع ولا أحاديث مشـتركة بيننا بعـد الـسلام والتحيـة وبعـض المجـاملات الروتينيـة المملـة. وماهـر، اللـه يرضى عليه، يوميـاً يشـرب قهوة الصباح معي في بيـت المهاجريـن قبـل أن يذهـب إلـى عمله، ولكنني أشـتاق كثيـراً للأولاد، فأنـا لا ألتقـي بهـم إلا مـرة واحدة في الأسـبوع. قلـت لهـا يـا بنتـي يا رجاء أنـا لا أريـد أن أضغط عليـك وأغير برامجـك، ولكـن عندمـا لا تسـتطيعين الحضـور أيـام الجمعـة أرسـلي الأولاد مـع عمهـم فنحـن نشـتاق إليهـم كثيـراً. واللـه وعلقنـا بلسـان سـهام خانـم الطويـل وقصصها التـي لا تنتهي. مرة تحتج أن جلوس جوريّة معهم في المقعد الخلفي للسيارة يضايـق ابنتها ويفسـد مزاجها طـوال اليوم، ومـرة تقول إنها لا تعمـل سـائقة تكسـي عنـد رجاء خانـم وأولادها، ومـرة تدّعي أن الأولاد تضاربـوا داخـل السـيارة وتسـببت أصواتهـم العالية لهـا بالصداع النصفي طوال النهار، واضطرت لأخذ ثلاث حبات أسـبرين ولعقد رأسها بمنديل لساعات، وهكذا كل يوم جمعة تطربنـا بمـوال جديـد مـن تأليفها وتلحينهـا. وأنا بينـي وبينك أتعمـد تجاهلهـا كي لا نصطدم، لأننـي بصراحة لا أهضمها ولا أهضم تصرفاتها، وكلامها ينزل على قلبي أثقل من الرصاص، ولا أريد أن أكون سـبباً مباشـراً لمشكلة إضافية بينها وبين زوجها.

فـواز مسـكين وحظـه قليـل فـي هـذه الحيـاة، ولا تنقصـه المشاكل، وهي قادرة ولا تمل ولا تكل من النكد.

- ربمـا تعانـي مـن حالة نفسـية بسـبب عـدم الإنجـاب، وربما تغـار من رجاء لأنهـا جامعية وأم لثلاثة صبيان، وزوجها يحبها ويدللها أمام الجميع.
- واللـه لا أعـرف يـا بنتي، خلاصة الكلام أننا لـم نوفّق لا بها ولا برجـاء، حـظ نحس.. هي أضرب من سـلفتها وسـلفتها أضرب منها، والبعد عنهما غنيمة لمن يسـتطيع ذلك. الله يسعدهما ويبعدهما ويهدي البال.
- أمين يا رب العالمين.
- وأنت كيف أحوالك يا بنتي، وكيف أحوال زوجك وأولادك؟
- الجميـع بخيـر الحمد لله. اسـكندر لا يـزال يعمل مع أبيه في معهد اللغات، ولا نلتقي إلا مسـاء. قبل الظهر يقوم بتدريس مجموعتين كبيرتين من طلاب البكالوريا، وبعد الظهر يساعد والده بالمحاسبة وبعض الأعمال الإدارية. وأنا بصراحة تعبت مـن القيـام بمسـؤوليات الأولاد والبيت وحـدي. الحمل ثقيل جـداً علي يا أمـي. والله تعبت. بالأمس قلت له إنني بصراحة غير قادرة على الاستمرار بهذا الشكل، وإنني سأنهار قريباً إذا بقيـت علـى هذا المنـوال، فوعدني أن يناقش والده بمسـألة تخفيـض عـدد سـاعات العمـل المسـائية فـي المعهـد، وأن يخصـص وقتـاً أطول لـي ولـلأولاد. ووعدني أن يأخذنا الشـهر القـادم إلى بيروت لقضـاء عطلة العيد هناك عند أولاد عمته. أوه! أنتظـر هـذه العطلـة بفـارغ الصبر. أنا بحاجة ماسـة إلى التنفس وكسر الروتين القاتل.

- والله اشتقت لبيروت، آخر مرة زرتها أظن منذ أكثر من سنتين. أحب هذه المدينة جداً، وأشعر بالسعادة حين أتمشى في شوارعها. إن شاء الله تقضون أوقاتاً حلوة فيها يا حبيبتي وترجعين بنفسية مرتاحة. الله يسعدك يا رب في الدنيا والآخرة.
- تعالي معنا يا أمي. والله أنا واسكندر نضعك في عيوننا ونقضي معك أحلى أيام، والأولاد يفرحون كثيراً بوجودك معنا. قولي لبابا إنك اشتقت لابنة خالتك في طرابلس، وإنك ترغبين بقضاء عطلة العيد معها.
- تسلم عيونكم يا حبيبتي، ولكن أنت تعرفين أن هذا الموضوع غير وارد أبداً الآن. وأنا لا أحب أن أكذب على أبيك. الله يهديك يا ممدوح. المهم.. ما هي أخبار الأولاد ومدارسهم؟ هل الجميع بخير؟
- عبد القادر وسوزان يحضران لامتحانات البكالوريا بهمة ونشاط، هما دائماً من الأوائل الحمد لله، لا أخاف عليهما أبداً فهما يعرفان تماماً ماذا يريدان من الحياة ولا يضيعان الوقت، ويقومان بواجباتهما بصمت ومن دون مساعدة أحد، ولكن سعد... آخ منك يا سعد!! الله يهديك يا سعد يا ابن قلبي ويسعد أيامك يارب.
- ما زال يتعبك بدراسته؟ ألم يتحسن؟
- يتعبني بدراسته وبتربيته وبأصدقائه وبطعامه وبلباسه وبكل شيء. سعد هو مشكلة حياتي يا أمي. كل يوم قصة جديدة وموال جديد. يوم يرفض الذهاب إلى المدرسة، ويوم

يتأخـر مسـاء بالعودة إلى البيت ويقلقنـي عليه، ويوم يحضر أصدقاءه معه على الغداء من دون أن يخبرني، ويوم يتشابك مـع ابن الجيـران، ويوم يتعارك مع عبد القادر لأتفه الأسـباب كي يلهيه عن دراسته، ويوم يمزق دفاتر سوزان ويخفي كتبها كي يغيظها ويفتعل مشـكلة معها، وقيسـي على ذلك. أفلامه لا تنتهـي وأنـا فعلاً تعبـت.. تعبت ولا أعرف مـاذا أفعل. هذا الولد سيقضي علي.

- طولـي بالك عليه يـا بنتي، المراهق بحاجة إلى صبر أيوب، لا تضغطي عليه كي لا تخسريه. والله أخوك ماهر جن وجنّنني أثنـاء مراهقتـه، وهو الآن أحنّ شـخص في العائلة. الله يرضى عليـه ويعطيه ليرضيه. طولي بالك عليه حتى الله يهديه. الله كريم يا بنتي.. الله كريم.

- واللـه طولـت بالي عليـه يا أمي.. طولت بالـي وضغطت على أعصابي وعلى أسناني وحبست نفسي في البيت لأجله، ولكن من دون فائدة. إنه صعب صعب جداً وطبعه صعب ومزاجه متقلـب وعدوانـي، ولا أدري ما هي الوسـيلة الأفضل للتعامل معـه. لا العنـف ينفع معه ولا الحنان ولا التجاهل ولا التهديد بحرمانـه مـن المصروف ولا أي شـيء. تعبـت.. تعبت.. وأبوه ترك الشقاء كله لي ولحق المعهد الزفت. وكل ما تكلمت معه فـي الموضـوع يقول لقمـة العيش يا نجوى.. لقمـة العيش يا نجوى.. ونجوى الله يكون بعونها ويساعدها.

- اتركيه لأبيه يا بنتي، الأب أقدر على تربية الصبي من الأم.

- ولهذا السبب بالذات طلبت من اسكندر أن يخفف عدد ساعات العمل المسائية حتى يتفرغ له ويريحني من مشاكله اليومية التي لا تنتهي. ضاعت بوصلتي معه ولا أدري ماذا أفعل. حتى جيراني في البناية توقفت عن زيارتهم، لأنني كلما خرجت نصف ساعة من البيت لأتنفس يطلبني عبد القادر أو سوزان على عجل لأفض خلافاً بينه وبينهما، ودائماً دائماً هو المعتدي عليهما. اشتهيت مرة واحدة أن يكون مظلوماً. ولاااا مرة.
- انتبهي يا بنتي الله يرضى عليك لا تعانديه كثيراً ولا تقسي عليه في هذه المرحلة حتى لا يكرهك في المستقبل وتنامي على قصة صغيرة وتصبحي على كارثة.
- آخ يا أمي لا تزيدي النار على قلبي! أصلاً بدأ يكرهني وكل يوم يقول لي أنت أسوأ أم في العالم.. أنت تحبين عبد القادر وسوزان أكثر مني وتفضلينهما علي ودائماً تقفين معهما ضدي، فأقول له يا بني يا حبيبي يا عيوني الأم لا تفرق بين أولادها ولا تستطيع أن تحب أحدهم أكثر من الآخر، ولكن من دون فائدة وكأنك تخضّين الماء. لا أحد يستطيع أن ينتزع أي فكرة من رأسه اليابس أو يغير رأيه بشيء. عنده قناعات عجيبة غريبة لا أدري من أين يأتي بها. تعرفي ماما! أحياناً أشعر أن الله يعاقبني به لأنني كسرت كلمة بابا وهربت مع اسكندر وتزوجته من دون موافقته.
- والله مشكلة. اسمعي يا نجوى! إياك أن تشجعي اسكندر على معالجة الموضوع بالضرب. المراهق مجنون ولا يمكن

لأحـد أن يتنبـأ بـردود أفعالـه. كثير مـن المراهقيـن ينتحرون أو يهربـون مـن بيوتهم تحـت الضغط ويلجـؤون إلى أصدقاء السـوء فتضيـع حياتهـم بيـن الكحـول والمخـدرات والنسـاء. انتبهـي يا بنتي الله يرضى عليك! الموضوع يحتاج إلى الكثير من الهدوء والحكمة والتنسيق مع اسكندر.

- بعيد الشر. الله يحميه ويهديه يا رب. هذا بالضبط ما أحسب لـه ألف حسـاب يا أمي. واللـه أحياناً لا تغمض لي عين طوال الليـل حيـن تخطر في بالي هذه الأفكار السـوداء. الله يهديه لعمي ويوافق على تخفيض عدد سـاعات عمل اسـكندر لأني لم أعد قادرة على تحمل مسؤوليته وحدي. البيت كله والدنيا كلها بكفة وسـعد وحده بالكفة الثانية. يا ربي سـاعدني والله تعبـت، تعبـت وحـنّ عودي وانكسـر ظهري منه ومـن أفعاله العجيبة الغريبة. الله يهديك يا سعد يا ابن بطني.
- أكيد سيوافق، لا خيار أمامه، مستقبل حفيده أهم من المعهد ومن المال ومن كل شيء. لا تتساهلي في هذا الموضوع أبداً يـا نجـوى الله يرضـى عليك يا بنتـي، مرحلـة المراهقة أخطر مرحلـة في حياة الأولاد وتواجـد الأب ضروري، الأم وحدها لا تكفي. انتبهي يا عين أمك عشرة على عشرة.
- توكلـي على الله يـا أمي. الله يقدم ما فيه الخير ويريح البال. لا تشـغلي بالك بي وبأولادي يا سـت الكل، كل مشـكلة ولها حل بإذن الله. الله يعطيك الصحة وطول العمر يا رب وتبقي فوق رأسنا جميعاً.

***

صوتكِ العالي يشوّش فضاءاتي

يتأبطها كجريدة يومية

حتى تستحيل فكرةً من خشب،

أشعر بالبرد في رحمك المظلمة لا معطف لي

وحبلكِ السري يلتف حول رقبتي رفيقاً لي في كل أسفاري،

هنا في هذا المكان أتكوّر لأجمع لأفكاري حزمةَ ضوء.

"سلمى حداد"

الفصل الخامس

دمشق

حـي المهاجرين

- مساء الخير.
- خيـر! ومـن أين يأتي الخير فـواز أفندي؟ أين كنت حتى هذه الساعة المتأخرة من الليل؟
- أستغفر الله العلي العظيم! قلنا مساء الخير!!
- وأنا قلت مساء الزفت.. مساء القطران.. أين كنت؟
- في بيت أخي ماهر. هل هذه جريمة يحاسب عليها القانون؟
- ولماذا لم تخبرني أنك ذاهب إلى زيارتهم؟
- لأنني ببسـاطة لم أكن أعلـم. التقيت ماهر صدفة في صالون الحلاقة فأصر أن يصطحبني معه إلى بيته.
- ولماذا لم تمرّا لاصطحابي وأنتما على بعد خطوات من البيت؟
- لأنني ظننت أنها سـتكون زيارة سـريعة، فأخذنا الحديث ولم نشـعر بالوقـت. ثم منذ متى ترغبين بزيـارة رجاء؟ والله على علمي أنك لا تطيقين سماع صوت دعسة حذائها على الأرض، أم أنا مخطئ ست سهام؟

- دعك من علاقتي برجاء ولا تحاول تغيير مجرى الحديث، تعشيت عندهم؟
- نعم تعشيت عندهم. نعم أقر وأعترف وأنا بكامل قواي العقلية أنني تعشيت عندهم. هل من أسئلة أخرى سهام خانم قبل أن أدخل للنوم؟ سبحان الله كيف تمكنت ببراعة من تحويل هذا البيت إلى فرع أمن ومحاضر تحقيق وشهادات وانتزاع اعترافات تحت الضغط والتعذيب! أنا فعلاً شديد الإعجاب بطريقتك في إدارة الجلسات في هذا البيت الذي أصبح على يدك سجناً حقيقياً بأربعة جدران.
- تعشيتَ هناك!!! هكذا بكل بساطة! بكلللللل بساطة تعشيت هناك!! وماذا عن الخادمة التي تنتظرك في البيت؟ ألا تستحق منك مكالمة صغيرة تخبرها فيها ألا تنتظرك على العشاء، أم أن الأمر لا يعنيك على الإطلاق؟
- ومن طلب منك أصلاً أن تنتظريني على العشاء، ها؟ من طلب منك ذلك؟ والله لا أذكر آخر مرة تعشينا فيها مع بعضنا يا سهام أو حتى تعشينا مع جوريا، فلماذا كل هذه الدراما السخيفة الآن؟ ولماذا أصبحت فجأة الزوجة المتفانية الجائعة التي تغفو على الأريكة بانتظار عودة زوجها آخر الليل لتتعشى معه على ضوء الشموع؟ أشعر، والعياذ بالله، أنني في فيلم عاطفي لناديا لطفي وعبد الحليم حافظ.
- والله أنا أيضاً أشعر أنني، والعياذ بالله، في فيلم رعب مع زوج متمسح وعديم المسؤولية.
- انعدام الإحساس هو الطريقة الوحيدة التي تنفع في مواجهة هذا الكم الهائل من النكد اليومي سهام خانم. يا إلهي! دكتوراه

فخريـة فـي النكد وتخريـب المزاج. يا اللـه تصبحي على خير، أنا متعب وأريد أن أنام ولا مزاج لدي لسماع المزيد من هذه السخافات التي لا تنتهي.

- ومن كان عندهم؟ من كان عند أخيك على العشاء؟
- أوه آسف التحقيق لم ينته بعد! أهل رجاء.
- مَن مِن أهل رجاء خانم؟ مَن منهم بالضبط؟
- أووووووه يا سـهام ما كل هذه الأسـئلة السـخيفة؟ امسحي وجهـك بالرحمـن واتركـي الليلـة تمر علـى خير! قلـت لك أنا نعسـان ومتعـب وأريد أن أنام. الصبـاح رباح.. نكمل التحقيق غداً سيادة العقيد، يا الله تصبحي على خير.
- مـن كان مـن أهـل المغضوبة رجـاء؟ أجبنـي! لا تتهرب من السـؤال. لن أتركك تنام لحظة واحدة قبل الإجابة على هذا السـؤال، وإلا قسـماً باللـه أتصـل برجـاء الآن وأتسـبب لكم بشـرّ لـه أول وليـس له آخر. أنـت تعرفني جيـداً يا فواز فلا تختبر جنوني.
- سـهام!! هـل جننـت؟ تقلقـي راحـة النـاس فـي هـذا الوقـت المتأخـر مـن الليـل من أجل هواجسـك وظنونـك! لاااا... أنت أكيـد فقدت عقلـك وأصبح مشـفى المجانين المـكان الوحيد المناسب لجنونك ونكدك المرعب.
- فواز! للمرة الأخيرة أسـألك: من كان من أهل المغضوبة رجاء على العشـاء؟ أجبني من دون لف أو دوران، وإلا قسـماً عظماً سترى شراً لم تر مثله من قبل.
- سهام اخفضي صوتك، جوريا نائمة والجيران نيام.

- جوريـا نائمـة!! جوريـا نائمة، أليس كذلك؟ الآن سـأذهب إلى غرفتها وأوقظها بنفسي لتحكم بيننا ولتسأل أباها المحترم من كان معه على العشاء في بيت حيّة التبن رجاء.
- يـا مجنونـة البنت عندهـا امتحانـات بكالوريـا ولا وقت لديها لسماع هذه السخافات، اتركيها بحالها وبمستقبلها، لا تقلقيها بهواجسك وأوهامك!
- الآن سأدخل إليها وأوقظها الآن.. الآن.. إذا لم تقل لي من كان معك على العشاء من أهل رجاء الأفعى.
- أخوها ثائر وزوجته ماجدة، ها! ارتحت الآن؟
- ومـن أيضـاً؟ من كان مع ثائر وماجدة يـا فواز بيك؟ من؟ من؟ الآن أريد أن أعرف من.
- أختها صفاء وأمها.
- قلـت لي التقيته صدفة عنـد الحلاق!! ها!!! صدفة!! يا الله ما أجمـل هذه الصدفـة التي جمعت كل الحبايب على العشـاء! ربّ صدفـة خيـر من ألـف ميعاد. إمممـم... والمطلوب مني الآن أن أمسـح مخاطي بباطن كفي وأن أصدق كل ما سـمعت من أكاذيب، وأذهب إلى فراشي الدافئ وكأن شيئاً لم يكن.
- سهام! لا تسرحي بعيداً بأفكارك المريضة، أقسم لك إنها كانت صدفـة، حتـى إن ماهـر طلب العشـاء من مطعـم الكمال في ساعة متأخرة من الليل.
- أنا أفـكاري مريضـة وأنـت مـاذا، هـا، أنـت مـاذا أيهـا النذل المنحـط؟ تظننـي غبية لا أفهم مـاذا يدور بينك وبين الأفعى رجاء من خطط شـيطانية؟ هل أبدو لك بهذه السـذاجة فواز

أفندي؟ والله لم يُخلق بعد من يستطيع أن يتشاطر ويتذاكى على سهام. استيقظ يا فواز، استيقظ أنت ورجاء خانم وكل عائلتك النائمة! تريد أن تزوجك أختها المطلقة! أليس هذا ما تريده تلك اللعينة؟ تضرب ثلاثة عصافير بحجر واحد.. تستر على أختها المطلقة بعريس الهنا، وتضع يدها هي وأهلها على ورثة عمي كاملة، وتوجه لي الضربة القاضية التي تحلم بها منذ زمن.

- استغفري ربك ياسهام، لا صفاء ولا أختها بهذا الوارد على الإطلاق. المرأة محترمة ومستورة الله يستر عليها وعلى كل بنات الناس وأنا متزوج وابنتي أطول مني. امسحي وجهك بالرحمن ودعي هذه الليلة تمر على خير. يا إلهي، عصفوريّة.. عصفوريّة حقيقية!!
- لا صفاء ولا أختها بهذا الوارد! واستغفري ربك يا سهام! إمممممم.. ومن يدري، ربما تكون حماتي المصون الست أم ماهر أيضاً بهذا الوارد، لمَ لا؟ وربما عمي شخصياً، كله وارد. لا أستبعد شيئاً عن هذه العائلة المحترمة. الكل يريد أن يتخلص مني على أهون سبب. منذ أن دخلت هذه العائلة وأنا غريبة بينكم. لا أحد يحبني ولا أحد يحاول التقرب مني، معزولة عن الجميع كالعنزة الجرباء وأنا...
- ماما! بابا! ما كل هذا الصراخ؟ يا إلهي!!! ماذا يجري هنا في هذا الوقت المتأخر من الليل؟ ألا تكفيكم خناقات النهار؟
- جوريا حبيبتي عودي إلى فراشك، هي مشكلة صغيرة بيني وبين أمك نحلّها فيما بيننا لا تقلقي. عودي إلى السرير!

- مشكلة صغيرة! لا ليست صغيرة، ليست صغيرة على الإطلاق. ولن أتركها تعود إلى السرير قبل أن تعرف ما يجري بيننا. هل تفضل أن تخبرها أنت أم أخبرها أنا بتلك المشكلة الصغيرة سيد فواز؟
- سهام! امسحي وجهك بالرحمن ودعي الليلة تمر على خير. جوريا! عودي إلى غرفتك يا بنتي ولا تتدخلي بشؤون الكبار! أنت ما زلت صغيرة على هذا الكلام ودروسك أهم من كل هذه الهستيريا الدائرة بيننا.
- لا سيدي ستبقى هنا وستسمع القصة من طقطق حتى السلام عليكم ولم تعد صغيرة أبداً.. حان الوقت لتسمع كل شيء وتعرف كل شيء.
- وأنا قلت ستذهب إلى غرفتها ولا شأن لها فيما يجري بيننا.
- وأنا قلت ستبقى يعني ستبقى وستسمع القصة كاملة وتعرف أباها على حقيقته. أم تريدني أن أعطيك فرصة أخرى لتظهر أمامها بصورة الزوج الراقي والأب المثالي، وأظهر أنا بصورة الزوجة السوقية والأم الأنانية! لا لن تحصل على هذه الفرصة أبداً.
- ماما! اخفضي صوتك أرجوك لا داعي للصراخ بهذا الشكل الهستيري. الدنيا ليل والجيران نيام. أرجوك لا تفضحينا!
- اخفضي صوتك.. اخفضي صوتك.. صوتك نشاز.. صوتك عال.. لا لن أخفضه بعد اليوم ومن لا تعجبه طبقة صوتي فهذه مشكلته هو ومشكلة أذنيه، أما أنا فسأتكلم على راحتي وبطبقة الصوت التي تعجبني.

- سـهام! هـل فقـدت عقلـك؟ مـا كل هـذا الجنـون! حبيبتـي جوريا عودي إلى غرفتك وأنا سـأحل المشـكلة مع أمك. هذه المشكلة تخصنا ولا تخصك.
- أبوهـا سـيتزوج على أمها والمشـكلة لا تخصها؟ كيف؟ اعرب لـي هذه الكلمة من فضلـك، أو حتى ضعها في جملة مفيدة كي أفهمها وتفهمها جوريا!
- جوريا...
- لحظة.. لحظة.. من سيتزوج على من؟
- سـهام! أحـذرك للمـرة الأخيـرة... اقصري الشـر وإلا! البنت لا شأن لها بكل هذا الهراء.
- بابا! هل صحيح ما تقوله ماما؟ أنت ستتزوج عليها؟
- تخريـف واللـه يـا بنتـي تخريـف، كله مـن بنات أفـكار أمك المجنونـة. أنـت تعرفينها جيـداً وتعرفين أفلامها وهواجسـها وأمراضها النفسية.
- تخريف وأمراض نفسية! هل أخبرها من تكون عروس الهنا يا سيد فواز، أم تخبرها أنت بطريقتك الراقية؟ قال رضينا بالبين والبيـن لـم يرض بنا. والله لو كنتَ رجلاً كاملاً لقلت أمري لله أقتسـمه مناصفـة مـع امرأة أخـرى، أما أن تكـون أصلاً نصف رجل فهذا...
- سـهام! أقولهـا للمـرة الأخيـرة احترمـي نفسـك ولا تضطريني للتصرف أمام ابنتك بطريقة لا تعجبك يا بنت أبو طاقية.
- بنـت أبـو طاقيـة أشـرف منـك ومـن أهلـك.. بنت أبـو طاقية سـترت عليـك كل هـذا العمر ولم تفتـح فمها بكلمـة واحدة

كـي تحافـظ على صورتك أمـام الجميع. أرني ماذا سـتفعل يا ابن ممدوح باشـا ونزيهة خانم؟ ها! بالله عليك ماذا سـتفعل أيهـا الراقـي ابن العائلة الراقية! أرجـوك لا تتركني أنتظر كثيراً فالفضول يأكلني.

- سـأفعل مـا كان يجـب علـي أن أفعلـه منذ أكثر من عشـرين سـنة عندما بدأت هذا المسلسـل الطويل من النكد والصراخ والهيسـتيريا المتنقلـة. سـأربيك مـن جديد يا عديمـة التربية وألقنك درساً لن تنسيه في حياتك. الذوق لا ينفع مع أمثالك ولن أصبر عليك بعد اليوم.
- آآآه!! اللـه يكسـر يـدك يا حقير.. وصلت فيـك الأمور أن تمد يـدك علـي. اللـه ينتقم منـك يا رجـاء يا بنت الكلـب ويخرب بيتك يا خرّابة البيوت.
- بابـا! ماذا تفعل؟ بابا! أرجـوك.. أرجوك. يا إلهي! ما هذا الذي أراه؟ بابـا! أرجوك توقف.. توقف.. ماما.. ماما أرجوكما توقفا! إذا لم تتوقفا سأتصل بجدي.
- طلقنـي أيهـا الخنزير! لن أبقى معك دقيقة واحدة بعد اليوم. طلقني!!! لو كنت رجلاً ارم علي يمين الطلاق الآن! الآن!
- ألف طلب مثل هذا الطلب. فعلاً هو الوقت المناسب لوضع حـد لهـذه المهزلة التـي طالت. أنـت طالق.. طالـق بالثلاثة.. طالق.. طالق.. طالق.

***

فإن تطلب اللؤلؤ عليك بالغوص في عمق البحر،

فما على الشاطئ غير الزبد.

"جلال الدين الرومي"

الفصل السادس

غوطة دمشق

مزرعة الجوري

- ألف مبارك النجاح يا عيون جدك، ولو أني كنت أنتظر علامات أفضل بكثير يا جوريّة كي أتباهى بحفيدتي بين الناس.
- أنا آسفة يا جدي، أعترف أن علاماتي قليلة ولكنك تعرف جيداً الظروف الصعبة التي مررت بها قبل وأثناء الامتحانات النهائية. أعدك أنني سأعوضك بعلامات أفضل بكثير في الجامعة وستتباهى بي أمام كل الناس. أعدك يا جدي. أرجوك لا تزعل مني!
- أعرف يا حبيبتي.. أعرف. الله يسامح من كان السبب. الله يوفقك وينور طريقك ويفرح قلبي فيك يا جوريتي الحلوة.
- وفي جميع الأحوال علاماتي تؤهلني لتحقيق حلمي في دراسة الكيمياء، هذا كل ما أريد.
- ألم تغيري رأيك يا جوريّة؟ هل أنت متأكدة أنك تريدين دراسة الكيمياء؟ هذا الاختصاص صعب على المرأة ومجالاته محدودة يا حبيبتي.

لماذا لا تدرسي أدب إنجليزي أو أدب عربي أو حتى جغرافيا وتعملي في مجال التدريس مثلاً وتريحي رأسك ورأسنا؟ الآداب أنسب وأسهل اختصاص للبنات في مجتمعنا ووظائفها مضمونة

- لا يا جدي، لا أحب دراسة الأدب، ولا أحب العمل في مجال التدريس. أريد أن أدرس الكيمياء كي أتخصص في صناعة العطور.
- صناعة العطور! ولكن لا يوجد لدينا هذا الاختصاص هنا في الشام.
- أذهب إليه يا جدي.
- تذهبين إليه! أين؟
- فرنسا مملكة العطور..
- فرنسا!!! من أين تأتين بهذه الأفكار المجنونة يا جوريّة؟
- ابنة عم صديقتي رشا تعيش مع زوجها في باريس منذ سنوات، وهي التي أخبرتني أن فرنسا أفضل مكان في العالم لصناعة العطور، ووعدتني أن ترسل إلي أسماء وعناوين أفضل الكليات والمعاهد هناك.
- إمممممم.. هذه نغمة جديدة لم أسمع بها من قبل!! الله يستر!
- جدو.. أرجوك!
- أرجوك ماذا؟
- أرجوك ساعدني على تحقيق حلمي، أرجوك يا جدي! سأكون أسعد إنسانة في العالم كله إذا تمكنت من تحقيق هذا الحلم. ألا تهمك سعادتي؟

- أكملـي دراسـتك الجامعيـة أولاً وبعدها لكل حـادث حديث. أمامـك أربع سـنوات دراسـة، ومـن يدري ربمـا يأتيك صاحب النصيـب فـي هـذه الأثنـاء ويغيـر مجـرى حياتك كلـه ويريح رأسك ورأسنا من هذه الأحلام المجنونة. قال فرنسا قال! هذا ما كان ينقصنا.

- لن أتزوج قبل أن أحقق حلمي في صناعة العطور.

- لا أحـد يقـف في وجه النصيب يا بنتـي. عندما يأتي النصيب تنحني له أكبر الرؤوس.

- جدو! أنت تماطلني.. دعني من النصيب والرؤوس الآن! أريد منك وعد شرف وأنا أعرف جيداً أنك لا تخلف وعدك.

- وعد شرف بماذا؟

- بأنـك لـن تمانـع ذهابي إلى فرنسـا، وأنـك ستسـاعدني مادياً لأكمل اختصاصي هناك.

- وكيـف سـأعيش فـي غيابـك يـا جورّيـة؟ أنـت تعرفيـن جيداً أنـك الهـواء الـذي أتنفسـه وأن العالم كله بكفـة وأنت بكفة. هـل فكـرت فـي ذلك؟ كيـف يطاوعك قلبك علـى هذا؟ وهل فكـرت كيـف ستعيشـين وحدك فـي بلد لا تعرفيـن فيه أحداً ولا تتكلمين لغته؟ انزعي هذا الموال من رأسـك يا بنتي الله يرضـى عليـك! المـال مقـدور عليه يـا جوريّة فلا شـيء أغلى منـك، أمـا غيابـك فهـذا ما لا أقـدر عليه أبـداً يا بنتـي. اطلبي أي شـيء آخـر، اطلبـي عينـيّ لـن أبخل بهمـا عليـك، أما هذا الموضوع فأنصحك بنسيانه، لا أستطيع يا جوريّة.. لا أستطيع. أنت تطلبين مني المستحيل.

- لـن أتأخـر عليـك، أقسـم إنني لن أتأخر. سـأعود بأسـرع وقت ممكن لنعمل أنا وأنت في مزرعة الجوري. ثم إنني سأبدأ منذ الآن بدورات لغة فرنسـية مكثفة في المركز الثقافي الفرنسـي هنا كي أختصر إقامتي في فرنسا قدر الإمكان.
- ومـاذا لـو أتيـت ولـم تجدينـي؟ هل تظنيـن أن جـدك العجوز سيخلّد في هذه الحياة؟ انظري إلي يا جوريّة! لقد أكل الزمان على جدك وشرب.
- بعيد الشـر يا جدي، بعيد الشـر عنك، الله يطول عمرك يا رب لتراني أكبر صانعة عطور في الشرق الأوسط، وربما في العالم كلـه، مـن يـدري! جـدي أرجوك.. سـاعدني أرجـوك لا تحرمني فرصـة عمـري وحلمـي الوحيـد فـي هـذه الحيـاة! ألا تهمـك سعادتي؟ سعادتي في صناعة العطور وليس في أي شيء آخر فـي هـذا الكـون. ثم لا تنسَ أنك أنت مـن زرعت حب الزهور في قلبي هنا في هذه المزرعة وأنت من علمتني لغة الجوري هنا في هذه المزرعة، والآن تريد أن تتخلى عني في منتصف الطريـق وتريدني بكل بسـاطة أن أدير ظهـري لحلمي الوحيد ولحبـي الوحيـد! هذا ظلم يا جدي. أوصلتنـي إلى نصف البئر وتريد أن تقطع بي الحبل؟ أرجوك يا جدي لا تخذلني!
- أنـت تكلميننـي وكأنـي الوحيـد الـذي بإمكانـه البـت في هذا الموضـوع. مـاذا عـن أمـك وأبيـك يـا جوريّـة؟ ألا يحـق لهمـا المشاركة في القرار؟ هل هما على علم بأفكارك المجنونة؟
- أعـرف جيـداً أن الكلمـة النهائية لـك وأنهما لن يخالفـا قرارك،

ولذلك اختصرت الطريق وبدأت بك قبل أن أذهب إليهما. إقناعهما سيكون أسهل من إقناعك بكثير.

- أفهم من هذا أنه لا علم لهما بما تخططين أيتها الشقية.
- لا. سأناقشهما في الأمر بعد أن أحصل على موافقتك. ها! ماذا قلت يا جدي؟ أعطني الضوء الأخضر وأنا أتصرف وأرتب كل شيء. كل شيء. أرجوك يا جدي لا تخذلني! أرجوووك! سعادتي تتوقف على كلمة واحدة منك لا تبخل بها علي يا جدي، وأنت الذي لم تبخل علي بأي شيء في حياتي!
- والله لا أدري يا جوريّة ماذا أقول. أنت تستغلين حبي الكبير لك وتعرفين جيداً أنني لا أستطيع أن أرفض لك طلباً أيتها الملعونة، ولكن هذا الطلب يختلف كثيراً عن كل الطلبات..
- هل هذا يعني الموافقة المبدئية يا جدي؟
- أبي! جوريا! أين أنتما؟ الغداء جاهز. نكاد نموت من الجوع. لا نستطيع الانتظار أكثر.
- هل هذا يعني الموافقة المبدئية يا جدي؟ أجبني.. أرجوك أرح قلبي بالموافقة. أرجوك! أريد أن أرتب أموري وأعرف أين أضع قدميّ.
- لا، لا، لا يعني الموافقة أبداً، ولكن يعني أنني سأفكر جدياً في الموضوع وسأخبرك بقراري فيما بعد، لا داعي للعجلة، أمامنا الكثير من الوقت لترتيب أفكارنا وأولوياتنا. أعدك أنني سأفكر في الموضوع وأعطيه الوقت الكافي. لن أسمح لك أن تنتزعي مني قراراً على هذا المستوى من الأهمية في لحظة ضعف.

أنـت روحـي يـا جوريّـة.. روحـي، هـل تعرفيـن مـا معنـى الروح؟

- أبـي! جوريـا! أيـن أنتما؟ الشـاكرية والـرز بانتظاركمـا. إذا لم تحضـرا حـالاً سـأبدأ الأكل أنـا وأمي، ولن ننتظركمـا وقد أعذر من أنذر.

- أوووف! نحـن هنـا يـا أبي، هنا.. هنا فـي الحديقة. الآن وقت الشـاكرية والـرز! أوووف. أنـا آسـفة يـا جدي يجـب أن أغادر الآن. لـن أتمكـن مـن تنـاول الغـداء معكـم، وعـدت مامـا أن أتغدى معها اليوم. لقد حضرت لي مقلوبة دجاج وسلطة خيار باللبن. لا أريدها أن تشـعر أنني أقف في صف بابا ضدها أو أنكم تبعدوني عنها. أنت تعرف حساسـية الموضوع، وتعرف تمامـاً كيـف تفكر وكيف تشـك بكل من حولها دون اسـتثناء. هـي متألمـة ونفسـيتها متعبـة جـداً، ولا أريد أن أزيـد ألمها. سأعود غداً للغداء معكم إن شاء الله.

- أكيد يا بنتي! حافظي على علاقة متوازنة مع كليهما، ولا تقعي في فخ إرضاء أحدهما على حسـاب الآخر. في جميع الأحوال أنـت لسـت طرفـاً في مشـاكلهما. هما عاقلان راشـدان تزوجا بقرار منهما وتطلقا بقرار منهما، وربما كان قرار الطلاق أفضل بكثيـر مـن قرار الزواج، فهما لم يُخلقا لبعضهما على الإطلاق. كان زواجهمـا أكبـر خطـأ منـذ البدايـة. كل إنسـان يتعلم من أخطائـه. علـى كل حـال، أبـو عطية فـي الخارج، قولـي له أن يوصلـك إلـى المهاجريـن ويعود بسـرعة الريح إلـي، أريد أن أذهب إلى مزرعة الفاكهة لتفقد موسم الدراق والكرز.

- طيب.. طيب، سأودع جدتي وأبي وأعتذر بحرارة منهما ومن طبق الشاكرية والرز. إلى اللقاء يا جدي. لا تنسَ أن تحضر لي بعض الكرز المُكحّل. أحبك.. أحبك. أحبك كثيراً كثيراً وأعدك أنني سأحبك أكثر بكثير إذا وافقت على سفري. أرجوك لا تحرمني فرحة عمري. أرجوك يا أحلى وأحنّ جدو في الكرة الأرضية.. أرجوك! أنا بانتظار جوابك على أحر من الجمر، لا تدعني أنتظر طويلاً!
- بأمان الله يا روح جدك. بأمان الله ورعايته. الله يحميك من كل شر ويختار لك الأفضل من كل شيء. الله يحميك من أحلامك يا عيون جدك.
- جدو!
- ماذا؟
- لا تنسَ اتفاقنا أرجوك!
- ما أشقاك يا جوريّة وما أبعد جغرافيا أحلامك! الله يحميك يا نور عيون جدك. يا إلهي! ما هذا الحلم اللعين الذي هبط علينا بمظلة من حيث لا ندري؟ والله لا أدري ماذا أقول وماذا أفعل. اللهم عجّل نصيبك يا جوريّة يا بنت سهام كي ننتهي من هذه القصة على أهون سبب!

***

لا تخضع رمزية الوردة الجورية لقيود الزمن،

فالرسالة التي تحملها ثابتة لا تتغير:

أريد أن أشعر تجاهكَ بالطريقة ذاتها

إلى أن يتلاشى الزمن.

"إليزابيث آشلي"

الفصل السابع

مشفى الشامي

صالة الاستقبال

- أرجوكم ابتعدوا من هنا! لا أستطيع الإجابة على أي سؤال الآن. الوضع لا يحتمل كل هذا الضجيج. ابتعدوا.. ابتعدوا، خذوا كاميراتكم وابتعدوا من هنا، لن أدلي بأي تصريح عن وضعها الصحي الآن. سأوافيكم بالتفاصيل فور حصولي عليها من طبيبها المشرف على حالتها. أما الآن فليس لدي ما أقول. أنتم تضيعون وقتكم ووقتي وتتسببون بالفوضى العارمة في المشفى.
- مساء الخير يا صفوان.
- مساء النور أستاذ سعد.
- كيف حال جوريّة الآن.
- وضعها حرج للغاية. لا تحسن حتى الآن.. للأسف.
- أريد الدخول إليها.
- أرجوك أستاذ سعد.. الدكتور أنور منع زيارتها منعاً باتاً، وأنا لا أستطيع تجاوز تعليماته حرصاً على حياتها.

- ابتعـد عـن طريقي يا صفـوان. أريد أن أدخل إليها ولن أطلب إذناً لا منك ولا من الدكتور أنور الزفت.
- أرجوك أستاذ لا تحرجني ولا تحرج نفسك. أنا عبد مأمور أنفذ تعليمـات الطبيـب المشـرف، وأحـاول المحافظـة على صحة السيدة جوريا قدر الإمكان.
- ومـن تظن نفسـك كي تمنعني من زيـارة ابنة خالي؟ ها! من تظن نفسك أيها التافه؟ أنت مجرد موظف حقير لدى عائلتنا العريقـة، وإذا كنـا نعاملك بود واحترام لأمانتك وإخلاصك في العمـل فهـذا لا يعنـي أبـداً أن تتجـاوز حـدودك وتتخيل أنك أصبحت فرداً من أفراد العائلة.
- سيد سعد! الوقت غير مناسب على الإطلاق لما تتفوه به من كلمـات غيـر لائقـة.. أرجو ألا تنسـى أو تتناسـى أننـي، وحتى هذه اللحظة، مدير أعمال السـيدة جوريا والمسـؤول المباشر عن فريق حمايتها وأمنها.
- للمـرة الأخيـرة أقـول لك يا صفـوان الزفت ابتعـد عن طريقي قبـل أن أجعلـك تندم على تصرفـك هذا! لا تختبر صبري أبداً، فأنت تعرف تماماً كم أنا قليل الصبر! قال فريق حماية قال!! هذا ما كان ينقصني والله.
- سيد سعد! الصحافة في كل مكان والجميع ينتظر حدثاً ليصنع منه خبراً إعلامياً. أرجو أن تدرك مدى حساسية الموقف، وأن تتصـرف بعقلانية تليق بـ «عائلتك العريقة» وبما نمر به من ظروف صعبة، الوقت لا يسمح بالتهور على الإطلاق.

- وهل تتصرف أنت بعقلانية حين تمنعني من زيارة ابنة خالي وهي على فراش الموت؟
- أرجوك اخفض صوتك وإلا سنصبح فرجة للصحافة ومادة دسمة لعناوينها.
- لن أخفض صوتي وسأدخل إليها وقدمي فوق رقبتك ورقبة الدكتور أنور ورقبة المستشفى كله، وأرني ماذا ستفعل لو كنت رجلاً حقيقياً يا صفوان أفندي. فعلاً من استحوا ماتوا.
- حسناً سأريك بكل بساطة ماذا سأفعل.. سامي! فريد! أيهم! الحقوا بالأستاذ سعد وامنعوه بهدوء من الدخول إلى السيدة جوريا من دون لفت الأنظار إلى ما يجري. اتصلوا بأمن المشفى لمساعدتكم على إنهاء المهمة إذا لزم الأمر. ضعوني بصورة التفاصيل.
- رحل الضجيج.. تماماً مثلما رحل بيير منذ سنواتٍ جرفها وجرفني الغياب. التهمت رائحةُ الدخان أنفاسي ورئتيّ، لكن الموت المكتظ بكل تفاصيل الحريق لم ينصفني. أسمع شخيراً خافتاً يأتيني من بعيد أو حتى من قريب. ربما كان شخيري أنا، أو ربما شخير جهاز مشنوق إلى يميني أو إلى يساري، لا أدري. فقدت الشعور بالاتجاهات وبوضعية جسدي. أين نصفي العلوي؟ أين نصفي السفلي؟ أين أنا ومن هذا الضباب حولي؟
- غوزا داماسكينا! أيتها الجورية الدمشقية التي أتقنتُ على يديها أسمى أبجديات الحب والعطاء.

- أوه! بيير حبيبي! يتصدع قلبي حين أسمعك تهمس في أذني بالفرنسية بلا كلمات. هذي أنفاسي يابسات على صدرك البارد بالصمت. هناك.. هناك حيث أهديتني عمراً جديداً وأهديتك تابوتاً لا يتسع لأمنياتنا العريضات. كم انتظرت طيفك يمر بجوار عطري خفيفاً كفراشة.. لكن الشوارع يبتلعها الفراغ حين تكون خالية من بصمة قدميك. أنا جوريتك الدمشقية عاشقة حدائق غراس وأمطار الخريف ولون عينيك الزرقاوين.. أنا جوريتك الدمشقية قريبة كالظل، بعيدة كعين الشمس، جريحة كعتاب، مقشورة كالقمح، كثيفة كرطوبة المدن الساحلية وحزينة ككوب ماء مالح مالح. يا سطوري بعد غياب تحتضنني كشجرة رمان تسيل على كتفيها شمس الغروب، تلبسني فستاناً وردياً ألقاك به في كافيه بول على ناصية الشارع في غراس. فنجانا قهوة وقطعتا ماكارون بنكهة الشوكولا على الطاولة الدائرية الصغيرة! بيير! أحمر شفاهي لا يزال هناك مطبوعاً على شفة فنجان قهوة الإسبرسو الأبيض كالرحيل. رشفة أخرى وألقاك حيث تكون. انتظرني هناك إني قادمة إليك!

***

وجهتي إليكَ قارورة عطرٍ نبيلٍ

نيرانُها مستعراتٌ بحجم جحيم الفراق،

بحجم راحلين مضوا وما وهبوني صمت الغياب،

ليتك ما سألتني عن اسمي ذاك الصقيع الصباح

روزا داماسكينا.. روزا داماسكينا..

وانتصرت المسافاتُ وحمولةُ الطريق عليكَ وعلي،

يا لحماقتي حين ظننتُ

أن الراحلين يصمتون إلى الأبد!

"سلمى حداد"

الفصل الثامن

فرنسا

مدينة غراس

- صباح الخير طلابي الأعزاء. اسمحوا لي أن أرحب بكم في مدينة غراس عاصمة العطور. سأبدأ بالتعريف عن نفسي: أنا البرفسور بيير دوتفيل خبير عطور ومستشار في الجمعية الدولية للعطور (إيفرا). سأتعرف أولاً إلى أسمائكم والبلدان التي أتيتم منها، ثم نستهل المحاضرة بالتحدث عن تفاعل العطور مع كيمياء الجسم وما يُعرف بالبصمة العطرية. لنبدأ بك سيدتي الجالسة في المقدمة.
- كارول لوباسان من ستراسبورغ/ فرنسا.
- جيمس فيلد من أدنبرة/ اسكتلندة.
- بول ساوثامبتن من ألبيرتا/ كندا.
- بريجيت دوفيرون من جنيف/ سويسرا.
- أليخاندو روكاردو من سان خوستو/ الأرجنتين.
- جوريا سعد من دمشق/ سوريا.

- جوغيا.. جوغيا.. اسـم جميل ولكنه صعب، ماذا يعني اسـمك بالعربية يا جوغيا؟
- الوردة الزهرية اللون وهي الوردة الجورية.
- إذاً أنـت وردة دمشـق الجوريـة المعروفـة عبر التاريخ باسـم غـوزا داماسـكينا، والتـي أعتـزم التحـدث عنها باسـتفاضة في الفصـل الدراسـي القـادم لما لها من أهميـة تاريخية في عالم العطـور. جوغيـا! أعـرف أن الأسـماء عـادة لا تُترجـم، ولكـن اسـمحي لي أن أكسـر القاعدة وأدعوك من الآن فصاعداً غوزا داماسـكينا، وبالمناسـبة.. سـأختارك أنت بالذات لإعداد حلقة بحـث مفصلـة عـن تاريـخ الجوري فـي سـوريا وأشـهر ألوانه وأنواعه وسـلالاته في العشـرين من الشـهر القادم. ألقاك في مكتبـي في الطابـق الثاني بعد المحاضرة لمناقشـة الخطوط العريضة وآلية البحث.

كانت الغرفة كبيرة من الطراز المعماري القديم، سقفها مرتفع جداً كسقف أحلامي ونوافذها كثيرة وطويلة تطل بها على شارع فرعي هادئ يعبره المشاة للوصول إلى الشارع العام حيث يركنون سياراتهم ودراجاتهم أو يستقلون وسائل النقل العام إلى أرجاء غراس. شعرت ببرد الصقيع في الخارج يقتحم داخلي بغرابة غير نمطية.. يعبث بمشاعري المتخبطة بين الخوف والدهشة والانبهار والتوثب، ويردي أصابع قدميّ المثلجة أصلاً قتيلة في أحضان جوارب صوفية سميكة وجزمة سوداء تعانق ركبتيّ بحميمية لم أعهدها من قبل. هل هو البرد حقاً يا... جوغيا!!

وقف البرفسور الستيني أمامنا بطوله الفارع، نحيلاً يشد خصره بحزام أسود إلى آخر ثقب فيه مخافة أن يباغته بنطاله البيج الداكن ويتخلى عن ولائه له في لحظة سوء نازل. كانت عيناه زرقاوين كزرقة البحر المتوسط وشعره رمادياً كثيفاً وطويلاً نسبياً يطوّعه بسحبه برقّة خلف أذنيه كلما تمرد على وجهه الطويل وهاجم خديه المنزلقين برقيّ وهدوء نحو الأسفل. ابتسامته ساحرة لكنها غير متدفقة، كسولة وبخيلة لا تكمل الطريق إلى آخرها لتنجب ضحكة حقيقية كتلك التي اعتدتُ عليها في مزرعة الجوري. التجاعيد حول فمه وحول عينيه الفاترتين دفئاً وحزناً يابسة منذ آخر ضحكة أطلق رنينها في الهواء الطلق، ربما من سنوات. وسيم ذاك البغوفسوغ الفغنسي لو كان أنفه أصغر بقليل وخصره أعرض وعيناه أقل حزناً وابتسامته أكثر نبضاً وخدّاه أكثر امتلاء ونهوضاً. قلت في سري ضاحكة. ما هذا يا جوغيا!! أأنت هنا لتحقيق حلمك بالتخصص في صناعة العطور الفرنسية، أم لتقييم الجمال الفرنسي؟

- كما سبق وذكرت.. سنتحدث اليوم عن البصمة العطرية وكيمياء الجسم. هي في الحقيقة مقدمة شديدة الأهمية قبل الغوص في تفاصيل صناعة العطور. لا بد وأنكم تدركون من خلال تجاربكم الشخصية أن تفاعل العطر مع الجسم يختلف من شخص إلى آخر، فالعطر الذي يبدو ساحراً وملفتاً على شخص ما، ربما يكون أقل سحراً، أو حتى غير مستحب على غيره. وهذا ما يجعل جمال العطر أمراً نسبياً تحكمه عوامل كثيرة منها كيمياء الجسد ونوع البشرة، وأحياناً كثيرة

المشاعر التي تحملونها تجاه الشخص المستخدِم للعطر من حب/ كراهية أو احتقار/ احترام. ولا بد هنا من الإشارة إلى أن كيمياء الجسد لدى الشخص نفسه ليست ثابتة بل متغيرة بتغير حالته البدنية، والمراحل العمرية التي يمر بها والتي تتعلق بهرموناته، والأنماط الغذائية التي يتبعها، فالنظام الغذائي يؤثر إلى درجة لا يستهان بها على رائحة الجسم ويعدل بالتالي طريقة تفاعله مع العطر. فعلى سبيل المثال، تتفاعل كيمياء الجسم مع العطر لدى أولئك الذين يفرطون في تناول التوابل بطريقة تختلف كثيراً عن أولئك الذين تخلو وجباتهم من التوابل. كما أن تناول العقاقير لفترات طويلة والتدخين والتعرق ودرجة حرارة الجسم والنظافة الشخصية والكثير الكثير من العوامل الأخرى التي سنسلط الضوء عليها بالتفصيل في محاضرات لاحقة، تتدخل بشكل مباشر في عملية تفاعل الجسم مع العطور. وهذا يبرر الفخ الذي يقع فيه الكثيرون من متسوقي العطور، إذ غالباً ما يقررون اقتناء عطر ما لدى إعجابهم به على صديق أو بعد تجربته على البطاقة الخاصة بالعطور وليس على أجسامهم، وسرعان ما يشعرون بخيبة أمل عند استخدامه لاحقاً. فهذا العطر، وبكل بساطة، لم يُخلق لهم ولن يتفاعل مع أجسامهم بالطريقة التي يصبون إليها. هذا العطر ليس لهم ولا يمثّلهم. كل هذه العوامل تحتّم علينا التروي في اختيار عطورنا لنحصل في النهاية على ما يناسب كيمياء أجسامنا وأنواع بشرتنا وأمزجتنا العطرية. وهنا اسمحوا لي أن أتوقف قليلاً عند أنواع البشرة

لأخبركم أن البشرة الدهنية تتفوق على البشرة الجافة بقدرتها علـى الاحتفـاظ بالرائحة لوقت أطـول، لأن لديها قابلية أفضل لامتصاص العطر، أما البشرة الجافة...

- شغوفة أنا بالمكان.. بكل ما حولي.. بكل ما يُقال وما لا يُقال.. بـكل مـا أسـمع وما أرى ومـا أتخيل.. بالعطر وكيمياء الجسـم وأنواع البشرة.. بعينيه الزرقاوين اللتين تغرفان من المتوسط زرقة البحار وسحر الموج وأسرار البحّارة العتيقين.
- لـكل جسـم رائحة طبيعيـة تتفاعل بطريقة خاصـة مع العطر المسـتخدَم وتولّد مزيجاً فريداً لا يتكرر، تماماً كبصمة الإبهام التـي لا تتكرر وتشـكل جـزءاً هاماً من هوية الشـخص. وكثيراً ما يكون بإمكاننا التعرف على هوية من نعرفهم حين يمرون بمحيطنا من خلال عطرهم حتى قبل أن تراهم أعيننا، وخاصة أولئـك الذيـن يواظبـون على اسـتخدام العطور ذاتهـا لفترات طويلة من الزمن. بل وكثيراً ما يتم التوصل إلى هوية المجرم في بعض الجرائم من خلال إفادات تتعلق بعطره. وبهذا فإننا نجد أن العطر يحتل مسـاحة لا يسـتهان بها من الذاكرة، وأن مجـرد مـرور عطر ما في أثيرنا يولّد لدينا الكثير من المشـاعر الإيجابية أو السلبية المفاجئة التي تنبش ماضينا وتعيد إحياء ذكريات سـعيدة كانت أو أليمـة. ويمكننا باختصار القول إننا نمتلك آلية شـمّ واحدة تعمل بالطريقة ذاتها عند كل البشـر، لكننا نختلف كأفراد في طريقة إدارة العلاقة بيننا وبين حاسة الشم والمدى الذي تتداخل فيه مع تجاربنا ومشاعرنا وتفاصيل حياتنـا وثقافتنـا. إذاً.. لنضع العنوان العريض التالي الآن، على

أن نعـود إليـه فيما بعـد لمزيد من المراجعـة والتدقيق: لكل رائحـة سِـمة عامـة نسـتقبلها بالطريقة ذاتها كبشـر وشـيفرة خاصة يتفرد كل منا معها وبها. دوّنوا هذا العنوان الجميل في كرّاساتكم وخذوا وقتكم في التفكير ريثما نعود إليه لاحقاً.

تذكرتُ رواية بوليسية قرأتها في فترة المراهقة وتركت بصماتها الدميمة على مزاجي العطري حتى هذه اللحظة من حياتي. لقد تمكن بطل الرواية، القاتل المتسلسل الذي اعتاد دفن ضحاياه من النساء في حديقة منزله الخلفية المزروعة بزهور اللافندر، من تدمير العلاقة بيني وبين هذه الزهرة الخجول. إذ امتزجت رائحتها في مخيلتي برائحة الدم، ولم أتمكن من الفصل بين هذين التوأمين السياميين بالرغم من محاولاتي الحثيثة. ولكن.. كيف يمكنني أن أبقى على ولائي لتلك المشاعر السلبية وأنا اليوم في الجنوب الفرنسي الحاضن الأكبر لزهور اللافندر؟ لا بد وأن أجد طريقة ما لاستعادة العلاقات الدبلوماسية وفتح السفارات مجدداً مع تلك الزهرة الرقيقة ومع العطور والزيوت المستخلصة منها بأسرع وقت.

- ولا يمكننـا بـأي حال من الأحـوال إغفال العامـل الاجتماعي/ النفسـي الـذي يدفـع الكثيـر منـا إلـى الحـرص علـى مواصلة استخدام عطر لا يتفاعل بالشكل المُرضي مع كيمياء أجسامنا ولا ينسـجم وذائقتنـا العطريـة، وذلك رغبة منا في اسـتخدام أحدث ما طُرح في الأسواق من عطور، أو إرضاء صديق عزيز أهـداه لنـا فـي مناسـبة مـا، أو حبيب يفضـل أن يشـمه علينا حين يأخذنا بين ذراعيه، أو حتى لمجرد كونه العطر المفضل

لأشخاص رحلوا عنا وأخذوا معهم قطعة من قلوبنا، فأردنا أن نبقى على تواصل روحي معهم من خلال المثابرة على استنشاق عطورهم.

ضاقت زرقة الأبيض المتوسط في عينيه، أو هكذا شعرت. لا أظن أنني مخطئة، فلطالما كنت قادرة على سبر أغوار الآخرين وقراءة مشاعرهم حزناً حزناً. وراء هذا البحر الكبير يابسةٌ يلتهمها العطش والجفاف. من هم الذين رحلوا وأخذوا قطعة من قلبه؟ وما هو العطر الذي يبقيه على تواصل روحي معهم؟ هل هو عطر فرنسي أم تراه يحمل جنسية أخرى؟ ثم.. ثم كيف يجرؤ على استخدام ألفاظ جنسية نابية في مكان أكاديمي محترم؟ «يفضل أن يشمه علينا حين يأخذنا بين ذراعيه».. يا له من فظ! من يظن نفسه؟ لقد أحالت عبارته تلك وجنتيّ إلى نبتة سمّاق جبلية. ولكنه سمّاق بهي اللون عذب المذاق.. يجب أن أعترف بذلك.

- الرائحة الجماعية... إمممم.. هي الرائحة المتعارف عليها في مجتمع ما، والتي تشكل بشكل أو بآخر جزءاً من ذاكرته الجماعية، وبالتالي جزءاً من هويته الثقافية. وعادة ما يجتمع أفراد المجتمع على حب هذه الرائحة، أو عدم النفور منها في أقل تقدير. ويمكنني القول إن رائحة اللافندر هي خير مثال في هذا السياق. ففي فرنسا، على سبيل المثال، نجدها تدخل في صناعة العطور والزيوت والصابون والمنظفات المنزلية والروائح الخاصة بمكافحة العث.. إلى آخره من الاستخدامات التي اعتاد عليها الفرنسيون في حياتهم اليومية وأصبحت جزءاً محبّباً من ذاكرتهم الجماعية

الخزامى مرة أخرى! يا إلهي! يجب أن أسارع إلى خطب ودّ هذه الزهرة قبل أن يفوت الأوان. لا يمكن أن تبقى العلاقة بيننا متشنجة إلى هذا الحد، خاصة وأنني الآن في عقر دارها. تباً لك أيها الروائي الذي غاب اسمك عن ذاكرتي وحضرت رائحة جثث قاتلك المتسلسل القذر. تباً لك ولروايتك ولذاكرتي!

- والآن... ما هي الأسس التي تعتمدونها في اختيار عطوركم؟ أمامكم الآن مجموعة من الأسئلة. أجيبوا عليها بنعم أو لا. هناك خياران آخران في المنطقة الضبابية: «لا أعرف» و«غير متأكد»، لكن اللجوء إلى أحد هذين الخيارين يتطلب منكم تفسيراً مختصراً لأسباب جهلكم أو ترددكم في الجواب. هيا! لنبدأ! لا تتسرعوا في الإجابة. خذوا وقتكم وفكروا ملياً.

السؤال: لماذا تستخدمون عطراً دون غيره من آلاف العطور المتاحة في الأسواق؟

أ- لأنه العطر الذي يستخدمه أبي، أمي، أخي، أختي... إلخ.
ب- لأنني غير انتقائي ولا أشتري عطوري بنفسي بل أستخدم كل ما يُقدم لي من هدايا دون استثناء.
ج- لأنني لا أحب التغيير.
د- لأن سعره يناسب ميزانيتي.
ه- لأنه يستحضر ذكريات جميلة تمنحني ديمومة الدفء.
و- لأنني أحب الروائح الصارخة/ الهادئة.
ز- لأنه يبهجني ويعدّل مزاجي ويشعرني بالتفاؤل.
ح- لأنه يعزّز ثقتي بنفسي.

ط- لأنه يساعدني على جذب الجنس الآخر.
ي- لأنه يعبّر عن الطريقة التي أنظر بها إلى الطبيعة.
ك- لأنه يعبّر عن الطريقة التي أنظر بها إلى نفسي.
ل- لأنه يفتح طريقاً واسعة ومباشرة بين أنفي وروحي.
م- لأنه يصرخ عني.
ن- لأنه، ببساطة، أنا.

لأنه ببساطة أنا.. لأنه ببساطة أنا: جوريا سعد القادمة من مزرعة الجوري.. لأنه أنا.

***

ما من نسمة بحر متوسطي
إلا وتأخذني إلى ذراعيكَ،
تحاصرني أنفاسُكَ المتربصات بعطري
فتراني أزحف إليكَ
في مساحاتٍ من ضوءٍ وصمت،
ها قد توقف الهطلُ
قبل أن ينشطر عطشي إليكَ
وقبل أن تنسدل أهدابي الباكيات
على أكتاف البساتين.

الفصل التاسع

غراس

مختبر العطور

في كل قارورة من قوارير الاختبار اختبرني صبري وفشلتُ. نقعته مع زيت الحبق وتويجات اسمي وانتظرت. غوزا داماسكينا.. ليتكَ ما سألتني عن اسمي ذاك الصقيع الصباح. تتنبأ لي بمستقبل باهر في عالم العطور كلما أعددتُ تركيبة عطر مبتكرة!! باهر معك وباهت بدونك. كيف لي أن أستنشق عطراً لستَ المكوِّن الرئيس فيه؟ بيير دوتفيل! بحق السماء متى ستعاملني كأنثى؟

في سن الخامسة والعشرين يجتاح أوردتي زلزال حب لا يخضع لمقياس ريختر. ما زال في طبقي بقية من وقت وقطرة زيت مبارك أبلل فيها رغيف الأمل بـ «عسى".. عسى الغد. أرتجف من الخوف من خيبةٍ تردي أحلامي كسيرات في حقول الجنوب الفرنسي. هل نسيتني خلف أحراش اللافندر، أم إنك تأخذ وقتك في الوصول إلي راجلاً على مهل؟ أم تُراك لا تراني؟

يا إلهي لو كنت لا تراني وأنا أراك وأسمعك وأشمك في كل عطر أبتكره، في كل درب يزحف عليها صمتي إليك، وفي كل قطعة من أنا لا ترافقها أنتَ. يا متوسطيّ العينين أنا شرقيتك، فلا تغلق علي أبواب غربك!

المختبر A مظلم وبارد وكبير، تُحفظ في خزائنه الحديدية التركيبات السرية للعطور. يشعرني بالعزلة والغربة والانكماش وبرشّةٍ صغيرة من ملح القلق والتوتر.. مكان مقدس لا يُسمح فيه بتناول الطعام ولا الشراب ولا حتى الكلام إلا همساً عند الضرورة القصوى ولأمر يتعلق حصراً بتركيبات العطور. نلتقي فيه مع مجموعات طلابية أخرى ومع أساتذة تلك المجموعات أيام الاثنين والأربعاء والجمعة من كل أسبوع لإجراء بعض الاختبارات على عينات محددة، أما بقية أيام الأسبوع فتكون مجموعتنا الصغيرة وحيدة في المختبر B الأصغر مساحة والأكثر ألفة ودفئاً، حيث يكون بإمكاننا تجاذب أطراف الحديث بهدوء وعفوية، وتناول السندويشات والمشروبات الساخنة في أوقات الفراغ في غرفة صغيرة دائرية ملحقة بالمختبر تطل على حديقة خلفية متواضعة، وتحتوي على العديد من الأرائك الزرقاء المريحة وطاولة صغيرة تحمل على ظهرها ماكينة قهوة عجوز، وسخّان ماء لإعداد الشاي والشوكولا الساخنة.

اعتاد المعهد تزويد طلابه بكلمة سر تمكنهم من الدخول إلى المختبر B كلما استدعت الحاجة خارج أوقات الدوام الفعلي، أما المختبر A فقد بقيت أبوابه موصدة خارج أوقات الدوام، وبقيت كلمة سره مدفونة في بطن شخص كروي الشكل فظ

الملامح، السيد فرانسوا أمين المختبر الخمسيني الصارم.

ليلة الجمعة.. غراس غاضبة جداً هذا المساء. الطقس عاصف وبارد في الخارج. الشوارع عارية إلا من قناديلها، وظلال أشجارها اليابسات ترقص على الأرصفة مع صفير الريح. تلفزيون بريجيت، العجوز التي أسكن عندها منذ مجيئي إلى غراس من سنتين، يصدح في أرجاء المعمورة، يحطم جدران المنزل العتيق ويكاد يوقظ مقابر غراس وضواحيها. يا إلهي! لا أستطيع التركيز. ثمة تركيبة عطر تضجّ بعنف داخل رأسي وتلحّ للخروج إلى الحياة. إنه المخاض العطري الذي لا ينتظر. أعرفه جيداً. يجب أن أجد لها مخرجاً قبل أن تذبل وتموت داخل رحم أفكاري. يجب أن أجد لها حلاً. بريجيت! أيتها العجوز الطيبة أتوسل إليك اخفضي صوت التلفزيون ريثما تبصر صغيرتي النور! لا حياة لمن تنادي. لا حياة لمن تنادي. بريجيت شبه غافية على الأريكة الطويلة ويدها المعرورقة المنمّشة تقبض بشراسة على جهاز التحكم، والتلفزيون يتكلم مع نفسه، وأنا أكاد أنفجر من ضجيج التلفزيون وضجيج الغيظ والحنق.

حسمت أمري بعد طول تردد وخوف. لبست معطفاً سميكاً واعتمرت قبعة صوفية وخرجت سيراً على الأقدام باتجاه المختبر B الذي، لحسن حظي، لا يبعد سوى عشرات الأمتار عن بيت بريجيت الصاخب. كنت أخاف الظلمة كثيراً، لكن بريجيت لم تترك لي خياراً، فقد اعتادت التنقّل برشاقة لامتناهية بين المحطات الفرنسية ومتابعة العشرات من المسلسلات ومسابقات الطهي بمتعة بالغة حيناً وبوضعية نصف نائمة حيناً

آخر. لطالما فكرت في الانتقال للعيش في مكان آخر هرباً من الضجيج، لكنني كنت أغير رأيي في اللحظة الأخيرة وأقرر البقاء في أحضان بريجيت. فهي عجوز طيبة للغاية، أمّ بالفطرة رغم أنها لم تُرزق بالأطفال، تطهي الطعام الفرنسي اللذيذ يومياً، ولا تتوقف عن الثرثرة، الأمر الذي كنت بأمس الحاجة إليه، رغم شعوري بالملل القاتل في كثير من الأحيان، لالتقاط مفردات فرنسية جديدة وتطوير لغتي المتوسطة المستوى التي تحسنت بسرعة فاقت توقعاتي وتوقعات كل من حولي بكثير. والأهم من ذلك كله أنها لم تكن تميل إلى رعاية أي من الحيوانات الأليفة في بيتها، خاصة الكلاب التي كنت أخشاها منذ طفولتي بالرغم من تواجدها في مزرعة الجوري لأغراض حراسية.

كان قلبي يتكوّر ويتدحرج أمامي خوفاً وأنا أسمع عواء الريح يفترس ظهري ورقبتي الحانية إلى الأمام. حتى هذه اللحظة لا أصدق أنني فعلتها وخرجت. ما هذا المأزق الذي وضعت نفسك فيه أيتها الشرقية المتهورة؟ أصبحتُ في منتصف الطريق.. لن أتراجع. خطوات معدودات وأصبح في مأمن في باحة المختبر. لن أتراجع مهما حصل. تسارعت قدماي وتعالى ضجيج كعب جزمتي المتوسط الارتفاع على الأسفلت، وكأنه يكسر جوزاً شتائياً يابساً، ربما كان يكسر خوفاً شيدته السنوات. أسمع لهاث سيارة خلفي وأرى انعكاس أضوائها أمامي. يا إلهي! ماذا لو كان مجرماً بشهية ذئب يبحث عن فريسة في هذا الليل المجنون! ماذا لو كان القاتل المتسلسل أو أحد أفراد عائلته الشريرة! ماذا لو اغتصبني ودفنني هنا في حقول اللافندر؟ ماذا فعلت بنفسك يا

جوريا؟ تدفعين حياتك ثمناً لعطر لن ترى تركيبته النور؟! أما كان بإمكانك الانتظار حتى الغد، والصباح رباح؟ السفارة السورية في باريس تستلم جثة الضحية جوريا سعد والشرطة الفرنسية تحقق في الجريمة وتستجوب الشهود. القاتل لا يزال طليقاً يبحث عن فريسة أخرى. وجدّي! ماذا سيفعل جدي حين يصل جثماني إلى دمشق؟ هل سيدفنه في مزرعة الجوري؟ يا إلهي! ساعدني أرجوك! يا إلهي استرها معي!

الدم المذعور يتقاطر في جسدي ويعبرني بسرعة بركانية إلى الأعلى، إلى حيث الجحيم يشتعل في رأسي ويأتي على كل شيء. ما عدت قادرة على التركيز ولا على التحكم بأفكاري الشعثة. السيارة تقترب أكثر. أصبحت ملاصقة لنصفي الأيسر. أحدهم يفتح زجاج نافذتها اليمنى وينادي بصوت أجش:

- غوزا! غوزا! ماذا تفعلين هنا في هذه الساعة من الليل وهذا الطقس العاصف؟ اصعدي! اصعدي سأوصلك إلى حيث تذهبين؟

شخص واحد في أرجاء المعمورة يناديني غوزا. إنه هو.. إنه بلا شك هو. تسمرت لثوان في مكاني قبل أن ألتفت إلى اليسار. خلتُ للحظة أنني من شدة حبي له أتخيل سماع صوته، ومن شدة خوفي من القاتل المتسلسل أجد فيه الملاذ الآمن. كان وجهه حزيناً وعيناه متعبتين وقد لفّ رقبته بعشوائية بوشاح صوفي أحمر وبدا أكبر من سنه بقليل. سارعت لفتح باب السيارة وتحيته كي أقطع الشك باليقين وأتأكد أنه هو وأنني، غوزا داماسكينا، بكامل قواي العقلية. يا إلهي! سعادتي أكبر بكثير من

أن يتسع لها البحر الأبيض المتوسط، فكيف لصدري المتواضع أن يخفيها؟

- مساء الخير بروفسور دوتفيل.
- مساء الخير عزيزتي غوزا. إلى أين تذهبين في هذا الطقس العاصف؟
- إلى المختبر بروفسور.
- المختبر!! في هذا الوقت؟؟
- نعم المختبر.. أريد أن أجري بعض التجارب على تركيبة جديدة استحوذت على تفكيري منذ عدة أيام.
- ظننت حين قلتها أنني أفجر قنبلة نووية من العيار الثقيل وأنني سأستحم بنظرات الفخر والإعجاب من أستاذي و... حبيبي، وربما أخضع لاستجواب طويل يقرّبني منه ويضيّق المسافات بيننا.
- "ولماذا لم تنتظري حتى الصباح؟ ما العجلة في الأمر يا غوزا؟"، سألني بهدوء استفز جملتي العصبية وأيقظ شياطيني النائمة.
- تركيبات العطور الجميلة، تماماً مثل الحب، لا تتقن الانتظار.. يفسدها التأجيل.

قلتها دفعة واحدة وندمت. لكنها خرجت من نواة قلبي وليس من فمي ولا مجال لسحبها على الإطلاق. ماذا سيظن بي؟ ليتني تريثت قبل أن أتكلم. نظر إلي نظرة صامتة بلا ملامح وتابع قيادة سيارته باتجاه المختبر. لم أفهم شيئاً ويبدو أنني لن ولن ولن. غامضٌ كحبة بندق والطريق إليه طويلة ووعرة ومحفوفة

بالجنون وأنا أعشقه وأتعطش لسماع كلمة واحدة منه، كلمة واحدة فقط، لكنه لا يستجيب لعطشي، ولست أدري إن كان يوماً سيفعل.

وصلنا المختبر. ركن سيارته بهدوء في المكان المخصص لها وترجل من دون أن ينبس ببنت شفة. ظننته يريد فتح الباب الرئيسي بكلمة السر الخاصة به ويودعني بأدب ويرحل، لكنه فاجأني بنيته الدخول إلى بناء المختبر.

- هل ستدخل المختبر معي بروفسور دوتفيل؟
- نعم غوزا، في الحقيقة أتيت لقضاء بعض الوقت في مكتبي هنا. أحتاج إلى ساعة أو أكثر بقليل لمراجعة مقال لي سيُنشر قريباً في مجلة بارفان أنترناسيونال في الذكرى العاشرة لتأسيسها. إذا كان عملك لا يتطلب وقتاً أطول سيكون من دواعي سروري اصطحابك في طريق عودتي إلى البيت، فالطقس سيئ للغاية هذا المساء وليس من الحكمة العودة سيراً على الأقدام.

مرة أخرى فاجأتني برودته ولامبالاته، حصدتْ فرحتي بصدفة لقائه وقطعتْ رأس أحلامي العريضات بمنجل الشتاء ورمته ليتدحرج في حقول غراس المترامية الأطراف. لم يكلف خاطره ويسألني عن تفاصيل التركيبة الجديدة. سراب... سرااااب يا جوريا، أنت تركضين خلف السراب. بيير، بكل بساطة، لا يراك.. لا يرى الأنثى العاشقة فيك. لقد حكّت كلماته الفاترة قلبي الرقيق بشفرة خشنة وتركته ينزّ ببطء.. ينزّ ببطء. ابتلعتُ

خيبتي وشكرته باقتضاب ثم توجهت إلى غرفة المختبر الرئيسة. لا أستطيع ترتيب أفكاري. هزمني هذا المكان بعد أن كان قوس نصري ومعقل نجاحاتي. جلست أمام عشرات قوارير الاختبار المختلفة الأحجام والألوان، نظرت إليها بخواء ثم غطيت وجهي براحة كفيّ وبكيت خيبتي. بكيت قارورة وربما قارورتين أو ثلاث قبل أن أستيقظ من وجعي وأدرك أن هذه القوارير النبيلة معدة للعطور لا الدموع، وأن غراس عاصمة العطور لا الدموع. نزعت أشواك الصبار من أصابعي، وارتديت مريلتي البيضاء وبدأت العمل على تركيبتي الجديدة. أردتها ضاجّة كالألم، صارخة كالغضب، وديعة كالحب، حزينة كالعنفوان، مطمئنة كالجذور، دافئة كالوعد، متلهفة مثلي وباردة مثله.. بيير دوتفيل. ولسوف أطلق عليها اسم Contra-Ensemble اختصاراً للأضداد المجتمعة. ومن يدري! ربما أجدها يوماً ما تتصدر رفوف العطور في أكبر المحال التجارية.. ربما.

كان الضباب كثيفاً في تركيبتي الجديدة، فتلك الأضداد كثيرة وثقيلة على حضن قارورة عطر واحدة، لكنني مصممة على خلق كل هذه المسافات المتباعدة دون أن أسمح لأي مكوّن بالفصل بينها أو تفريقها. أريد لكل مكوّن أن يصدح بجرأة ووضوح من دون أن ينسى أنه في نهاية المطاف جزء من الكلّ الكوني. خيط رفيع يفصلني عن نتائج الاختبار المبدئي. تباً!! ليست النتائج المرجوة. لن أفقد الأمل، سأعدل معايير المكونات وأعيد التجربة مرة ثانية وعاشرة وألف حتى أصل إلى مرادي. لن أرضخ

للهزيمة.. يجب أن تبصر كونترا أنسامبل النور.. يجب أن تبصر النور مهما كلفني الأمر.

- غوزا! هل انتهيت أم تفضلين البقاء لفترة أطول؟ غوزا عزيزتي هل تسمعينني؟
- "أوه! آسـفة بروفسـور كنت منهمكة في العمل ولم أنتبه إلى وجـودك»، نظرت إليه بعينيـن حمراوين أدماهما إهماله لي. «اعذرنـي! شـكراً جزيلاً لـك، لكنني أفضل البقـاء لوقت أطول ريثما أنهي تجربتي.»

كما تريدين. حظاً موفقاً. أراك يوم الإثنين.

قالها بهدوئه المعهود وأدار ظهره لي وغادر المكان الذي لم يجمعنا. نظرت إلى الباب بصمت وقلّمتُ وجعي. لن أسمح لأي شيء أن يبكيني الآن ويشوّش تفكيري. أنا في أمسّ الحاجة إلى حواسي كلها. خرجت إلى الغرفة الملحقة بالمختبر لإعداد فنجان قهوة من القياس الكبير الذي يليق بحجم خيبتي وبعدد الساعات التي سأقضيها بصحبة وجعي وتركيبتي الجديدة كونترا أنسامبل.

بقيت منكبّة على العمل حتى السادسة من صباح السبت، لم أفلح في تجاوز المرحلة الأولى، لكنني راضية تماماً عن الخطوات المعقدة التي قطعتها. فقد وضعت يدي على العديد من الأخطاء التي ارتكبتها، والتي سيساعدني تفاديها في المرة القادمة في الوصول إلى التركيبة النهائية، وهذا في حد ذاته إنجاز كبير في مراحل صناعة العطور.

لبست معطفي واعتمرت قبعتي وقفلت عائدة إلى البيت. لم يكن الطريق موحشاً كما كان، فقد هدأت ثورة الرياح وشهدت عيناي المتعبتان ولادة أول خيوط الصباح في مدينة غراس الجميلة. كانت بريجيت لا تزال نائمة.. نعمة حمدت الله عليها حمداً كثيراً لأنها لو كانت مستيقظة لما رحمتني من ثرثرتها الصباحية، فهي تستيقظ بطاقات كلامية هائلة وتختلط أحاديثها المتشعبة برائحة خبز الباغيت والكرواسان الشهي فيستكين بين يديها الصباح. تسللت إلى غرفتي بهدوء شديد كي لا أوقظها فتقبض على سكينتي. نوم الظالم رحمة يا بريجيت، سامحيني يا بريجيت الطيبة. نزعت ملابسي بسرعة وقفزت إلى سريري البارد ألتمس الدفء. أقفلت عينيّ مباشرة كي أقطع الطريق على أي فكرة تسوّل لها نفسها الغاضبة أن تأخذني إلى حيث لا أريد. أنا متعبة وأريد أن أعتنق النوم لا الدموع.

لم أكن أدري كم مرّ من الوقت ولا أين أنا حين استيقظت مذعورة على طرق متلاحق على باب غرفتي.

- جوريا!! جوريا! جدك على الخط يريد التحدث إليك. جوريا!
- أنا قادمة بريجيت.
- جوريا! جوريا! جدك يريد التحدث إليك. إنه ينتظرك على الهاتف. جوريا يا صغيرتي، هل تسمعينني!
- سمعتك بريجيت سمعتك. أنا قادمة.. قادمة.. قادمة..
- نهضت من السرير بسرعة، فشعرت بدوار خفيف. الساعة تشير إلى التاسعة والربع. يا إلهي! لم أنم سوى ثلاث ساعات.

- ألو.. ألو جوريّة كيف حالك يا حبيبتي؟
- صباح الفل والياسمين جدي، أنا بخير الحمد لله، وأنت كيف حالك وكيف صحتك وكيف جدتي هل أنتما بخير؟ اشتقت إليكما كثيراً واشتقت إلى مزرعة الجوري واجتماعاتنا فيها أيام الجمعة ومعمول الجوز وهريسة الفستق والشاكرية والرز. اشتقت إلى كل شيء في دمشق.. كل شيء يا جدي.

عضضت بفظاظة على شفتي السفلى حتى أدميتها. غالبت دموعي وانتصرت عليها، لكنها لم تكن سوى معركة صغيرة في حرب الدموع الضارية التي أخوضها. لقد نبش صوت جدي المتهدج بالحب القهر الذي كنت أعيشه خلف شبابيك انتظاراتي الطويلة.

- نحن بخير الحمد لله، كلنا بخير ولا ينقصنا إلا رؤية وجهك الحلو. مزرعة الجوري بانتظارك يا روح جدك، وشجيرات الجوري تسألني عنك كل صباح ومساء، وكل المأكولات السورية اللذيذة بانتظار عودتك لتكون في خدمة أحلى جوريّة في العالم. متى تنوين المجيء يا حبيبتي؟ أعدّ الأيام يوماً يوماً بانتظار موعد إجازتك. لا تدعيني أنتظر كثيراً يا حبيبتي. والله ذاب قلبي أنا وجدتك من الانتظار.
- أووووه، ليس قبل عيد الفصح يا جدي. أنا آسفة. أعلم أن هذا الخبر سيحزنكما ولكن..
- عيد الفصح!! يا إلهي يا جوريّة! هل تمزحين؟ قولي لي إنك تمزحين معي! لا أستطيع الانتظار كل هذا الوقت يا عيون جدك. نزيهة سمعتِ؟ حفيدتك لن تأتي قبل عيد الفصح.

كنت أنا وجدتك نخطط لقضاء ليلة رأس السنة معك في فندق بلودان الكبير وحضور الحفل الغنائي هناك. لماذا كل هذا التأجيل يا جوريّة؟ لماذا كل هذه القسوة يا جوريّة؟

- لا أستطيع الآن يا جدي.. صعب.. والله العظيم صعب.. كنت أتمنى من كل قلبي أن أقضي رأس السنة معكم في دمشق، ولكن الوقت ضيق.. ضيق جداً والدراسة ضاغطة لا تسمح لي حتى بالتنفس. أرجوك لا تزعل مني، أرجوك يا جدي لا قدرة لي على زعلك. سامحني أرجوك!
- أمرنا لله يا جوريّة.. أمرنا لله، سننتظرك بفارغ الصبر يا عيون جدك. جدتك تريد سماع صوتك ولكن قبل أن أعطيها السماعة.. انتظري يا نزيهة! انتظري! لم أكمل كلامي بعد.. جوريّة! هل كلّمك أبوك عن الإجراءات القانونية الأخيرة التي نقوم بها؟
- أي إجراءات قانونية؟ إجراءات بخصوص ماذا؟ لا لم يكلمني عن شيء. لم أسمع صوته منذ أكثر من أسبوعين. لست أدري ما الذي يشغله عني هذه الفترة. ألو.. ألو.. جدي! هل تسمعني؟ ألو...

تباً! انقطع الخط وذاب صوت جدي المتهدّج خلف أسلاكه البعيدة. تُرى عن أي إجراءات يتحدث. سأنتظره قليلاً في غرفة الجلوس ريثما يعاود الاتصال. ولكن ماذا لو ألقت بريجيت القبض علي! لا. لا.. أنا متعبة جداً ولست في مزاج جيد لسماع ثرثرتها وقصصها التي لا تنتهي. يجب أن أختفي في غرفتي قبل

أن تعود من المطبخ وتتفرغ لي. ستناديني إذا عاود الاتصال، أو سأكلمه لاحقاً من هاتف عمومي. كله إلا بريجيت هذا الصباح. قلبي المتعب لا يحتمل المزيد.

- جوريـا! جوريـا! مازلـت علـى الخـط يـا صغيرتـي؟ أرجـوك لا تشـغلي الخـط طويلاً، أنتظـر مكالمة هامة مـن أختي كارول فـي النورمانـدي. أريـد أن أعـرف إذا تمكنت من بيع سـيارتها الرينو الحمراء للعجوز الذي...

تسللت عائدة إلى غرفتي، وأقفلت الباب خلفي بحذر. لن أقع في فخّها هذه المرة، فهي تبدأ بسؤال يبدو لمن لا يعرفها بريئاً ومختصراً ومباشراً، لكنها سرعان ما تنتهي بأطروحة دكتوراه لا تستخدم فيها أي علامة ترقيم تمنح المستمع فرصة مغادرة الحوار بلطف من بابه الخلفي. لن أجيب، اعذريني بريجيت الطيبة لن أجيب.. وآخر همي كارول وسيارتها الحمراء والعجوز الذي يرغب في شرائها. أريد أن أنام. أنا متعبة.. متعبة ولا أريد التفكير في شيء. فقط أريد أن أنام.

***

أطبقتَ الباب على أصابعي

وزعمتَ أنه جنون الريح

فتناثرتُ كبتلات جورية حافيات

على قارعة الخريف.

لي منكَ موت لا قبر يؤويه

ولكَ مني رموزٌ ودلالاتٌ لا يتقنها أحد.

أيتها الجروحات المفتوحات في صدري

تابعي الرقص على نعشي

كي أحتفي بموتي تحت قدميكَ

عشقاً إلى الأبد.

"سلمى حداد"

الفصل العاشر

غراس

شهية الأفعى

حين انفصلا كان حزني وحيداً لا يشبه بقية الأحزان. شعرت بضعف اليتيم وخوفه وبظهره المكشوفة لنوائب الدهر، وأشفقت عليه وعلي. لكن يقيني أنهما متضادان وأن معاناة أبي مع طباع أمي الحادة وشكوكها المَرَضيّة المضنية تفوق قدرته على الاحتمال، جعلاني أتقبل الواقع كتقبلي لأجمل الوحوش في غابات الحياة. احترمت رغبتهما، وحاولت خلق علاقة متوازنة معهما من دون الوقوع في فخ الانحياز لأي منهما على حساب الآخر. كانت خطواتي وئيدة نحو نيل رضاهما، وفي الوقت ذاته نحو إعداد فنجان قهوة بنفسي ولنفسي أشربه مع نفسي بعيداً عنهما وعن مشاكلهما الصغيرة والكبيرة التي أغرقاني في بحورها مذ أبصرت عيناي النور في بيت حي المهاجرين المليء بالصراخ والضجيج والشتائم والمشاحنات اليومية على كل شيء.. كل شيء.

كبحتْ علاقتي الرائعة بجدي شعوري بالخوف وعدم الاستقرار إلى معدلات مقبولة نسبياً لشابة في وضعي. لكن جدي عجوز وانسحابه في أي لحظة من حياتي غير مستبعد. يجب أن أعدّ نفسي لذلك وألا أسمح للموت أن يباغتني كما باغتني انفصال أبي وأمي وأيقظني من سباتي العميق.

أتيتُ غراس أفتش عن حقول تاهت فيها روحي بحثاً عن قارورة تحمل عطري، وتركتُ خلفي مزرعة الجوري قيد الانتظار ريثما... ما أخافني الحنين يوماً وما أثناني عن مطاردة حلم، فالغيمة التي تروي مزرعة الجوري هي ذاتها التي تُلبس غراس ثوبها المزركش وهي ذاتها التي تظللني بالحب وتمد روحي العطشى بزيوت الحياة أصنع منها عطوراً لكل العاشقين، إلّاي.

انتظرت مكالمة أبي يومي السبت والأحد، لكن طريقها إلي تعثر. حتى جدي لم يعاود الاتصال بي. أعرف أن إجراء المكالمات الخارجية يحتاج إلى بعض الجهد أحياناً، لكن ليس إلى هذه الدرجة. ما هذه الأضراس التي تلوك سكينتي، وما كل هذا الصمت في الطرف الآخر للأبيض المتوسط؟ في حضرة القلق تُهزم السكينة وتتشوّش الرؤية. لا أريد أن أتعفن في جرار الانتظار، سأتصل بأبي غداً صباحاً من أحد الهواتف العمومية في طريقي إلى المعهد وسأعرف ما وراء الأكمة.

استيقظت صباح الاثنين بهمّة سلحفاة عجوز. لأول مرة مذ أتيت إلى غراس أشعر بالرغبة في البقاء طويلاً طويلاً تحت غطاء فراشي الصوفي. لا أريد الذهاب إلى المعهد، فخدّي لا يزال كرزياً

من الصفعة التي وجهها إلي بيير بدم بارد ليلة الجمعة، وأفكاري العائلية مشوشة من غياب التفسير، وأنا منهكة من الحب ومن الحنق ومن التفكير.. ومنهكة من الانتظار. تناولت نصف قطعة كرواسان مع قليل من الرغبة وكثير من الزبدة ومربى الفريز، وخرجت إلى مساحاتي الباردات مدججة بقلقي ووساوس أسئلتي. كان المطر ينهمر على أوردتي بغضب يفوق غضبي ويفيض عن حاجتي بالبكاء. امتلأت روحي برطوبة الصباح، فازددتُ فراغاً وعبثية، وضاقت بتلك الرطوبة أقبيتي العتيقة. أخيراً وصلت الهاتف العمومي، الحمد لله لا يشغله أحد. دخلت الحجرة وألقيت حقيبتي مبللة على الأرض ونزعت قبعتي الغارقة بالماء عن شعري الطويل. اتصلت بدمشق مثنى وثلاث ورباع.. أوه أخيراااااا قبضت على الخط.

- ألو بابا صباح الخير.
- صباح الأنوار حبيبتي جوريا. كيف حالك؟ بنت حلال والله. كنت سأتصل بك اليوم. سبقتيني.
- أنا الحمد لله بألف خير، وأنتم كيف أحوالكم جميعاً؟ هل الجميع بخير وبصحة جيدة؟
- نعم نعم الجميع بخير والجميع بأشد الشوق إليك. أخبرني جدك والدموع في عينيه أنك لن تأتي إلى الشام في أعياد الميلاد. لماذا يا حبيبتي؟ والله اشتقنا وذابت قلوبنا من الشوق. ما كل هذه القسوة يا جوريا! يبدو أنك لا تشتاقين إلينا كما نشتاق إليك، أم إن الحياة في فرنسا أعجبتك ونسيت أهلك وناسك هنا في الشام؟

- والله يا بابا لا أستطيع. حاولت كثيراً أن أرتب الأمور لكن من دون فائدة. لا وقت لدي كي أحكّ رأسي. عندي الكثير من الواجبات، والأساتذة هنا لا يرحمون. الوقت من ذهب والمشاريع يجب أن تُسلم في مواعيدها من دون أي تأخير، والأعذار غير مقبولة على الإطلاق.
- طيب.. عندي فكرة، لماذا لا تحضري واجباتك معك وتكمليها هنا في الشام أثناء عطلة الميلاد؟ وهكذا تضربين عصفورين بحجر واحد.
- بابا! بشرفك أنت مقتنع بهذا الكلام؟ عصفور ماذا وحجر ماذا؟؟؟ نقول ثور تقول احلبوه.
- وما الذي يمنع يا بنتي؟ والله لا أرى أي مانع. أنت تعقدين الأمور يا جوريا لأنك بكل بساطة لا تريدين المجيء إلى الشام. الكثير من أولاد أصدقائنا الذين يدرسون في الخارج يأتون بواجباتهم لإكمالها أثناء العطل، ابن جارنا معتز..
- ألف سبب يمنع... ألف سبب وسبب... ماذا عن المختبر وتجارب تركيبات العطور؟ ماذا عن الأجهزة والمواد الأولية؟ بابا.. لا أعرف كيف أشرح لك.. المهم الأمر ليس بالسهولة التي تراها على الإطلاق ولا علاقة له برغبتي أو عدم رغبتي بالذهاب إلى سوريا. هذا اختصاص عمليّ ويتطلب الكثير من الترتيبات التي لا تتطلبها الاختصاصات النظرية.
- يعني بالمختصر المفيد أبوك غشيم لا يفهم.
- لا لا حاشاك بابا. آسفة لم أقصد هذا على الإطلاق، ولكن من الصعب شرح هذه التفاصيل لمن لا يعمل في هذا المجال.

نلتقي في عطلة الفصح إن شاء الله تكون أموري أفضل ونفسيتي مرتاحة وجاهزة للاستمتاع بصحبتكم.

- جوريا! إمممم..
- أسمعك بابا.. أسمعك. ماذا تريد أن تقول؟
- أريد أن أخبرك بشيء ربما يزعجك قليلاً. لا.. لا أظن أنه سيزعجك، فأنا متأكد أنك تفرحين لفرحي. أليس كذلك يا حبيبتي؟

حاولت جاهدة أن أروّض ضربات قلبي لمنعها من الخروج من بوابة أذنيّ. ركنتُ خصري إلى زاوية الحجرة الهاتفية كي أريح ساقيّ تحسباً لخبر صاعق يطيح بهما وبي. لماذا كل هذا التردد؟ وماذا يريد أن يخبرني؟ ألا يكفيني حالة التوتر الشديد التي زجني بها وزاوية الدفاع عن النفس التي حشرني بين فكّيها؟ ماذا يريد الآن؟ قلبي غير مطمئن، الله يستر. كانت عيناي على العدّاد الذي يلتهم القطع النقدية قطعة وراء قطعة دون رحمة. تكلم يا أبي أرجوك قبل أن تنفد القطع النقدية من محفظتي الصغيرة! ماذا تريد أن تقول؟

- أكيد بابا.. أكيد.
- لقد تزوجت الشهر الماضي و..

لماذا يأخذ وقته في ترتيب ألفاظه وتنميقها؟ هو يعلم جيداً أنني لا أمانع زواجه أو زواج أمي على الإطلاق، وقد تكلمنا في هذا الأمر مراراً وقلتها لهما بوضوح الشمس. أدركني بالجواب يا أبي! أدركني بالتفسير قبل أن يفجّرني القلق!

- وماذا يا أبي؟ ماذا؟
- هل أزعجك الخبر يا حبيبتي؟ أنا آسف..
- على الإطلاق.. لقد تأهبت لملاقاة هذا اليوم منذ أن انفصلت عن أمي، وقلتها لك عدة مرات إنني لن أغضب إن أنت تزوجت فهذا حقك وليس من العدل أن تقضي بقية عمرك وحيداً، وكذلك الأمر بالنسبة إلى أمي، فلماذا كل هذا الحذر والتردد بنقل الخبر؟ ومن هي سعيدة الحظ؟ هل أعرفها؟
- لا.. لا.. لا تعرفينها.. بلى تعرفينها.. أقصد سمعتِ بها ولكنكما لم تلتقيا من قبل.
- لا أعرفها وأعرفها وسمعت بها ولم ألتق بها، ما هذه الأحجية يا أبي؟ ما كل هذا الغموض؟ أرجوك أخبرني من تكون، فلم يعد لدي الكثير من القطع النقدية، والدنيا في الخارج سماء وماء وأنا تأخرت عن المعهد.
- طيب.. طيب.. إنها.. هي صفاء.
- صفاء! صفاء من يا أبي؟ لا أعرف سيدة بهذا الاسم!
- صفاء ما غيرها..
- صفاء من يا أبي؟ صفاء من؟
- أخت زوجة عمك رجاء...

لست أدري من اخترق سقف حجرة الهاتف الزجاجية بوقاحة ودلق على رأسي دلواً من الماء المثلج وألحقه بآخر يغلي واختفى. ما هذا الهراء الذي أسمعه!! صفاء!! من بين كل نساء سوريا لم تختر غير صفاء يا أبي؟ وماذا عن الأيمان المغلظة التي أقسمتها لي ولأمي أن لا شيء يربطك بها؟ تزوجتها من شهر

فقط أيها المراوغ؟ أقسم إنك طلقت أمي وتزوجتها على الفور. أو ربما حتى قبل أن تطلق أمي. أقسم إنك فعلت.

- جوريا حبيبتي ما زلت على الخط؟ جوريا.. جوريا!
- نعم يا أبي ما زلت على الخط أنصت بهدوء لأكبر كذبة في حياتي. لقد طلقت أمي لتتزوجها أليس كذلك؟ أليس كذلك يا أبي؟ لا داعي للمراوغة بعد الآن.
- أقسم لك إنني لم أكن على علاقة بها قبل الطلاق، ولم تكن الفكرة لتخطر على بالي. لماذا لا تصدقيني يا جوريا؟
- لو لم تكن على علاقة بها، فلماذا هي بالذات؟ ألا يوجد غير ست الحسن صفاء في سوريا كلها؟ هل أبدو لك بهذا الغباء يا أبي؟ ألف واحدة من أقاربنا ومعارفنا تتمنى أن تتزوجك، لماذا صفاء بالذات؟ وماذا وجدت فيها ولم تجده في امرأة أخرى؟ أرجوك يا أبي احترم عقلي قليلاً!
- جوريا! أرجوك لا تظلميني كما ظلمتني أمك. لقد تعرفت إليها عن قرب بعد الطلاق بسنوات، ووجدت أنها بنت حلال وطيبة ولطيفة وست بيت، فقلت لم لا على الأقل أعرف عائلتها كلها وأعرف أنهم جماعة أوادم لا يعيبهم شيء. من تعرفه أفضل ممن تتعرف عليه يا بنتي، وهذه تجربتي الثانية ولا أريد أن أغامر بالنتائج. هذا كل ما في الأمر يا حبيبتي. صدقيني يا جوريا! صدقيني!
- فعلتها رجاء الحيّة وحققت ما تريد. لقد أيقظت مزرعة الجوري شهية الأفعى لديها. لم تبالغ أمي بكلمة واحدة وأنا شاركتك في ظلمها ولم أدعمها ولا حتى بكلمة، بل لم أنصت

إلـى أنينهـا لأنني اعتبرتهـا الجانية في تلك العلاقة الشـديدة التعقيـد. فـي جميـع الأحـوال هـذه حياتـك وأنت حـر فيها. لا أريـد أن أقـف فـي وجـه سـعادتك، وليس لي الحـق أصلاً، ولكننـي لا أصـدق كلمـة واحـدة ممـا قلـت، ولـي الحق، كل الحق في ذلك.

- سنتكلم في هذا الموضوع بالتفصيل حين تأتي إلى الشام في عطلة الفصح، ولن تكوني إلا راضية يا حبيبتي. أعدك بذلك يا جوريـا، ثقـي بي! على كل حال هناك أمر آخر أريد أن أخبرك بـه كـي أطمئنـك مـن ناحيـة زواجي. جـدك يرتب حاليـاً نقل ملكيـة مزرعة الجـوري إليك والاحتفاظ لنفسـه بحق الانتفاع بهـا مـدى الحياة، وبهذا يكون قد حفـظ حقك فيها من صفاء بعد عمر طويل و..

التهم الهاتف آخر قطعة نقدية من فئة الثقة. سمعتها تهوي بعنف إلى الأسفل وتكسر في طريقها أيقونة من أيقوناتي: أبي. نظرت حولي فلم أجد سوى صمت ومطر ينهمر وحقيبة جامعية على الأرض تحدق في وجعي بعينين تائهتين. ارتجفت من البعد خلف المسافات الباردات على الطرف الآخر من المتوسط. أسندت جبيني إلى الرف الخشبي المعلق إلى جانب الهاتف، وبكيت بغزارة كغيمات غراس المنهمرات. استجمعت حبات دمي المنفرطات من البرد وخرجت حاسرة الرأس من الغرفة الزجاجية لا أدري إلى أين. نسيت قبعتي على الرف الخشبي. وقفت دقائق كثيرة الثواني تحت المطر ثم مشيت

مبللة على غير هدى. الغيم يقودني نحو الغموض وساقاي ترتجلان خطواتهما الثقيلات وأنا.. أنا لست أنا.

عثرت على نفسي فجأة في حديقة بريجيت الأمامية الصغيرة وصوت تلفازها يخترق بفظاظة نافذتها المحكمة الإغلاق. كانت في الصالون تحتسي الشاي أمام موقد الحطب المشتعل على مهله، وتتابع بافتراس برنامج مسابقات. نظرت إلي باستغراب ثم سارعت إلى خفض صوت التلفزيون.

- ما بك يا صغيرتي؟ لماذا عدت بهذه السرعة؟ ولماذا أنت مبللة بهذا الشكل؟

فتحت فمي لأخبرها أن كل شيء على ما يرام، وأنني عدت لأنني متوعكة قليلاً وأريد الراحة والنوم، ولكن عضلات وجهي خانتني فاغتسل وجهي بالدموع وتكسّرت جفوني فوق خدّيها الحمراوين.

- "جوريا يا صغيرتي!» صرخت بهلع ودفعت بفنجان الشاي إلى الطاولة الصغيرة أمامها، فسقطت ملعقة السكر على السجادة الملونة.

رميت حقيبتي ومعطفي على الأرض وتوجهت إليها. جلست القرفصاء أمامها وركنت جبيني إلى ركبتيها فراحت تمسح بحنان أمومي على شعري من دون أن تسألني عن شيء.

- اهدئي يا صغيرتي! لا شيء في العالم يستحق دموعك يا جوريا.. صدقيني. لا أحد يستحق حزنك. اصعدي إلى غرفتك،

جففي شعرك الجميل جيداً وغيري ملابسك قبل أن تصابي بالزكام. اسمعي الكلام يا صغيرتي!

جففت شعري ولبست بيجاما سميكة وعدت إلى الصالون لأتمدد بقربها على الأريكة العتيقة وأسند رأسي المثقل بصوت أبي المخادع على ساقها العجوز. نزعت الغطاء الصوفي عن ساقيها وغطتني به، فنعمت بنوم هانئ ما يقارب الثلاث ساعات. استيقظت على رائحة حساء البصل الشهي والخبز الريفي الذي تتفنن بريجيت في نكهاته وأحجامه. رفعت الغطاء واتجهت كالقط الجائع أتلمس طريقي إلى مصدر الرائحة، رأيتها هناك تجلس قرب نافذة المطبخ وتنظر بعينين شاردتين إلى الأفق البعيد.

- استيقظت في الوقت المناسب يا صغيرتي. كيف حالك الآن؟ هل تشعرين بتحسن؟
- نعم.. نعم أنا بخير يا بريجيت لا تقلقي. آسفة جداً لإزعاجك. ليس من عادتي إزعاج الآخرين بأموري الشخصية، لكنني فقدت السيطرة على نفسي. آسفة بريجيت.. سامحيني!
- اجلسي.. اجلسي! سأسكب لك بعض الحساء ومعه قطعة خبز لم تذوقي مثلها في حياتك.
- أنت دائماً تتقنين إعداد الخبز وتتفننين في وصفاته فما الجديد اليوم؟
- الجديد اليوم هو أنني أتناول غدائي بصحبة أجمل وردة دمشقية عرفتها في حياتي.
- وهل التقيت بالكثير من الدمشقيات يا بريجيت؟
- لا.. أنت أول دمشقية أعرفها.

ضحكنا بتدفقٍ كأمطار غراس. أرادت بريجيت أن تطيب خاطري على طريقتها وتركت لي حرية الاختيار بين الإفصاح عما جرى اليوم أو الاحتفاظ به لنفسي، وأنا قررت أن أفصح على أمل التخفيف من وزن الصخرة الجاثمة على صدري. أخبرتها بكل ما حصل، بهواجسي، بألمي، بأيقونتي المكسورة. استمعت إلي بإنصات غير مسبوق حتى النهاية. كانت تلك المرة الأولى التي أراها فيها مستمعة لا متحدثة. ربما كانت هذه من عجائب الدنيا السبع.

- كلهم خونة.. كلهم خونة. لا استثناء.
- من هم يا بريجيت؟ عمن تتحدثين؟
- الرجال. صنف حقير لا أمان له.

فاجأني حنقها، ورأيت في عينيها الهادئتين غضباً لم أره من قبل، فأدركت أن وراءه قصة مذهلة كقصتي وكذبة مذهلة ككذبة أبي، وربما أكبر.

- تزوجت جاك بعد قصة حب عنيفة. كان صديقي في المدرسة الثانوية وأول رجل عرفته في حياتي. عشت معه تسع سنوات من أجمل سنوات عمري، إلى أن زارتنا ابنة خالتي إيفون. تعاطفت معها وفتحت لها أبواب قلبي وبيتي لستة أشهر بعد أن انفصلت عن زوجها الكحولي العنيف. جاءت إلى الجنوب بحثاً عن عمل يبعدها آلاف الأميال عن باريس وذكرياتها المريرة هناك. مع مرور الأيام لاحظت استلطافاً يتنامى بينها وبين جاك، لكنني أنّبت نفسي الأمّارة بالسوء حين ذهبتْ

بعيداً في شكوكها الرخيصة. قلت في سري: جاك إنسان طيب ونبيـل ولا بـد أنـه يشـفق عليها مما مـرت به ويحاول بشـتى الوسائل تطييب خاطرها كي لا تشعر بالغربة والبرد في بيتنا الدافئ. كنت واثقة أن عينيه لا تبصران إلّاي وأن حبه الكبير لي هو أكبر حصانة له ولي ولزواجنا المثالي في عيون الجميع. أنا المرأة الوحيدة في كوكب كامل يدور حول أنوثتي. إنه جنون العظمة الذي يصيب المرأة حين يحقنها الرجل بجرعة زائدة مـن الحب والغرور ووعود الأبدية.. يحقنها ويحقنها ويحقنها حتى تتورم ثم يفرغها من كل ما فيها برأس دبوس صغير حين يشاء. المهم.. في أحد الأيام توجهت صباحاً إلى الروضة حيث كنـت أعمل فـي ذلك الوقـت، وفي منتصـف الطريق تذكرت أنني نسيت الحليب على النار. عدت مسرعة قبل أن يتسبب فورانـه بكارثـة تأخذ معها جاك وإيفون وهـذا البيت الجميل الـذي ورثتـه عن أمي. دخلت المطبـخ على عجل فوجدت أن الحليب ليس على النار بل على الطاولة وأنني لم أقم بتسخينه أصلاً. خرجت إلى الصالون وأنا ألعن الشـيطان الذي وسـوس لي وأجبرني على العودة في هذا الطقس البارد بعد أن كنت قـد قطعـت نصـف الطريـق إلـى الروضة سـيراً علـى الأقدام. تناهت إلى مسامعي ضحكات خافتة تتردد في أرجاء الطابق العلوي. قلت: لن أستسـلم لوسـاوس الشيطان مرة أخرى ولن أسـمح لـه أن يتغلـب علـي. أدرت ظهـري بحـزم متوجهة إلى البـاب، لكننـي سـرعان ما غيـرت رأيي حين بـدأ الصوت يعلو ويهـدد سـكينتي. خلعت جزمتي عنـد أول درجة من درجات

السلم وصعدت بهدوء إلى الطابق العلوي لتعقّب مصدر الصوت. رأيتهما في سريري يتبادلان القبل ويتضاحكان، ربما على خيبتي وغفلتي. أتصدقين يا جوريا؟ في سريري الدافئ الذي غادرته للتو بحثاً عن لقمة العيش لي ولهما، في الوقت الذي كان جاك عاطلاً عن العمل لشهور.

- يا إلهي يا بريجيت! لا أصدق أنك مررت بكل هذا العذاب. يا إلهي! كوكب من الألم والاحتقان والخيبة والانكسار. كيف تحملت كل هذه الخيانة؟ ولماذا أخبرتني يوماً أنك أرملة منذ زمن بعيد؟

- لأن المواقف تُحيي وتُميت.. تُحيي وتُميت يا صغيرتي. ليتني نسيت الحليب على النار وتركت الأقدار تأخذ حقي. ليتني فعلت.

***

قد تبكي وهذا حقك..

قد تحزن وهذا حقك..

لكن إياك أن تنكسر!

"جبران خليل جبران"

الفصل الحادي عشر

مشفى الشامي

الورود لا تتقن البقاء

غرفة العناية الفائقة، ممنوع الدخول!

خلف الستائر أسرّة بيضاء وحكايا من وجع واضطراب. بعضهم يستعجل الرحيل ليحسم أمر ساقين تعبتا من الوقوف على ضفتي الحضور والغياب، وبعضهم يناضل بكل ما أوتي من عزيمة كي يبقى وتبقى ساقاه على ضفة الحضور لا الغياب، والبعض الآخر لا يدري الحضور أبقى أم الغياب. تعبت ساقاي من الوقوف بين مزرعة الجوري وحدائق غراس، بين غيابه وحضوري وحضورهم في الغياب، فهل آن الأوان لأحسم أمري؟ آآآه! وثّابة للغياب أكثر من أي يوم مضى. أنهكني فراغ الحضور وأثقلني حضور الغياب. الأماكن ضيقة ربما لم تُصنع لمقاسي، والأثير خانق ربما لا يتسع لرائحة عطر صنعته من بعض حضور وغياب. ربما.. ربما حان الوقت لأن يُؤنَّث في غيابي الغياب.

- أستاذ صفوان! أستاذ صفوان!

ربت برفق على كتفه لإيقاظه من غفوة استولت عليه عنوة على كرسي خشن في الممر الرئيس لقسم العناية الفائقة حيث يجلس الخوف والترقب والانتظار. كان رأسه يتجه بعنف إلى الأعلى وفمه مفتوحاً على مصراعيه يصافح الهواء. خيط صغير من لعابِ آخر فنجان قهوة شربه يتدحرج ببطء على خده الأيمن. فتح صفوان عينيه فتراءى له شبح أبيض يقف على ساقين نحيلتين طويلتين تنتعلان حذاء مدبباً أبيض اللون. مسح بكم قميصه الكحلي طرف فمه وخده المبلل باللعاب ثم أمعن النظر لوهلة بعينين متعبتين وهبّ واقفاً كمن لسعته الكهرباء

- بسم الله.. نعم.. نعم.. أنا.. أنا صفوان.. ماذا تريد مني؟
- لو سمحت، الدكتور أنور يريد التحدث إليك في مكتبه.
- "ماذا يريد؟ أقصد.. هل لديك فكرة عن الموضوع؟ هل السيدة جوريا بخير؟"، عجن الارتباك مفرداته فخرجت مضطربة متعبة.
- والله لا أعرف. تفضل معي، سأرافقك إلى مكتبه في الطابق الأول وأنت تسأله وتفهم منه. تفضل.. تفضل معي من هنا، من هنا أستاذ صفوان. من هنا يا أستاذ صفوان.

مشيا مشية العارف المختبئ وراء معرفته والعارف المنكر لمعرفته. نظر صفوان باتجاه باب غرفة العناية الفائقة العريض الذي كانت تختفي وراءه جوريا فلم ير ما يريب. كان صامتاً وبارداً وقاسياً كما تركه منذ قليل قبل أن يباغته النعاس ويرديه نائماً لا يلوي على شيء. لكنه لم يكن مطمئناً لدعوة الدكتور

أنور. كان الهواء حوله كثيفاً ورطباً ومثقلاً بالخوف. رائحة مواد التعقيم مركّزة ومحبوسة الأنفاس. ماذا يريد أن يخبره؟ الله يستر وتمر هذه الليلة على خير. الثالثة فجراً بتوقيت الذعر. كان قلبه مملحاً بالرهبة مشوشاً بضربات وعرة تتصاعد إلى رأسه وأذنيه ثم ما تلبث أن تهدأ وتموت. طوى خصر آخر زاوية في الممر متجهاً إلى المصعد المعدني الكبير برفقة الشبح الأبيض وساقيه الطويلتين. تمنى لو يهوي بهما المصعد قبل أن يسمع ما يخشاه، ولكن ما ذنب الشبح الأبيض؟ وما ذنب المرضى الذين سيفتقدون المصعد والشبح الأبيض معاً؟ وما ذنب الأبيض؟ اقتحمته قشعريرة بنكهة الموت الحامض حين فكر في أعداد الموتى الذين حملهم هذا المصعد اللعين للمرة الأخيرة بعيداً عن أحبائهم.

- مرحباً دكتور أنور.
- أهلاً وسهلاً أخ صفوان، تفضل.. تفضل بالجلوس. يا.. سميح! يا بني يا سميح! أخبر البوفيه أن يرسل إلينا فنجاني قهوة وكأس ماء بارد على السريع!
- حاضر دكتور.. فوراً.
- خير يا دكتور! شغلت بالي.
- والله يا أخ صفوان أنا في غاية الأسف، فالأخبار التي أحملها لك غير سارة على الإطلاق. لقد بذلنا كل ما في وسعنا لإنقاذ السيدة جوريا من أزمتها الصحية، ولكن وضعها كان غاية في التعقيد بسبب إصابتها السابقة.. و.. والأعمار بيد الله. للأسف غادرتنا جوريتنا الدمشقية منذ قليل. لم أخبر أحداً

بعد، فأنا مدرك تماماً لحساسية الموقف. أردتك أن تكون أول العارفيـن كي تجري الترتيبات اللازمـة قبل أن تعلم الصحافة والفضائيات بالأمر وينتشر الخبر. السيدة جوريا ثروة عالمية وخسارتها موجعة للجميع. البقية بحياتك يا أخ صفوان.

البقية بحياتك يا أخ صفوان! هكذا وبكل بساطة أيها المُنَمِّق المتحذلق! يا إلهي متى ينتهي فيلم الرعب هذا الذي أشاهده وأنا لم أستيقظ من غفوتي بعد؟ غادرتنا منذ قليل! استغلت نومي وغادرت حتى دون أن تقول وداعاً! حتى وداعاً استخسرتها بي! فعلتها يا جوريا؟ فعلتها قبل أن أخبرك كم أحببتك بصمت ورجولة وكبرياء، وكم ألف مرة كنتُ البندقية الخفية التي تحمي ظهرك من كلاب الطريق وعلى رأسهم ابن عمتك سعد الوغد، وكم مليون مرة اختلفت مع زوجتي وتخاصمنا وتركت البيت غاضبة لأنها شعرت بغريزة الأنثى التي لا تخيب كم أحببتك حتى من دون أن ينطق بها لساني ولو لمرة واحدة إلا في أحلامي الدفينات! فعلتها يا جوريا يا قطعة من روح صفوان! يا خسارتك يا جورية دمشق! ما أقل حظك يا دمشق! ما أقل حظي وحظك يا دمشق!

جاءت القهوة.. مرة كطعم رحيلها. شربها بوقار نسر عجوز ينظر إلى الأفق بعينين كسيرتين أضناهما العجز عن التحليق. كانت ذقن صفوان ترتجف، فاضطر إلى سندها بيمناه كي يتمكن من رشف قهوته من دون أن يسكبها على وجعه. سعد! أيها المحتال القذر أخيراً ستحقق حلمك وتكون أحد ورثة مزرعة

الجوري. ما أقساك أيتها الحياة وما أقبح نهاياتك!

- اعذرني أخ صفوان، مناوبتي تنتهي الساعة الثامنة صباحاً، وأريد أن أعرف متى سيتم الدفن حتى أكمل ترتيبات ثلاجة المستشفى ومدة بقائها فيها قبل أن أغادر. دعنا نتبادل أرقام الموبايلات ونبقى على تواصل. بالمناسبة.. هل ستدفن هنا في دمشق أم ستنقلون جثمانها إلى فرنسا؟

كانت كلمة ثلاجة كافية لأن تفرغ صفوان من كل ما في داخله وتحوله إلى مسمار يابس على عريشة عنب ميتة منذ سنوات. تحوّل طعم القهوة في فمه إلى طين. خواء.. خواء لا يمكن لشيء على وجه الأرض أن يحتويه. تكوّرت بين فكيه الحروف وهجرته فصاحة الأبجديات. رائحة عطرها لا تزال متشبثة في خياشيمه مذ رافقها إلى المشفى في سيارة الإسعاف اللعينة.. كونترا أنسامبل6. كانت تنظر إليه بعينين مستنجدتين وكأنها تقول له: لا تتركني وحيدة مع الذئاب. انحدرت دمعة واحدة من عينها اليسرى فمسحها بشغاف قلبه. كانت هذه أول وآخر مرة يراها تبكي. أمسك يدها وضغط عليها بكل ما استطاع من حب ودفء قبل أن تغلق عينيها. الآن.. الآن أصبحت جثماناً وثلاجة وقبراً؟ بتلك السهولة وتلك السرعة تتحول الورود إلى مقابر في هذا العالم القبيح؟

- آسف أخ صفوان. أقدّر تماماً مدى حزنك وصدمتك بوفاتها، ولكنني بحاجة إلى تلك التفاصيل كي أرتب الأمور مع إدارة المشفى كي لا نقع في الأخطاء، لا قدّر الله. الوضع لا يحتمل،

وأنـت أكيـد أدرى منـي بحساسـية الموقـف وبأعـداد النـاس والصحفيين الذين سيتوافدون ويحتشدون خارج المشفى إذا انتشـر الخبر. يجب أن نفكـر في كل التفاصيل ونرتّب الوضع لكل الاحتمالات، أليس كذلك؟

- السـيدة جوريـا كتبـت وصيـة منـذ عدة أشـهر بعـد نقلها في المرة الأولى إلى المشـفى إثـر نوبة قلبية حادة. لقد وضعتها في خزنة المعمل وأعطتني الرقم السـري لإخراجها في حال.. إحممممـم.. أقصـد فـي حـال مغادرتهـا لنـا. لسـت أدري مـا فـي داخلهـا بالضبـط ولا علـم لي إن كانت فعـلاً تحتوي على تفاصيـل مـن هـذا النـوع، ولكـن لا أسـتبعد أبداً، فقـد كانت شـديدة التنظيـم وتهتـم بـأدق التفاصيل. سـأذهب حـالاً إلى المعمـل لإخراجهـا وقراءة ما فيها، وسـأتصل بك فور حصولي علـى المعلومـات. ربما ترغب في أن تكـون بالقرب من أبيها وجدها في مقبرة العائلة، أو ربما بالقرب من أمها في مقبرة باب الصغير. في الحقيقة لا أدري.
- وربما في فرنسا، لم لا؟ احتمال وارد.. أليس كذلك؟
- ربمـا... الحقيقـة لا أعـرف. كانـت علاقتهـا بفرنسـا شـديدة الرمادية، لم تكن ترغب في التكلم عنها إلا في سياقات العمل والمعـارض ومختبـرات العطـور ومعامل التعبئـة. لا أعرف إن كانت ترغب في إحمممممم... أقصد في البقاء هناك.

الآن أصبحتْ كانت!! ما أنقصك أيها الفعل الماض كالسيف. ناقص ونذل وأقرب إلى العين من رمشها ومن سوادها إلى بياضها. يا إلهي! لا أصدق أنها كانت. لماذا لا تطيل الورود البقاء؟

لماذا؟ لماذا؟ يا إلهي ساعدني لأتقبل الأمر، أرجوك! انتشلني من لحظتي السوداء! سأفتش عن أقرب رصيف أركن إليه وجعي ريثما أستعيد توازني وأقود تصرفاتي بهدوء وحكمة! يا إلهي ساعدني! الوضع لا يحتمل الانهيار، يجب أن أبقى متماسكاً بأي ثمن. لا خيار أمامي سوى التماسك.. يارب!

قاد صفوان سيارته باتجاه غوطة دمشق حيث كانت جوريا لا تزال تفوح... كونترا أنسامبل6. كانت الشوارع فارغة من كل شيء، وأفكاره مزدحمة بكل شيء. كيف انزلقت من بين أصابعه بتلك السهولة وإلى أين ذهبت؟ إلى أين ذهبت وفي أي العوالم تفوح الآن؟؟؟ منذ أشهر كانت تعمل بجد ونشاط على تقنية عطر جديدة. قالت له: صفوان! هذه التقنية ستقلب موازين صناعة العطور في العالم وستخفض التكاليف إلى النصف وربما أكثر.

سألها: كيف؟ أجابت: سأخبرك فيما بعد، لقد توصلت إلى تقنية تجميد تساعدنا على استخلاص كميات أكبر وأكثف من زيوت الجوري. أنا الآن في مراحل التحقق الأخيرة، سأعلن عن اكتشافي هذا في مؤتمر صحفي دولي أوائل الصيف إذا سارت الأمور على ما يرام... المهم الآن أن تشدد الرقابة على المعمل وبالأخص على غرفتي في المختبر وعلى مكتبي، لا أريد لحادثة السرقة أن تتكرر. لا يلدغ المؤمن من جحر مرتين. أرجوك يا صفوان.. أرجوك. الأمر في غاية الخطورة ويحتاج إلى الكثير من الحذر وعدم الثقة بأي كان. لا تثق حتى بالحراس

أنفسهم. قال لها: بعيد الشر سيدة جوريا، لن يحدث هذا مرة أخرى بإذن الله، أعدك بذلك، اطمئني وضعي قدميك في الماء البارد، طالما أنا معك لا تخشي شيئاً، ثقي بي. أنا أقوم بتغيير كل كلمات السر الخاصة بأقفال أبوابك وحاسوبك مرة كل أسبوع.. من الآن فصاعداً سأقوم بتغييرها كل يومين إن شاء الله أو حتى كل يوم إذا لزم الأمر. لا تخشي شيئاً. قالت له: طالما أنت معي لا أخشى شيئاً يا صفوان، أشكر الله على نعمة وجودك في حياتي.

وصل صفوان بوابة المصنع الرئيسة. فتحها بالبطاقة الخاصة به، ثم ركن سيارته الفولفو السوداء إلى جانب سيارة جوريا، المرسيدس الحمراء القابعة بصمت في انتظار عودة صاحبتها من غياب ظنت واهمة أنه لن يطول. لقد تركتها مركونة حين غادرت المكان في سيارة إسعاف صاخبة ووعدتها، كما المرة السابقة، أن تتعافى وتعود قريباً، لكنها لم تفعل. هل يخبرها ماذا حلّ بصاحبتها أم يدعها تنام الليلة بسلام والصباح رباح؟ كان البرد ينخر نقي عظامه وجسده يرتجف كبيت خلّعت رياح كانون شبابيكه العتيقة. أهو البرد حقاً يا صفوان أم قشعريرة الرحيل ورهبة الفراق؟

أجال النظر، فلم يعثر على أي من الحراس الليليين المناوبين. يا إلهي! أين ذهبوا، وكيف يجرؤون على كسر أوامره الصارمة بعدم مغادرة غرفة الحراسة لأي سبب من الأسباب؟ أين أديب؟ أين معتز؟ أين سرحان الزفت؟ أين ذهبوا جميعاً، وماذا بحق السماء يفعلون في هذا الوقت المتأخر من الليل، وماذا يخططون؟ «لا تثق حتى بالحراس أنفسهم»، همست جوريا في

أذنه، فشعر بقرب أنفاسها من رقبته العريضة واقتحمت خيشومه كونترا أنسامبل فحطمته. بدأت الريبة تشق طريقها إلى صدره المثقل بالضياع. شيء ما في داخله نصحه بتوخي الحذر وعدم الإعلان عن وجوده ريثما يتحقق من سلامة الوضع. نظر إلى الطابق العلوي فرأى ضوءاً خافتاً ينبعث من الزاوية الخلفية للدهليز الطويل المؤدي إلى مكتب جوريا. قاد سيارته بهدوء إلى الساحة الخلفية للمعمل وركنها خلف حرش كثيف أشعث. ترجل منها وانسل إلى الطابق العلوي متفادياً استخدام المصعد كي لا يحدث صوتاً يلفت الانتباه إلى وجوده. خلع حذاءه وتركه ينتظر عند الباب الخلفي لمكتب جوريا، وسار في الدهليز على أطراف أصابعه باتجاه الضوء.

- أسرع.. أسرع يا حيوان! الوقت ليس في صالحنا. ألم تؤكد لي أنك راقبت صفوان الزفت أول أمس وعرفت كلمة السر؟ لماذا لا تستطيع فتح الباب إذاً؟ ما المشكلة يا بغل؟
- أقسم إنني كنت أعرفها، ولا أدري ما الذي حصل، لا بد وأنه قام بتغييرها مرة أخرى. لقد أصبح شديد الحذر في الأيام الماضية.
- ابن الكلب! كل عمره يقف كالشوكة في حلقي، كلما وجدت طريقاً إلى جوريّة أقفله بوجهي بألف مفتاح. الوقت ليس في صالحنا، يجب أن ننهي هذه المهمة بأسرع ما يمكن.. يجب أن نحصل على التقنية الجديدة بأي ثمن ونذهب بها إلى بيروت. الجميع ينتظرنا هناك على أحر من الجمر. ماذا يمكن أن نفعل؟ فكّر معي أيها الحمار! ماذا يمكن أن نفعل؟

لا بـد مـن وجـود طريقة مـا لفتح هـذا الباب اللعيـن قبل أن تعـود جوريّـة أو كلبها الأمين. لا بد مـن وجود حل! لا بد من وجود حل!

- واللـه أنـا الحمـار الذي وثقت فيك وليس أديـب. لقد وضعتنا في ورطة لا نعرف إلى أين تأخذنا ولا كيف سنخرج منها. الله يسـتر منـك ومـن أفلامك يا سـعد. الحق علي أنـا.. كان يجب أن أفهـم أن المهمـة هـذه المـرة أكبر مـن إمكانياتـك بكثير. اللعنة.. اللعنة!! ماذا سـنقول للمعلم، وكيف سـنبرر له فشلنا في الحصول على التقنية؟

ترك صفوان دفة الحديث والشتائم دائرة بين سعد وأديب والرجل الثالث الذي يتكلم العربية بلهجة لبنانية واضحة، وأدار أطراف أصابعه قافلاً باتجاه الباب الخلفي للمكتب. لم يفاجئه سعد على الإطلاق، فهو الأدرى بالدرك الذي يمكن أن يصل إليه من أجل معبوده: المال. لطالما حاول إقناع جوريا أنه هو من استغل غيابه في رحلة عمل إلى المجر وسرّب تركيبة كونترا أنسامبل 3 من مختبرها منذ عدة سنوات إلى شركة منافسة في رومانيا، لكنها لم تقتنع لعدم عثور الشرطة على أي دليل يثبت تورطه في السرقة. أما أديب، الحامي الحرامي، فقد فاجأه بدور اللص المحترف الذي تمكن من تعقبه ومراقبته من دون أن يلحظ ذلك بالرغم من حذره الشديد. واللّكن الكبرى: من يكون «المعلم»؟ وكيف عرفوا بأمر التقنية الجديدة؟ من أخبرهم بها؟ لقد أكدت له جوريا أنها لم تُخبر غيره بالأمر وهو لم يخبر أحداً بذلك، فمن أخبرهم بحق السماء؟ ومن يكون هذا الرجل

اللبناني؟ وأين اختفى بقية الحراس الليليين؟ الوقت ليس في صالحه أيضاً، سيفكر في التفاصيل لاحقاً، المهم الآن إفراغ خزنة جوريا من أسرارها ومغادرة المكان بالسرعة القصوى. لعنك الله يا سعد الخنزير! لعنك الله! كنت أعلم أن شياطينك لا سقف لها.. أيها الوغد الحقير كيف طاوعك قلبك النجس على طعن وردة رقيقة؟ كيف؟

دخل المكتب من بابه الخلفي متلمساً طريقه باتجاه الخزنة إلى جهة اليمين. تحرشت به رائحة عطرها المنتشرة في كل زاوية من هذا المكتب الجميل في حضورها، الموحش في غيابها. كونترا أنسامبل6 اللعنة التي ستطارد ذاكرة الشم لديه حتى آخر لحظة من عمره المدبّب بالحب من طرف واحد. سرت القشعريرة في جسده وكادت تشلّ حركته وتأتي على قدميه. ماذا لو فتحت جوريا الباب الآن ودخلت عليه متلبساً بفتح خزنتها والعبث بأسرارها؟ يا ليتها تفعل. يا ليتها تفعل ويخسر يمناه ويسراه ونصف ما تبقى من عمره المجوّف في غيابها.

كانت الغرفة مضاءة بشحٍّ من خلال ضوء مثبت فوق الكاميرا على أحد أعمدة السور الخارجي للمعمل. أجال نظره بسرعة بحثاً عن شيء يفرغ فيه محتويات الخزنة. تناول كيس القمامة الذي يبطّن سلة المهملات تحت مكتب جوريا الأنيق. أفرغ ما فيه من قصاصات ورق ومناديل مستخدمة في السلة ثم وضع فيه كل ما في الخزنة عدا ثلاث حزم كبيرة من اليوروهات والليرات والدولارات تركها للكلاب الضالّة تتنقرش بها، أما هو فلا

حاجة له بها. أغلق الباب خلفه بهدوء وتوجه بحذر شديد نحو سيارته مطلقاً العنان لإطاراتها باتجاه منزله في حي كفرسوسة.

كل أسرار جوريا الآن بين يديه. كم كانت غامضة وهادئة ومتوازنة وصامتة! من أين يبدأ والبيت غارق في الوحشة والصمت والعتمة والبرد، وكونترا أنسامبل6 تحشد قوّاتها على حدود أنفه المعقوف وتعد العدّة لحرب يعلم علم اليقين أنها لن تضع أوزارها إلا بموته؟ دينا والأولاد يغطّون في نوم عميق. حين رزقه الله بابنته البكر، حاول جاهداً أن يسمّيها جوريا بحجة شعوره بالولاء للسيدة جوريا «وليّة نعمته». «بعيدة عن شاربيك يا صفوان.. خيّط بغير هذه المسلّة»! صدته زوجته بعنف وشراسة الأنثى التي لا تخفى عليها رائحة المنافسة غير الشريفة، وأسمتها علياء رغم أنفه. فشل في تحقيق الهدف.. الرجاء إعادة المحاولة لاحقاً! لحق عمّار بأخته علياء فحفظ ماء وجه أبيه وشاربيه وقطع عليه طريق المناورة، لكنه ما لبث أن كرر المحاولة عندما رُزق بابنته الصغرى حيث واجه إعصاراً أنثوياً عاتياً وتهديداً جدياً بالعودة إلى بيت الأهل برفقة أطفالها الثلاثة لو لم يكفّ عن ألاعيبه المكشوفة. انتهت المشكلة بفوز الإعصار وخسارة صفوان الذي رفع العلم الأبيض مكرهاً بعد أن تهدّل شارباه إلى الأسفل وسجل الطفلة أروى في السجلات الرسمية صبيحة اليوم التالي. ليتها طاوعته! ليتها طاوعته!

أرعبه الصمت المطلق وعصف بجذور قدميه وهنٌ مفاجئ. لا يستطيع الوقوف على ساقين نخرهما الحزن والخوف والبرد

والتعب. أسند كفه اليسرى إلى طاولة الطعام وسحب باليمنى كرسياً نحو جسده المتهاوي، ثم أفرغ محتوى الكيس على الطاولة، وأخذ بأصابع مرتجفة يباعد بين الأشياء ريثما يرتب أفكاره ويستوعب ما يرى. لا يُصدق أنها كانت، وأنه ما زال، وأن كل أشيائها كانت وما زالت وما برحت وما انفكت وما فتئت تعذّبه.

ها هي أمام عينيه الآن. ليس يدري من أين يبدأ: بكومة الأوراق المتراصة بأناقة؟ بالمغلفات الورقية الصغيرة الملصقة بإحكام؟ بالأكياس المخملية الكحلية اللون؟ بالقصاصات الصغيرة الملونة الموضوعة داخل مغلف بلاستيكي كبير؟ شعورٌ غريب دفعه لاختيار كيس مخملي صغير. قلّبه بين كفّيه ثم فتحه بعد تردد قصير: خاتما زواج. ربما كانا خاتمي والديها احتفظت بهما بعد وفاتهما، هكذا يفعل الكثير من الأولاد. أعادهما إلى الكيس بقليل من الاكتراث، وتناول أحد المغلفات الورقية، ورقة مكتوبة باللغة الفرنسية فيها الكثير من الأرقام والأختام. المغلف الذي يليه ويليه ويليه كلها أوراق باللغة الفرنسية وهو يجيد الفرنسية كما يجيد التزلج على سطح القمر. سحب مغلفاً ورقياً كبيراً وأفرغ محتواه على الطاولة. كان فيه العشرات من الصور القديمة التي علا زواياها اللون البني المُصفرّ. اقتحمه الفضول لكنه سرعان ما شعر بالذنب، فهو الآن في مهمة رسمية لا علاقة لها بحياة جوريا الشخصية وصورها الخاصة ومشاعره تجاهها. حاول إعادة الصور إلى المغلف، لكنه ما لبث أن واجه زلزالاً من الشهية لمعرفة المزيد عن سيدة أحبها بكل جوارحه ولم

يعرف عنها إلا النزر اليسير. كانت بين الصور قصاصة مجلة، يبدو أنها مقابلة بالفرنسية مع شخص ربما في أواسط الستينيات من عمره يُدعى البرفسور بيير دوتفيل، هكذا كُتب تحت صورته بخط صغير، الشيء الوحيد الذي تمكن من قراءته بالفرنسية. تُرى من يكون هذا البرفسور، ولماذا تحتفظ جوريا بهذه القصاصة كل هذا الوقت؟ فتحت القصاصة شهيته للتمعن في بقية الصور، لكنه فضّل معرفة المزيد عن بيير دوتفيل قبل أي شيء. تناول هاتفه المحمول وكتب اسمه بعد أن قام بتهجئته عدة مرات، ثم بدأ عملية البحث في ويكيبيديا. لم تطل عملية البحث، ها هو بيير دوتفيل بشحمه ولحمه.

بيير دوتفيل: أكاديمي وخبير عطور ومستشار في الجمعية الدولية للعطور (إيفرا).

الميلاد: 1931 باريس، فرنسا.

الوفاة: 2004 غراس، فرنسا.

الجنسية: فرنسية.

الزوجة: كاترين أوروا (1940-1986).

الأولاد: إيزابيل (1974-1986).

لم يستوعب.. أفكاره تتلاطم كأمواج البحر الغاضب. كان التحرش بمقتنيات جوريا كالتحرش بالشيطان، كل حلقة تسحبه عنوة إلى ما بعدها من حلقات. من قال إن قرار التوقف في

يده الآن؟ بدأ يقلّب الصور واحدة تلو الأخرى. كلها التقطت في الخارج، غالباً في أوروبا. صورها مع أصدقاء أجانب، صورها فيما يبدو المعهد الذي تخصصت فيه، صورها مع سيدة عجوز قصيرة الشعر تحتضنها من الخلف بحنان، صورها وحدها في حدائق لافندر، في أعياد الميلاد، في رأس السنة...

مهلاً! مهلاً يا صفوان! ما هذه الصورة؟ بدت جوريا شابة في أبهى حالاتها، وضحكتها الجميلة المتدفقة تؤرّخ بصدق لحظة سعادة حقيقية نادراً ما اعتلت وجهها بهذا الوضوح حتى حين كانت تفوز بجوائز عالمية أو إقليمية. كانت ترتدي فستاناً قصيراً ضيقاً أبيض اللون وحذاء ساتان أبيض وتحمل باقة جوري ولافندر. إلى يمينها ظهر البرفسور دوتفيل في بزة رسمية سوداء زُين جيبها العلوي الصغير بجورية وزهرة لافندر، وإلى يسارها ظهرت السيدة العجوز تحمل لافتة صغيرة رُسم عليها قلب بأوراق الجوري واللافندر وكُتب في داخله بخط اليد روزا وبيير وعبارة بالفرنسية لم يفهمها. ماذا يعني هذا؟ ماذا يعني كل هذا يا صفوان؟ هذه بكل تأكيد جوريا في أواخر العشرينيات من عمرها أو ربما أوائل الثلاثينيات، لا يمكن أن أخطئ نظرة عينيها السوداوين وضحكتها الناصعة الجميلة، هي بكل تأكيد جوريا. حسناً، حسناً، إذا كانت هذه جوريا وهذا بيير، فماذا يفعلان، ومن تكون تلك العجوز الضاحكة إلى يسارهما! ربما والدة بيير! ولكنها ليست أكبر منه بكثير. لا بد وأن المناسبة زفاف. إنه بكل تأكيد زفاف.. هكذا يقول المنطق. ولكن لماذا لا تريح رأسك وتستخدم برنامج الترجمة على محمولك لترجمة هذه الجملة

إلى العربية يا صفوان؟ لا.. لا الموضوع واضح وضوح الشمس ولا يحتاج إلى ترجمان، لن أخدع نفسي. جوريا كانت متزوجة من هذا البرفسور العجوز، وقد أخفت الأمر طوال هذه السنوات لست أدري لماذا. هي الزوجة الثانية إذاً. يا إلهي! كيف لشابة في عمرها وجمالها وبهجتها أن تقدم على الزواج من رجل بعمر والدها وربما أكبر؟ ولماذا أخفت الأمر عن الجميع؟ الآن فهمت لماذا كانت عازفة عن الزواج، ولماذا كانت تصد بلطف ولباقة كل من كان حولها من الرجال الراغبين في الارتباط بها بأي ثمن. لا بد وأنها كانت غارقة حتى أذنيها في حب ذلك البرفسور اللعين ومخلصة لذكراه حتى أنفاسها الأخيرات. آه يا جوريا! لقد اخترت من المسافات أطولها ومن الغياب أبعده ومن الحب أصعبه، فهل حقاً الحب لا يعرف الجنسيات ولا الأديان ولا المسافات ولا حتى الأعمار؟ أحسدك يا بيير.. أحسدك من كل قلبي.. أحسدك بعدد المرات التي تعطرت فيها جوريا لك، وعدد المرات التي ضحكت لك، وعدد المرات التي كانت فيها هناك وهي هنا. أحسدك وأنت في قبرك أيها العجوز اللعين.

ضاقت عليه أنفاسه فتقلص صدره وانكمشت مساحته داخل جسده. شعر بقلبه في إقامة جبرية خلف ضلوع أصبحت فجأة قضباناً حديدية. ليته يطير خلفها، تلك الجورية الوردية التي قلبت حياته رأساً على عقب ومزّق غيابها كل ألوان الوجود. لقد ماتت.. كل ما حوله يشير إلى أنها ماتت وأنه لا جدوى بعد اليوم من الوقوف في محطات الانتظارات... لن تأتي. حلّ عقدة ربطة عنقه وفتح أزرار قميصه قبل أن يختنق بيأسه.

تناول مغلفاً آخر فيه ورقة يتيمة مكتوبة بخط يدها الذي يعرفه جيداً: الأخ العزيز صفوان. بلع ريقه اللزج بصعوبة النكاف. شعر بحركة داخلية غريبة تعبث في أنحاء جسده، ربما كان الخوف والحزن يعيدان تشكيل أوردته وهيكلة أضلاعه. كان خطها أنيقاً مثلها، أنيقاً مثل أصابعها الرقيقة الطويلة وأظافرها النظيفة المطلية دوماً باللون الوردي. انبعثت من الورقة رائحة كونترا أنسامبل6، أو هكذا خيّل إليه. كانت في الفترة الأخيرة تحرص على وجوده في مكتبها، ترشه بغزارة على كفيها ثم تربت بهما برفق على خديها ورقبتها الخلفية لتصبح كيفما مرّت قافلة عبير ومشتل جوري.

الأخ العزيز صفوان:

لقد كان لقـائي بك منذ عشرين عاماً في مصنع آشا للعطور في نيودلهي من أجمل وأرقى الصدف التي مرت في حياتي. ما عرفتك منذ ذلك اليوم إلا نبيلاً وأميناً وصادقاً وعلى قدر كبير من المسؤولية والوفاء والإخلاص والعطاء المهني والإنساني اللامحدود.

تكون مخطئاً إذا ظننت لوهلة أنني غافلة عما قدمته لي من خدمات في السر والعلانية وعما يحيكه الآخرون لي من مكائد، فأنا على دراية تامة بكل ما فعلته لحمايتي وحماية عطوري من أطماع النهمين ذوي القلوب الرديئة، وأولهم، للأسف، ابن عمتي سعد الذي كنت على يقين تام أنه هو من سرق تركيبة كونترا أنسامبل 3 وسرّبها إلى رومانيا عبر عملاء أجانب. لقد

آثرت الحفاظ على سمعة جدي ومكانته المرموقة في المجتمع الدمشقي وعلى مشاعر عمتي نجوى، وقررت بعد طول تفكير التزام الصمت وتبنّي موقف الجاهل كي لا أزج بسعد في غياهب السجون وأحشر عمتي في زاوية مهينة لا تستحقها. فكرت كثيراً في طرده، لكنني في اللحظة الأخيرة تراجعت وفضلت العمل بصمت وهدوء على تحويله شيئاً فشيئاً إلى موظف إدراي بعيداً عن المعمل وتفاصيل تركيباته العطرية. ربما أخطأت، والأرجح أنني أخطأت، لكنني لم أتمكن يوماً من التخلص من عقدة الذنب تجاه عمتي وأولادها الذين حرمهم جدي، رحمه الله، من الإرث وخصني بما كان من المفترض اقتسامه معهم شرعاً.

لقد كانت حياتي أسرع بكثير من أن تمنحني فرصة التوقف عند مفاصل التفاصيل وفرصة التبرير والتفسير وحتى فرصة التقاط الأنفاس في كثير من الأحيان. عندما تقرأ هذه الرسالة سيكون إيقاعي اللاهث قد توقف، وسأكون في عالم آخر لا تحكمه السرعة ولا يهيمن عليه الأشرار والخونة وعبدة المال.

أريدك ألا تقلق بشأن مصير الاكتشاف الجديد الذي سبق وأخبرتك عنه، فقد قمت بترتيب أموري القانونية كافة مع محامي المصنع الأستاذ أدهم إبراهيم الذي رفع الاكتشاف إلى مكتب براءات الاختراع والعلامات التجارية، حيث يتم حالياً النظر فيه للبت في أمره قريباً. أتمنى أن يخلّد هذا الاكتشاف اسمي وأن يستفيد كل صانعي العطور حول العالم من هذه

التقنية الجديدة. هذا أقل ما يمكن أن أساهم به في المجال الذي تخصصت فيه ووقعت في غرامه منذ أن انحنت أول جورية لي في مزرعة الجوري.

عزيزي صفوان، بما أنني على يقين من أنك لا ترغب ولن تتمكن من مواصلة العمل مع ورثتي بعد عمر طويل، فقد تركت لك مع الأستاذ أدهم مبلغ عشرين ألف دولار لإنشاء مشروع صغير يكفل لك ولعائلتك حياة كريمة بعدي. طبعاً هذا لا يشمل المبلغ الذي ستحصل عليه حسب الأصول كتعويض نهاية الخدمة إن قررت الرحيل. أترك الأمر لك فأنت أدرى بمصلحتك.

أتمنى لك التوفيق من كل قلبي وأشكر الله على نعمة التعرف إليك والعمل معك لسنوات كانت من أجمل سنوات حياتي المهنية وأكثرها طمأنينة وثباتاً. دمت الصديق الوفي في زمن ندر فيه الأصدقاء وشحّ الأوفياء وانتشرت فيه عبادة المال.

أختك جوريا سعد

حاصره الوجع من الجهات الأربع، وافترشه الحزن كسجادة نبيلة تدوس أحذية التفاصيل كل خيط من خيوطها الحريرية الملونة الوفية. شعر أن رحلته في الحياة أصبحت بلا رائحة، وأنه سيموت على مهل الجفاف والعطش واليباس نقطة نقطة. كل أبجديات الحضارات البائدة والحية لا تكفي لرثاء جوريةٍ بهذا الحجم.. احتضن وجهه بكفيه وانخرط في البكاء. كانت الدموع تهطل من ذقنه كثيفة كألمه. هي تعرف أنني نبيل وأمين وصادق ووفي

ومخلص ومعطاء، تدرك أنني أحمي ظهرها في السر والعلانية من مكائد الآخرين، وهي على يقين أنني لا أرغب ولن أتمكن من مواصلة العمل مع ورثتها الطامعين.

هي تعرف كل شيء.. كل شيء. فكيف لا تعرف إذاً أنني لست بأخيها وأنها لم تكن يوماً أختاً لي؟ كيف لا تعرف أنني أعيش تحت شرفة عطرها وأغسل وجه عطشي إليها بماء الورد كل صباح؟ كيف لا تعرف أنني لست بحاجة إلى مالها بل إلى حبّها؟ كيف يا جوريا؟ كيف طاوعك قلبك أن تنادينني وحتى اللحظة الأخيرة بالأخ العزيز؟ كيف؟؟ آه! ما أوجعك أيها الحب الوحيد الطرف وما أشد مرارة غيابك!

أطلق جوّاله المركون إلى جانبه نباحاً مفاجئاً فحطّم كل جرار أفكاره دفعة واحدة. شعر أن أحدهم ضرب جملته العصبية بإزميل حاد وأرداه مُجوّفاً كثمرة منجا. أوووووه! إنه الدكتور أنور. لقد نسي أن يفتش بسرعة عن الوصية كما اتفقا. يا لهذا اليوم!! يا لهذا اليوم!!! قبض على الجوال ووضعه بسرعة بوضعية الصامت كي لا تستيقظ دينا والأولاد. بدأ البحث عن الوصية قبل أن يعاود الاتصال به. يجب أن يجدها بأسرع وقت، وأن يعد الترتيبات الكاملة لجنازة تليق بجورية دمشق. هذه آخر خدمة سأقدمها لك يا جوريا! ما أسخف هذه الحياة!

- صفوان! يا صفوان!

نادته دينا التي أيقظها رنين المحمول فغادرت الفراش على

عجل متجهة إلى الصالون للاستفسار عن هوية المتصل الوقح وسبب اتصاله في هذه الساعة المتأخرة من الليل. جاء صوتها مبحوحاً وخشناً ومفاجئاً، أو ربما هكذا سمعه. اهترأت أعصابه، لم يعد يحتمل المزيد من الخضّات. لم يلتفت نحوها كي لا ترى الدموع في عينيه فيدخل في سين وجيم نسائي لا قدرة له عليه في الأحوال الطبيعية فكيف في ليلة مقيتة كتلك! اطمئني يا دينا! ضعي في بطنك بطيخة صيفي! لقد رحلت جوريا إلى الأبد، هل ارتحت الآن؟ قال في سره.

- صفوان! ما الذي يبقيك مستيقظاً حتى هذه الساعة؟ لماذا لا تذهب إلى الفراش؟ ما الذي يجري هنا؟ ما كل هذه الأوراق المكدسة على الطاولة، ومن المجنون عديم الإحساس والذوق الذي يتصل بالناس في هذا الوقت؟
- أحاول أن أحل بعض المشاكل المستعجلة في المصنع، لا تشغلي بالك يا دينا. عودي إلى فراشك وسألحق بك بعد قليل.
- المصنع.. المصنع.. المصنع.. الله يحرقه كي أرتاح منه ومن مشاكله ومن انشغالك الدائم به.

اجتاحته حمى بركان نشط حولت فمه إلى فوهة حمم مستعرة. يا لقسوة ودناءة ووقاحة ما سمع من مفردات!!

أخذ نفساً عميقاً لا يدري من أين جاء به ومسح دموعه بباطن كفيه ثم استدار إليها بهدوء شجرة بلوط أدهشه قبل أن يدهشها.

- اطمئني يا دينا! لقد استجاب الله لدعائك واحترق المصنع. احترق المصنع.. المصنع الذي كان يطعمنا المن والسلوى على مدى عشرين عاماً ويلبسنا الحرير والديباج على مدى عشرين عاماً ويشتري لنا تذاكر السفر لنجوب العالم على مدى عشرين عاماً ويعلّم أولادنا في أفضل المدارس.. احترق اليوم. احترق اليوم.. هل ارتحت الآن؟ هل ارتحت الآن يا ست دينا؟ احترق المصنع!!
- صفوان.. صفوان أنا آسفة والله لم أكن أقصد.. كان الدعاء من طرف لساني وليس من قلبي.. أقسم لك إنني لم أكن أعني كلمة واحدة مما قلت.
- عنيت أم لا.. لا يهم يا دينا لا يهم. المهم الآن أن المصنع احترق واحترق معه قلبي.
- وماذا سنفعل الآن؟ أقصد.. كيف سنعيش نحن والأولاد؟
- اطمئني يا دينا! اطمئني! المصنع الذي احترق ينتظرنا في مكان آخر ويصنع لنا ولأولادنا مستقبلاً آخر.
- ماذا تعني؟ لم أفهم.
- اذهبي إلى فراشك الآن ودعيني أنجز ما يجب إنجازه. ستفهمين فيما بعد. لا وقت لدي الآن. تصبحين على خير.
- صفوان..
- أرجوك يا دينا اسمعي الكلام واذهبي إلى فراشك.. قلت لك لا وقت لدي للثرثرة.. أنا منهك ومشوش وبالكاد أستجمع أفكاري. نتكلم في الغد. أرجوك اسمعي الكلام! تصبحين على خير.

استدارت عائدة إلى فراشها بملعقة من الدهشة ورشة صغيرة من الألم. لقد بدأت الابتعاد عنه نبضاً فنبضاً بعد أن أيقنت أن روحه مسكونة بغيرها، وأنها لو وصلت إلى خط الاستواء لن تقطف من عينيه شعاع دفء واحد كذاك الذي تقطفه جوريا من دون أن تبذل أي جهد، وأنها لو استحمت بمحيط من عطور العالم.. كل العالم من شرقه إلى غربه، لن يشم أنفه المدمن سوى كونترا أنسامبل بتركيباته الست ومبتكرتها الحسناء. طلبت منه يوماً، على سبيل الاختبار، أن يهديها قارورة كونترا أنسامبل4 فرفض قائلاً إنه يفضل أن يشم عليها العطور الخفيفة لا الحادة، فالعطور الخفيفة تليق بشخصيتها الهادئة الرصينة. وصلت الرسالة يا صفوان. العطور الخفيفة لشخصيتي الهادئة!!! ومنذ متى كانت شخصيتي هادئة ورصينة في نظرك يا صفوان؟ ومنذ متى تعاملني كأنثى وتشم علي العطور وتفضل عطراً على عطر وتختار لي الأنسب لشخصيتي؟

منذ ذاك اليوم توقفت دينا عن الانتظار، وتوقفت عن الأمل، وتوقفت عن الأنوثة، وتوقفت عن شراء العطور. منذ ذاك اليوم توقفت عن الإنصات لنصائح والدتها النمطية: طولي بالك يا بنتي! المرأة يجب أن تكون صابرة ومرنة، لا تخربي بيتك بسبب نزوة عابرة! لو تركت كل زوجة بيتها لنزوة عابرة لما عمّرت البيوت.. الطير مهما طار لا بد أن يعود إلى عشه يا عيوني طولي بالك الله يرضى عليك، أولادك بالدنيا يا حبيبتي هم ثروتك الحقيقية. ماذا! تريدين الطلاق!! لا طلاق في عائلتنا يا دينا! انزعي هذه الفكرة من رأسك المجنون! والله لو سمع أبوك بهذا الكلام يهدّ

الدنيا فوق رؤوسنا. صلي على النبي يا بنتي، صلي على النبي وانزعي هذا الموال من رأسك! كل شيء له حل والمرأة يجب أن تكون واعية ومتفهمة ويجب أن تتأقلم مع كل الظروف حفاظاً على بيتها وأولادها. المرأة يجب.. المرأة يجب.. المرأة يجب!!!! وماذا عن الرجل يجب؟ ها! ماذا عن الرجل يجب؟؟ اصمتي يا أمي! اصمتي أرجوك ودعيني وشأني! لا أريد المزيد من النصائح ولا أريد المزيد من الواجبات! لقد انخلع كتفاي من حملها ولم أتمكن من إرضاء أحد. دعيني وشأني رحم الله والديك!

لم تستطع أن تحمي نفسها من موجة شماتة عاتية ضربت سواحلها ولم تترك لها خياراً. المصنع احترق!! فليذهب المصنع وصاحبته الحسناء إلى جحيم الجحيم! لقد حرقت جوريا حياتي الزوجية وسعادتي منذ اليوم الأول لزواجي من صفوان، فلا بأس ببعض الشماتة حتى وإن كان المصنع مصدر رزقي ورزق أولادي. أأعجبك طعم الحريق يا جوريا؟ ذوقي طعم الحريق يا بنت الحرام واستمتعي برائحته، ولا تنسي أن تسلمي في طريقك على كونترا أنسامبل!

لم يبرح صفوان مكانه على الطاولة أمام هضبة من الألم. يجب أن يعثر على الوصية بأسرع وقت، وأن يتصل بالدكتور أنور لإجراء الترتيبات اللازمة. ثم إنه ليس من الحكمة الإبقاء على خبر وفاتها طي الكتمان لمدة طويلة.. هو ليس أحد

أفراد عائلتها، وإذا تسرب خبر وفاتها إلى الصحافة قبل أن تدري عائلتها به، ربما يكون في موقع المُلام. لا يريد أن يثير المشاكل معهم، يريد أن يغادر المصنع بصمت وهدوء. ما عاد المكان مكانه بعد اليوم.

***

لا تفكر أنك تستطيع أن توجّه الحب في مساره،

فالحب إن وجدك جديراً به هو الذي يوجّه مسارك.

"جبران خليل جبران"

الفصل الثاني عشر

غراس

عند شارلوت الخبر اليقين

التحق بالمعهد طالب فرنسي جديد. كان ريمون أحمر الشعر، قصير القامة، ضعيف البنية، يتمتع بحضور البديهة وخفة الظل ومتعة الحديث ورشاقة التنقل بين المواضيع المختلفة دون الحاجة إلى فواصل أو نقاط. توطدت علاقتي به كصديق قريب، وأصبحنا نلتقي خارج المعهد بين الفينة والأخرى لتناول القهوة وسندويشات الموزاريلا وتجاذب أطراف الحديث. أمتعتني صحبته كثيراً وشعرت تجاهه بعطف يشبه عطف الأخت على أخيها الصغير.

فاجأني في أحد لقاءاتنا أن أخته الكبرى شارلوت، والتي تولت رعايته بعد وفاة والديه في حادث سير، تعمل في مجال صناعة العطور في باريس، وقد تتلمذت على يد بيير في مدينة فرساي حيث كان يعمل قبل انتقاله للعيش هنا في غراس. أخبرني أنها أصبحت فيما بعد من أصدقائه المقربين هي وزوجها البلجيكي كلود

وقعتُ على كنز من المعلومات لم يكن في الحسبان والتهمني الفضول لمعرفة المزيد عن حياة بيير الخاصة. هيا يا ريمون هيا! لا تبخل على صديقتك ببعض المعلومات حتى ولو كانت فتات باغيت فرنسي يابس! ناورت كثيراً للحصول على أي شيء يسد رمق فؤادي المنهك من الجوع، لكن معرفة ريمون عن هذا الجانب بالذات كانت شبه معدومة. عضضت باطن شفتي بأسنان خيبتي. أيتها العاشقة الحمقاء! ما الذي يعني ريمون إذا كان بيير متزوجاً أو أرمل أو مطلقاً؟ أكيد آخر همه. يا رب! يا رب ساعدني!

وجدّك يا... جوغيا خانم؟ جدّك الذي قاطع عمتك نجوى لأنها هربت وتزوجت رغماً عنه من شاب ينتمي إلى طائفة أخرى من الدين ذاته، هل سيقبل أن تتزوجي من رجل يكبرك بأكثر من ثلاثين عاماً وينتمي إلى دين آخر ولغة أخرى وجنسية أخرى وثقافة أخرى وأنت قرّة عينه وحبه الكبير وأمله المستدام في مزرعة الجوري؟ استيقظي يا حلوتي! استيقظي قبل أن تدخلي في غيبوبة سكّر الغرام وتبعاته واختلاطاته، ويصبح من ضروب المستحيل خروجك منها! لا أعرف.. لا أريد التفكير الآن... لا أريد التفكير. أوه!! رأسي يكاد ينفجر.. أحبه ولا أريد التفكير في أي شيء آخر. حين أصل إلى تلك المرحلة يحلّها ألف حلّال. يحلّها ألف حلّال يا جوريا! وأين كان الحلّالون الجهابذة الألف حين نُفيت عمتك نجوى من العائلة كالعنزة الجرباء وحُرمت من الميراث؟ ها! أين كانوا؟ أخبريني يا عبقرية عصرك وزمانك!

جاءت شارلوت في زيارة خاطفة للاطمئنان على أحوال أخيها، وعند شارلوت الخبر اليقين. دعاني ريمون لشرب القهوة مع أخته الحسناء في كافيه بول بالقرب من المعهد. لم أشعر في حياتي بهذا الكم من الارتباك والخشية والرهبة والترقب والحبور والسرور. كان قلبي يتعلق بحبال عطر انتظرته طويلاً وتمنيت ألا يخذلني. أردتها أن تقول وألا تقول.. أن تفصح وألا تفصح.. أن تعرف وألا تعرف. لا تخذليني يا شارلوت، بحق السماء! ولكن ماذا لو فاجأتني وقالت ما لا أريد سماعه؟ كيف سأتعامل مع الواقع الجديد؟ هل سأستمر في حب رجل متزوج؟ يا إلهي! لا.. لا. لا يمكن أن يكون متزوجاً. أرى شعور الوحدة في بحر عينيه الزرقاوين الفارغتين من كل القوارب والموانئ، في الكيس البلاستيكي الصغير الذي يحمل فيه سندويشته اليتيمة وتفاحته الخضراء كل صباح، في خطواته التي لا لهفة فيها للقاء أحبةٍ آخر النهار، في الأوقات الطويلة التي يقضيها بين المعهد والمختبر.. في كل تصرفاته. لا، لا يمكن أن يكون متزوجاً. بيير لا يمكن أن يكون متزوجاً. لا يمكن.

استخدمتُ كل مهارات المناورة الأنثوية التي أعرفها والتي لا أعرفها والتي ارتجلتها للتو كي لا تطيح أسئلتي بآخر ورقة توت تستر عورة كرامتي. بذلت كل ما في وسعي لتبدو أحاديثي عابرة لا خلفية لها ولا مقصد من ورائها. ربما نجحت في ذلك وربما لم أنجح، فشارلوت، كما هو واضح للعيان، سيدة ذكية ومحنكة ومخضرمة، وهي امرأة في نهاية الأمر، ولا أظن أن قصص النساء تخفى عليها.

- كيف حالك جوريا؟ حدثني ريمون كثيراً عنك فشعرت برغبة كبيرة بالتعرف عليك.
- لي الشرف بالتعرف عليك مدام شارلوت. أنا ممتنة جداً لريمون لأنه أتاح لنا فرصة هذا اللقاء الجميل.
- الشرف لي يا جوريا. أرجوك ناديني شارلوت. لا داعي للرسميات يا عزيزتي.
- حسناً كما تشائين، أنا أيضاً لست من أنصار الرسميات. أخبرني ريمون أنك درست صناعة العطور في فرساي.
- نعم هذا صحيح.
- كم أحب أن أزور يوماً هذه المدينة. أسمع الكثير عنها وعن قصرها الجميل وحدائقه الرائعة، ولكنني لم أتمكن حتى الآن من زيارتها. أتمنى أن تسنح لي الفرصة قريباً.
- إنها بالفعل مدينة ساحرة ولي فيها الكثير من الذكريات الرائعة. فهناك تتلمذت على يد أفضل خبراء العطور، وهناك التقيت مجموعة كبيرة من الأصدقاء الأجانب الذين مازلت على تواصل دائم معهم حتى الآن، والأهم من ذلك كله هناك تعرفت على زوجي كلود وعشت معه أجمل أيام عمري. لكن فرحتي لم تكتمل للأسف إذ سرعان ما اضطررنا إلى الانتقال للعيش في باريس بسبب انتقال عمل زوجي إلى هناك.
- باريس مدينة جميلة أيضاً. ذهبت إليها ثلاث مرات.. أحببتها كثيراً، وفي كل مرة كانت تبدو لي أجمل من المرة السابقة.
- هي بالفعل مدينة جميلة جداً لكنها صاخبة وحياتها متطلبة.. تختلف كثيراً عن حياة فرساي الريفية الوادعة. وفي جميع

الأحـوال، بإمكاننـا الذهاب إليها معـاً إذا أتيت يوماً ما لزيارتنا فـي باريـس. هـي لا تبعـد كثيـراً عـن باريـس، أقل من سـاعة بالسيارة.

- "هـل أعتبرهـا دعوة رسـمية لزيـارة باريس وفرسـاي؟" قلت، ضاحكة بخجل.
- أختي شارلوت لا تمزح عادة في مثل هذه الأمور. هي تحب الأصدقـاء والـزوار ولديهـا فضول دائم للتعرف علـى الثقافات الأخـرى وذائقتهـا العطرية، فهي تحرص علـى صناعة العطور وتسويقها للثقافات المتنوعة وليس لثقافة واحدة.
- شكراً جزيلاً لدعوتك اللطيفة شارلوت. بكل تأكيد سيكون من دواعـي سـروري تلبيتهـا حين يكون الوقت مناسـباً لي ولكما. شكراً من كل قلبي. كم أنا سعيدة بلقائك اليوم!
- وأنا أسعد عزيزتي جوريا.

شعرتُ أن المناورة طالت أكثر بكثير من قدرتي على الترقب والانتظار، فقررت أن أدخل في نخاع الموضوع الشوكي، وأن أسمّي بيير بالاسم عوضاً عن إضاعة الوقت في الرقص حوله إلى ما لا نهاية. أضناني الرقص المنفرد وأذبل طاقاتي.

- إممممم. شارلوت! قولي لي! علمت من ريمون أنك تتلمذت على يد برفسور بيير في فرساي.
- نعم.. نعم، الحقيقة كان لي الشرف الكبير في ذلك، فبيير من الأسـاتذة المميزيـن في هـذا المجال وفرص طلابه في سـوق العمـل حتـى قبـل تخرجهم أكبر بكثير مـن غيرهم لما يتمتع بـه مـن مصداقية وسـمعة طيبة في أوسـاط صناعـة العطور.

لقد بدأت بعض مصانع العطور التواصل معي وتقديم العروض المغرية لي حتى قبل أن أتخرج من المعهد في فرساي. تصوري! بالمناسبة، ألا تتلقين بعض العروض؟

فاجأني سؤالها.. رفع عتمة عن أمور لم أعرها اهتماماً من قبل. بلعت ضباب ريقي وانحنيت قليلاً إلى الأمام في حركة لا إرادية.

- أوه! آسفة على التطفل، أرجوك لا تجيبي إذا كان السؤال يتسبب لك بالإحراج.
- لا، لا على الإطلاق. في الحقيقة لم أتلق حتى الآن أي عروض.
- صدقيني لم يفت الأوان. قريباً ستتلقين الكثير من العروض، أنا واثقة مما أقول. بيير اسم لامع في مجال العطور ويحظى باحترام كل من يعرفه وكل من يعمل معه وتحت إشرافه. لقد حرصت كل الحرص على أن يتتلمذ ريمون على يده لثقتي المطلقة به وبخبرته العالمية.
- هو في الواقع أستاذ رائع وخبير عطور من الطراز الممتاز، لكنه متقلب المزاج بعض الشيء، أليس كذلك يا شارلوت أم تراني مخطئة في تقييمي؟؟
- رقصتُ الرقصة الأخيرة كمخاض قطة مجنونة. لم تترك لي شارلوت خياراً، فهي تتطرق بإسهاب إلى المواضيع كلها، كلها.. سوى تلك التي فاح انتظاري لها. ما كل هذه السادية يا شارلوت! ألم تصلك نبضات قلبي المتسارعة وصرخات هواني الأنثوية المكتومة؟ ارحميني يا شارلوت! ارحميني! أنهكني التنقل بين مفرداتك المتناثرة هنا وهناك ولا وصول.

- نعـم نعـم أنت محقـة يا جوريا. فـي الحقيقة لـم يكن كذلك أبداً. لقد تغيرت كل طباعه بعد أن فقد زوجته الشابة وطفلته الوحيـدة فـي حـادث أليـم. كان مقـبلاً علـى الحيـاة.. مرحـاً وضاحكاً ومشـرقاً كالحبق. مسـكين.. كانت ضربة موجعة له.. انقلبت حياته رأساً على عقب، ولا أظنه سيشفى من غيابهما

لم يُفرح نبأ الموت أحداً على وجه الكرة الأرضية كما أفرحني، ولم يثلج يوماً صدراً كصدري. لقد أدخل أمواج قلبي المتلاطمة في هدوئه وسكينته. يا إلهي!! هدأتُ كقهوة أُنزلت للتو عن النار بعد طول غليان. يا للموت ما أجمله حين يمنحنا إكسير الحياة! أريد أن أعرف المزيد عن هذا الموت الحياة. هيا يا شارلوت لا تدعيني أنتظر طويلاً! إليّ بالتفاصيل! لا تقطعي الحبل الذي أوصلتني به إلى منتصف البئر. ولكن.. مهلاً يا جوريا! من أين لقلبك كل هذه القسوة واللاإنسانية؟ أكاد لا أعرفك! كيف تتعاملين مع الموت بكل هذه اللهفة وهذا الفرح؟ وكيف تهللين لآلام الآخرين بهذه الطريقة المقززة؟ أتفرحين لموت شابة في مقتبل العمر وطفلة بريئة؟؟؟ وهل أنا من قمت بقتلهما؟ قدرهما أن يغيبا وقدري أن أحضر. اسكتي! اسكتي! لا أريد أن أسمع صوتك أيتها النفس اللوّامة. لن أدعك تفسدين علي اللحظة التي انتظرتها حتى أعياني الانتظار.

- "يا إلهي! كيف فقدهما يا شارلوت؟" سألتُ، بلهفة مزعومة.
- منـذ سـنوات كان بييـر يحضـر مؤتمـراً دولياً عـن العطور في صوفيـا. أصـر على زوجتـه كاترين وابنتهمـا إيزابيل اللحاق به إلـى بلغاريـا لحضـور مهرجـان الجـوري وقضاء بعـض الوقت

فـي وادي الـورود. رفضت كاترين في بدايـة الأمر لأنها كانت متوعكـة بعـض الشـيء ولا ترغب بالسـفر، لكنها فـي النهاية خضعـت لإلحاحـه وإلحاح إيزابيل التي شـاهدت برنامجاً عن المهرجـان وكانـت متشـوقة للمشـاركة فـي قطـاف الجـوري الصباحـي هنـاك. للأسـف لم تصـلا إليـه. تحطمـت طائرتهما وتوفـي جميع مـن كانوا على متنها بما فيهم كاترين وإيزابيل ولم يُعثر على جثتيهما.

- "يـا إلهـي! كارثـة حقيقيـة! لا أسـتطيع تصديـق ما سـمعت!! مسـكين برفسـور بيير"، قال ريمون بفزع وبقي فمه مفتوحاً على مصراعي الدهشة لثوان طوال.
- فعـلاً عزيـزي ريمون هي كارثـة بكل معنى الكلمـة، والكارثة الأكبـر أن بييـر وحتـى هـذه اللحظـة لـم يتعاف من شـعوره بالفقدان وبالذنب لأنه ألح عليهما بالسفر.
- أتفـق معكمـا تماماً.. هـي فعلاً كارثة حقيقيـة ولكنه قدرهما وبييـر، أقصـد برفسـور بييـر، لا يمكـن أن يلوم نفسـه على ما جرى.. لقد كان مجرد أداة بيد القدر لا أكثر.
- صحيـح يـا جوريـا.. أوافقـك الـرأي لكـن بييـر شـخص مرهف الإحسـاس وهنـاك جانـب عاطفـي لا يمكـن التغلـب عليـه بالمنطق.
- أكيد.. أكيد.

ساد صمت ثقيل لدقائق لم يُسمع خلالها سوى رشفات قهوة الإسبرسو التي كنا نشربها ببطء وكل واحد فينا يغني في رأسه على ليلاه. كانت سعادتي أكبر بكثير من منظومتي الإنسانية،

يجب أن أعترف بذلك. نحّيتُ إنسانيتي جانباً وارتديت الأمل بالغد غير آبهة بالأمس وتفاصيل أوجاعه. أخيراً ضحكت الأقدار لي. الساحة مفتوحة والطريق معبدة أمامك يا جوريا، قد تزيد خطواتك قليلاً وقد تنقص قليلاً لكنها بلا شك معبدة أمامك للوصول إلى قلب بيير الشاغر منذ سنوات.

لم تتأخر إشارات القدر. خرج بيير من المعهد متثاقلاً متجهماً لكن أساريره ما لبثت أن انفرجت واسترخت حين لمحنا من بعيد في القهوة على ناصية الشارع. سارع الخطوات إلينا بلهفة ملوحاً بيمناه. اندفع بحرارة نحو شارلوت وعانقها عناقاً دافئاً طويلاً. اشتعلت الغيرة في جنبات فؤادي وتمنيت لو كنت مكانها بين ذراعيه في هذا الصباح البارد الأنفاس. أحتاج حفنة من عطره المديد لأنتشلني من مساحاتي التائهات.

- شـارلوت عزيزتـي أنـت هنـا فـي غـراس! مـا هـذه المفاجـأة السعيدة؟ يا إلهي! لماذا لم تكلميني أيتها الشقية؟
- بيير! اشتقت إليك كثيراً. مر زمن طويل على آخر لقاء لنا في أثينا. كنت سـأكلمك الآن لأرتب معك موعداً مسـائياً إذا كان وقتك يسمح بذلك، وصلت مساء الأمس ومضطرة للعودة إلى باريس في الصباح الباكر.
- ولماذا العجلة يا شارلوت؟ لماذا لا تبقي معنا عدة أيام؟ غراس تستحق منك أكثر من يوم واحد. هل كلود معك؟
- لا، كلود في رحلة عمل في بروكسل وأنا يجب أن أعود سريعاً إلى باريس لأحل مكانه في المكتب ريثما يعود.

- آسـف.. تفاجأت بشارلوت وأسـعدني لقاؤها فغفلت عنكما.. كيف حالكما؟
- "صباح الخير برفسور بيير"، قال ريمون بلهفة وأدب.
- "صباح الخير برفسـور بيير"، قلت بسعادة باذخة تضيق على مقاسها جهات الأرض الأربع.
- اجلـس يـا بييـر! شـاركنا قهوتنا! أعـرف جيداً كم تحـب قهوة كافيه بول.
- للأسـف، لا وقت لدي شـارلوت، لدي موعد هام في المختبر. ألقاك السـاعة السـابعة في منزلي نحتسـي كأسـين من النبيذ الأحمـر، عنـدي زجاجـة نبيـذ أحمـر بـوردو معتقـة منـذ عام 1970 سـأفتحها على شـرفك، ما رأيك؟ هل الوقت مناسب لك عزيزتي؟
- عظيم.. عظيم. أنا جاهزة دائماً لتذوق نبيذك المعتق.
- روزا! ريمون! هل ترغبان بالمجيء مع شارلوت؟ يسرني ذلك لو كان وقتكما يسمح.

وكيف لقلبي الصغير أن يحتمل كل هذه المفاجآت في يوم واحد. بيير يدعوني إلى منزله! إلى عقر داره ومعقل أسراره! ولا في أروع أحلامي وأبلغها جموحاً وتطرفاً وخيالاً. أدرِكوني بفاعل خيرٍ يقرص وجنتي أو يشدّ خصلة من شعري الأسود الطويل كي أتأكد أنني سمعت جيداً ما قال وأنني لست على خطوة واحدة من الجنون! كيف لي أن أرفض فرصة ارتدى انتظاري لها جميع أثواب الفصول!

- "لا أريـد أن أتطفـل عليكم"، قلت بخجل مفتعل وكلي خوف أن يقبـل اعتذاري المزعوم فتفوتني فرصة العمر وأندم حيث لا ينفع الندم.
- لا.. لا تطفـل علـى الإطلاق. يسـعدني لقاؤكم جميعاً السـاعة السابعة في شقتي. إلى اللقاء.

لم أرغب في الذهاب إلى المعهد بعد القهوة. كنت مشوشة وفرحة، خائفة ومطمئنة، مرتبكة ومنتشية، طفلة وأنثى، ولا أدري في أي خانة أضع مشاعري المتناقضة حدّ تناقض السكر والملح. ذهب ريمون وشارلوت إلى الفندق حيث تنزل شارلوت، أما أنا فأقفلت عائدة إلى البيت لأستحم وأصفف شعري بما يليق بمسائي وانتصاراتي.

كانت بريجيت جالسة في الصالون بالقرب من الموقد تتابع النشرة الجوية بامتعاض. فهي تنتظر بشغف ربيع غراس الجميل وتمقت البرد والمطر، ويبدو لي من نظرتها الغاضبة وحاجبيها الخائبين المنزلقين بشدة نحو الأسفل أن مذيع النشرة لم يكن متعاطفاً مع قضيتها وربما بشّرها بالمزيد من البرد والمطر. رمت جهاز التحكم بعصبية على الأريكة والتفتت نحوي باستغراب.

- ما الذي أتى بك إلى البيت في هذا الوقت المبكر يا صغيرتي؟
- احزري يا بريجيت! احزري!
- "إمممممم.. عجزت"، قالت ضاحكة.
- هكذا بسـهولة تلقي أسـلحتك! طيب على الأقـل حاولي قليلاً كي تحصلي على شرف المحاولة.

- صبري قليل.. أعطني الزبدة أيتها الشقية! لا وقت لدي لشرف المحاولة.
- إمممممم الزبدة!! الزبدة يا بريجيت العزيزة أنني مدعوة لبيت برفسور بيير هذا المساء مع ريمون وأخته شارلوت التي جاءت من باريس مساء أمس. ما رأيك بهذه الزبدة؟ مفاجأة، أليس كذلك؟ زبدة تصلح لإعداد ألذ كرواسان في الكرة الأرضية.. يا إلهي! كم أنا سعيدة اليوم!

هللت بريجيت لزبدةٍ ما لبثت أن ذابت قليلاً على فمها حين بدأت تدرك أن الفرحة التي تراها أمامها تفوق بكثير فرحة طالبة بدعوة أستاذها. كانت سعادتي حرة متدفقة وصهيلها جامحاً كما أريده أن يكون. الحياة مدت سجادتها الحمراء لقدميّ المتعبتين من السير على الحصى، سأمشي عليها إلى آخر خيط أحمر من خيوطها مهما كلفني الأمر.

- حسناً.. حسناً يا صغيرتي، يسعدني جداً أن أراك في مزاج رائع هذا الصباح. هل ستتناولين العشاء هناك أم أترك لك بعض المعكرونة بالبشميل لحين عودتك؟
- لا لن أتعشى هناك يا بريجيت، أريد أن أستمتع بأطيب معكرونة بالبشميل من يدي أطيب وأحلى بريجيت في فرنسا كلها.

عانقتها بدفء وتركت على جبينها البارد قبلة بلون القمح، ثم صعدت إلى غرفتي صفصافةً خضراء وُلدتْ من رحم أواخر شتاء غراس.

اشتعلت حيرتي!! هل يحب بيير المرأة البسيطة المظهر أم يفضل المرأة المفرطة في أناقتها، وأيهما كانت كاترين؟

كان هذا السؤال الأكثر تجعّداً في هذا اليوم المليء بالإجابات على أسئلة أكثر إلحاحاً. كوني أنت يا جوريا! كوني أنت وحسب! ليس المطلوب منك أن تذوبي في عباءة أحد. ولكنني أريده أن يحبني بأي ثمن. أريده أن يحبني كما أحب كاترين وأكثر، وبعدها أكون أنا. وهل أنت فعلاً مستعدة لتقديم خصوصيتك قرباناً على مذبح كاترين؟ وهل أنت واثقة أنه بإمكانك الخروج من نفسك والعودة إليها متى شئت؟ وهل أنت متأكدة من أن بيير يحترم المرأة المنسوخة لا الأصلية؟ ربما لا، لست أدري.

جالست نفسي.. وبعد تفكير مديد قررت أن أنسى كاترين وأن أكون أنا: جوريا سعد الدمشقية ابنة مزرعة الجوري وغوطة دمشق. أخذت حماماً ساخناً ثم أمطرت جسدي المبلل بعطر الجوري المفضل لدي قبل أن أجففه بالمنشفة برقة وأناة كي أحتفظ برائحته لأطول فترة ممكنة. أخيراً وبعد طول تردد وقع اختياري على قميص قرمزي اللون وبنطال أسود بسيط وجزمة سوداء بكعب متوسط وعقد ملون طويل. غادرت غرفتي تاركة على جسد سريرها هضبة من الملابس الخائبة التي لم يُكتب لها النجاح في امتحان يومها العسير. لا بأس.. ربما يحالفها الحظ في مناسبات أخرى. إنه موسم المناسبات.. سأقوم بترتيبها على مهل أحلامي عند عودتي إلى البيت.

كان صالون بيته مربع الشكل بأريكة خضراء طويلة وطاولتين صغيرتين إلى يمينها ويسارها وطاولة وسط متوسطة الحجم وكرسي منفرد بني اللون. اضطر بيير إلى إحضار كرسي خشبي من المطبخ كي يتسنى لنا جميعاً الجلوس بشكل مريح. تكاد لا تخلو زاوية من زوايا البيت من أنفاس كاترين المعتّقات باللافندر، المكان يغص بصورها وصور إيزابيل الضاحكة على الدوام. ربما كانت كاترين هناك خلف كتفيّ بيير تتكئ إلى ظهر تلك الأريكة الخضراء تنصت بصمت لأحاديثنا المتنوعة وتقرأ أفكاري الغازيات. لا حضور يحتوي غيابها.. يجب أن أعترف بذلك. لقد طالت أظافر ذكريات بيير والواضح أن لا نية لديه لقصها أو حتى لتقليمها قليلاً. بها يحك جراحه فيُبقي على نزيفه حياً يُرزق ويبقى هو على قيد الماضي يتلوّى. على عنق الصالون رشّ هذيان اللافندر كي لا تغادره رائحته ورائحتها. يا أنا! ماذا أفعل في هذا النص الغريب الذي كُتبت سطوره كلها قبلي؟ نصٌ كالأسماء غير قابل للترجمة. ملأت غصتي صدر المكان فشعرت بضيق لم أشعر به من قبل. غابت رائحة الجوري عن أنف المكان وتربص به اللافندر. اللافندر.. اللافندر.. كم تخيفني رائحتك أيها اللافندر! أنا عابرة وكاترين باقية، وحذار يا جوريا من ألم العبور! حذار من صفير الفراغ في أضلاع يشعلها جمر الحب من طرف واحد! الحب من طرف واحد... آخخخخخخخ ما أقساه وما أشد إذلاله يا جوريا!

كانت السهرة موحشة مؤنسة، لطيفة خشنة، ممتعة كثيفة، بذل بيير فيها قصارى جهده في خدمة ضيوفه وإدارة دفة

الحديث بهدوء وبشكل يليق بالجميع دون إغفال أو تجاهل أي منا. الواضح أنه يكنّ لشارلوت الكثير من مشاعر الحب والاحترام وأن علاقتهما خارج كل الأطر الرسمية، لكنه أيضاً أظهر كل الود والمحبة لي ولريمون، ولم يتعامل معنا كطالبين تحت إشرافه بل كزميلين مستقبليين له في صناعة العطور. تطرقنا إلى الكثير من المواضيع المتعلقة بمستجدات العطور والمؤتمرات والسفر وباريس والحياة اليومية في غراس والمعهد والمختبر، لكنني كنت أحضر وأغيب ثم أحضر وأغيب بين أفكار تتراقص أمامي كجنون النار والحب. قلبي يتقعّر خوفاً.. لم أتمكن من التوقف عن التفكير في حجم المعارك التي تنتظرني. الخصم شرس لا يرحم وأنا ربما أكون يافعة على كل هذه المعارك. كاترين جميلة...

في الحقيقة هي أجمل بكثير مما توقعت. هي أنيقة أيضاً. كما فهمت من شارلوت كانت تعمل عارضة أزياء لدى دار أزياء فرنسية شهيرة. فهل كل ذنبي أنني أحاول أن أشم وردةً ليست لي أو أقطف صباحاً لم يُخلق نوره لعينيّ ولم يُعدّ باغيته الفرنسي لجوعي! وماذا كنت تتوقعين يا جوريا، وما الذي تفاجأت به أيتها الفراشة الساذجة؟ ثم أنت جميلة أيضاً فلماذا تقللين من قدر نفسك؟ ولكن.. ما أجمل ابتسامتك يا بيير وما أروع هدير المتوسط في عينيك! «الموج الأزرق في عينيك يناديني نحو الأعمق، وأنا ما عندي تجربة في الحب ولا عندي زورق، إني أتنفس تحت الماء.. إني أغرق أغرق أغرق».

عدت إلى البيت فارغة من خطواتي. كان الضباب كثيفاً في جبيني، ومشاعري تتلاطم بعنف مع أفكاري دون رقابة. مبعثرة لا شيء يجمعني.. مزيج غريب من الأصوات المتنافرة الحادّة. أتمنى من كل قلبي ألا تكون بريجيت في انتظاري فلا رغبة لي في الطعام ولا في الكلام ولا في أي شيء. أنا مشوشة.. مشوشة للغاية. أريد أن أجلس مع نفسي المتعبة وأرتب أفكاري بهدوء.

موقد الصالون لا يعمل لكنه ما يزال دافئاً، لا بد وأن بريجيت انتظرتني طويلاً لكنها سئمت الانتظار وآثرت النوم. توجهت إلى المطبخ أستجدي الدفء من فنجان شاي، لكنني غيرت رأيي.. لا رغبة لي في شيء. حملت بردي إلى غرفتي في الطابق العلوي. فتحت الباب الخشبي العتيق، فسمعت صريره الخشن وخشخشة قصاصة ورق صغيرة تحته: «اتصل جدك حوالي الثامنة. انتظرتك طويلاً. أتمنى أن تكوني قضيت وقتاً ممتعاً. نتحدث غداً. تصبحين على خير يا صغيرتي».

كانت رائحة الجوري لا تزال معلقة على ستائر الغرفة المخملية الداكنة، وهضبة الملابس الخائبة لا تزال على السرير بانتظار عودتي. بدأت ترتيب بعض الملابس بكثير من اللامبالاة والغياب الذهني، لكن سرعان ما نفد صبري وهزمني التوتر والملل. فقدت الرغبة بالقيام بأي عمل يستدعي جهداً عقلياً أو جسدياً أو نفسياً أو أي شيء.. أي شيء. تثاءب مسائي بضجر في وجهي وضجّ سكونُ الليل بأفكاري المتضاربات. حملت الهضبة كما هي بين ذراعي وألقيت بها بعصبية على كرسي هزّاز عتيق فراح يرتجف من غضبي موزعاً صرير سنواته في أرجاء الغرفة

المخنوقة برائحة الجوري وكثافة خوفي. ارتميت فوق سريري كلوح من خشب، وقررت أن أنام. قررت أن أنام وأن أسوّف همّي. وماذا عن ترتيب أفكارك يا جوريا؟ فلتذهب كلها إلى الجحيم، لا أريد التفكير في شيء. أريد أن أنام.. فقط أريد أن أنام والصباح رباح.

***

لا تتمادى في إغلاق عينيك من الحزن

فربما تمر من أمامك فرحة ولا تراها.

"المهاتما غاندي"

الفصل الثالث عشر

غراس

يافعة على الألم يا صغيرتي

بدأت علاقة بريجيت بي تأخذ منعطفاً أمومياً دافئاً، وبين ليلة وضحاها تحوّلتْ من متحدثة مسرفة تكاد لا تلتقط الأنفاس، إلى مستمعة باذخة تنصت بفؤادها قبل أذنيها، ومن طاهية تترك بقليل من المبالاة حصتي من الطعام مغطاة بمنديل أبيض على رف مهمل في أحد أركان مطبخها البارد، إلى صديقة شغِفة تنتظرني على العشاء لنستمتع معاً بوجبة فرنسية ساخنة نتحدث خلالها عن تفاصيل يومي الثري المسرع كنمر وتفاصيل يومها النمطي المتمهل كحلزون.

في لحظة مكاشفة مسائية، استجمعت قواي وبحت لها بسري الدفين على طاولة العشاء. أخبرتها عن حبي الكبير لبيير وعن تجاهله الجارح لي، وطلبت النصح منها ويدي على قلبي. أردت أن أسمع فقط ما أريد سماعه، وبصراحة لم أتوقع غير ذلك، ولم أكن مستعدة نفسياً لغير ذلك. استمعت إلي باهتمام

بالغ لكنها لم تعلق، أخذت نفساً عميقاً وأتبعته بقطعة باغيت صغيرة وبرشفة نبيذ أحمر ولم تعلق. وحين طال انتظاري، كررتُ سؤالي بإلحاح نملة يائسة تحاول جاهدة أن تشيّد قصراً من حبة قمح مكسورة.

- ها بريجيت! ما رأيك بالموضوع؟ لماذا كل هذا التفكير يا عزيزتي؟ صمتك يثير قلقي.
- ترددت قليلاً لكنها في النهاية لم تناور ولم تشغل نفسها في البحث عن مفردات لطيفة، بل قالتها بصراحة مفرطة، وربما حادة كعين سكين يابانية.
- اسمعي يا صغيرتي! قد يكون بيير من النوع الشديد التحفظ في التعامل مع طالباته لتفادي الوقوع في المشاكل المهنية والملاحقات القانونية. لقد عملت في مجال التعليم لفترة طويلة من الزمن، ولا تخفى علي مثل هذه الهواجس والاعتبارات. أو ربما، وقد يكون الاحتمال الأرجح، ينظر إليهن بعين العطف الأبوي بحكم فارق السن والخبرة.
- "أتظنين ذلك حقاً يا بريجيت؟"، سألتها وأنا أخفي غروب ابتسامتي.
- لن أكذب عليك يا صغيرتي، ولن أقول لك ما تتوقعين سماعه. القصة، كما تبدو لي، شديدة التعقيد واحتمالات فشلها أكبر بكثير من احتمالات نجاحها. الرجل مثقل بالفقدان.. ماذا لو لم يكن قادراً على الخروج من ألمه؟ ماذا لو لم يتمكن من نسيانهما؟ ماذا لو بقي شبحهما معك ومعه؟ ماذا لو أغرقك بأحزانه بدلاً من أن تنتشليه بأفراحك؟ ماذا لو لم يكن على

استعداد لخوض تجربة أخرى وحب آخر؟ ماذا لو لم يكن يراك أصلاً يا جوريا؟ يجب أن تحضّري نفسك لكل هذه السيناريوهات كي لا تكون الصدمة أكبر من قدرتك على التحمل. أنت يافعة على الألم يا صغيرتي!

أمطرتني بوابل من "الماذا لوّات".. فرضيات جد مخيفة تبرع في صوغها الأمهات، ولم تكن بريجيت أي استثناء. ماذا لو... ماذا لو... ماذا لو... أخمدت فرحتي المشتعلة ببطانية "الماذا لوّات" المبللة ببول الخوف والرهبة والتوجس. كل واحدة من تلك "الماذا لوّات" كافية لأن تطفئ ضوء القمر في عينيّ وتدفع بي إلى سريري منكفئة على وجهي لا ألوي على شيء. أتخمتني بالقلق وشلّت تفكيري. اصمتي يا بريجيت أرجوك اصمتي، اصمتي! أتظنين أنني لا أعرف أن كل هذه السيناريوهات الخشنة واردة وواردة جداً؟ ولكنني أحبه.. أحبه يا بريجيت ولا سلطة لي على ما لست أملكه: قلبي.

- ثم..
- ثم ماذا يا بريجيت؟ ثم ماذا؟ وهل هناك متسع لـ «ثم» أخرى بعد كل ما قلت من «ثمّات»؟
- اهدئي يا صغيرتي! اهدئي! الصبر أهم مفاتيح الحياة يا جوريا. نحن نتحاور ونتبادل الأفكار، وفي النهاية خذي من هذه الأفكار ما يعجبك والباقي أطعميه لأسماك المتوسط إن شئت، ولكن دعيني أكمل فكرتي حتى لا تقولي يوماً طلبت النصح من صديقتي بريجيت وبخلت علي به أو جانبتني الحقيقة.

- آسفة يا بريجيت! معك حق، معك كل الحق.. تفضلي أسمعك.

- دعينا من بيير الآن! النقطة الأهم هو أنت يا جوريا وليس هو.. يجب أن تكوني واضحة مع نفسك قبل القيام بأي خطوة. هل سألت نفسك يوماً ما الذي يدفع فتاة جميلة في مقتبل العمر للوقـوع فـي غرام رجـل أرمل يكبرها بعقـود؟ هل هـي أرضية الاختصاص المشتركة بينكما وتعلقك الشديد بهذا الاختصاص منذ صغرك؟ هل هو مجرد "إعجاب" طالبة بأستاذ قدير يمثل لهـا بالشـكل الطبيعي القـوة والخبرة والمعرفـة والنضج؟ هل هـي عمليـة بحـث عـن دور الأب الذي تقاسـمه أبوك وجدك في حياتك، فكان جدك أكثر من جد وكان أبوك أقل من أب؟ أنـت يافعـة على كل هذا الألم يا صغيرتـي!! صدقيني. فكّري جديـاً بـكل التفاصيل، ولا تتهوري بمشـاعرك وتنزلقي بها إلى نقطة اللاعودة!

لم ترق لي نصائحها على الإطلاق، لا بل استفزتني حد الجنون وشحنتني بطاقة سلبية كافية لتوليد ظلام داخليّ دامس لمدة لا تقل عن أسبوع. ظننت أنها ستدعمني وتشد على يدي ولم أتوقع أن أسمع منها ما سمعت. ليتني لم أخبرها بسري. يبست حنجرتي وكدت أختنق بآخر قطعة جبنة غرويير دفعت بها بعصبية إلى فمي لو لم تسعفني في اللحظة الأخيرة بكأس ماء. ارتفعت نبرة صوتي قاطعة هواء المطبخ البارد كالسيف الجريح

- هـو ليـس أبي ولن يكـون يوماً. أحبـه يا بريجيـت حب امرأة لرجـل... حب امـرأة لرجل.. أحبه وأفضل المـوت على الحياة بدونه. أرجوك حاولي أن تفهميني.. حاولي أن تضعي نفسـك

مكانـي بحق السـماء.. بريجيـت أنا.. أنا أضعـف من أن أتخذ أي قـرار فـي هـذا الموضـوع... يجب أن أعتـرف بذلك أمامك وأمام نفسي.. أشعر أن ريحاً قوية تدفعني إليه وأنني لا حول لـي ولا قـوة. إنه قدري يا بريجيت... بيير دوتفيل قدري الذي قطعت المتوسط لألقاه. حاولي أن تفهميني بحق السماء!

- حسناً.. حسناً يا جوريا لا تغضبي يا صغيرتي! أنا آسفة.. آسفة فعـلاً.. ربمـا تكلمـت أكثر بكثيـر مما يجب، لكننـي أردت أن أجنبك الألم لأنني أحبك وأخاف عليك. افعلي ما يحلو لك وما ترينه مناسـباً فأنت عاقلة راشـدة، ونحن لا نعيش الحياة أكثر مـن مـرة، وإذا، لا قـدر الله، ندمت تكونـي قد ندمت على ما فعلتيـه وليس على ما لـم تفعليه. اهدئي يا صغيرتي! أرجوك اهدئي! أنا آسفة.

نهضت من كرسيها ومسحت بكفيها الحانيتين على وجهي، فامتلأت شقوقي اليابسات بالدفء وخرجتُ من غضبي مزدحمة بقلقي وخوفي وكثافة أفكاري.

- جوريـا! خطـرت لـي فكرة يـا صغيرتـي.. لمـاذا لا تلمحي له بمشـاعرك تجاهه فتختصـري بذلك دروب وجعك إليه. ليس مـن العـدل أن تبقي هكذا في حالـة ضجيج دائم.. أعني إذا كان يبادلك نفس المشـاعر، فسـوف يلتقط إشارتك ويتفاعل معهـا، وهذا سيسـهل عليكما الانتقال إلـى الخطوة القادمة، أمـا إذا كان لا يـدري أصـلاً بوجـودك، فعلى الأقل سـتعرفين كيـف تتعامليـن مـع ألمـك وتنزعيـن الفكـرة مـن رأسـك بالطريقة التي تجديها مناسـبة.

- لا أستطيع يا بريجيت.. لا أستطيع.
- لم لا يا جوريا؟ لم لا يا صغيرتي؟
- الخطوة الأولى يجب أن يخطوها الرجل لا المرأة. هكذا تعلمنا في مجتمعاتنا الشرقية.
- دعك من مجتمعاتك الشرقية، أنت الآن هنا في مجتمع غربي.
- أنا في الغرب، لكن الشرق في داخلي ولا أستطيع انتزاعه بسهولة. حاولي أن تفهميني يا بريجيت!

الخطوة الأولى يجب أن يخطوها الرجل والمرأة حبيسة انتظار.. وربما انتظارات. لا يجب أن تخون انتظاراتها مهما طال الزمن.. هي جملة هو الفعل والفاعل والمبتدأ فيها.. لا يكتمل المعنى إلا بحروفه الناطقات.. أما هي فحروفها ساكنات.. ساكنات. تمشي إلى غروبها بصمت فإذا التفتت سطوره إليها أشرقت به، وإذا كسرت محبرته ريشتها الرقيقة حملت انتظاراتها اليابسات ومشت بصمت نحو الغروب لتكون جملة غير مكتملة الأركان.

كالمساء.. تحلّقتُ حول ناري. أرسل الليلُ تفاصيل خوفه إلي.. كان عميقاً وغامقاً وغامضاً وكثيفاً ومتململاً واستجوابياً. غفوت كجدار متهاوٍ. صرير الوقت قامة من ترقب.. وولائمي عطش ريثما.. وجوعي سنبلة الطواحين البعيدة البعيدة. نامي يا جوريا والصباح رباح! نامي والصباح رباح.

***

الفقدان الأكبر لا منطق له،

لذا لا يمكن تصديقه.

"أحلام مستغانمي"

الفصل الرابع عشر

دمشق الحضور

وغراس حضور في غياب

يراني ولا يراني وأنا أراه وأراه في يقظتي وفي أجمل أحلامي. مزاجيٌّ كغيمات شباط اللعين، وأنا أتقنت على يديه الباردتين الرقص وحيدة على جليد الحب من طرف واحد. ألفُّ خصر الفراغ وأطويه بحرفيّةٍ كأغصان الريحان. لا شيء يدفئ خاطري منه سوى نظرة خاطفة أو كلمة عابرة سبيل أو بعض ثناء يسكبني على جليدي كالشمس ثم يخرجني من سباتي الشتوي شجرة توت شامية محمّلة بشرابها القرمزي الشهي. كيف أُفهمك يا بيير أن أشجار التوت في دمشق محميّة عاطفية، وأنها تدبغ شفاه العاشقات بالأحمر القاني وتنهمر على أفراحهن الصيفية عصيراً بارداً مضرّجاً بأقداح الأبدية؟ كيف؟ كيف؟ يا أنت كله ويا أنا كلكَ! كيف أنهض من ورودك الفرنسية وخزامى حقولك وأبقى جوريا، جوريا الدمشقية؟

جاء عيد الفصح حاملاً معه تذكرة السفر ونشوة اللقاء الدمشقي وحمّى البعاد الفرنسي. شطرني المتوسط، فما عدتُ أعرف على أي ضفة أضع حبي وإلى أي ضفة أركن وجعي وقلقي. كنت مشتاقة جداً لجدي وجدتي وأمي، أما أبي فمازلت غاضبة منه وحاقدة عليه وغير مقتنعة بروايته السخيفة التي لم يصدقها حتى لعابه اللزج حين رواها بجرأة عبر القارات. كيف سمح لنفسه أن يستغفلنا أنا وأمي كل هذه السنين؟ وكيف سمح لأنانيته أن تدمر بيتنا الصغير وتشتت شملنا بهذه الطريقة المهينة لنا جميعاً؟ صحيح أننا لم نكن عائلة مثالية على الإطلاق وأن أمي كانت أبعد ما تكون عن الزوجة الناضجة المُبصرة لاستحقاقات الحياة لكن الأمور لا تُحلّ بالخديعة والكذب. ما هكذا تُورد الإبل يا فواز!

تواعدت وأصدقائي في المعهد في يوم الدوام الأخير قبل عطلة الفصح. كان كل منهم يتهيّأ بحماس لقضاء عطلته مع أحبة طال البعد عنهم، أما ريمون فكان يخطط لقضائها في بيروت مع شارلوت وكلود.

بيروت! ولماذا بيروت يا ريمون؟ سألته مستغربة، فأخبرني أن كلود يعمل في مجال النقل البحري منذ سنوات وأنه افتتح مؤخراً فرعاً لشركته في بيروت. دعوته لقضاء بعض الوقت في دمشق جارة بيروت، لكنه شكرني بحرارة ووعدني أن زيارة دمشق ستكون من أولوياته في رحلات قادمة، أما هذه الرحلة فهي قصيرة جداً ومخصصة لبيروت وأخته الحبيبة شارلوت.

لم أر بيير في اليومين الأخيرين، كان منشغلاً في التحضير لمؤتمر في باريس، كما ذكر لنا في آخر لقاء له مع مجموعتنا، وكنت مشغولة في شراء بعض الهدايا لأحبتي في دمشق. لم يطاوعني قلبي أن أذهب من دون أن أودعه وأترك بعضي أمانة لديه قبل أن أقطع المسافات إلى الجهة الأخرى من المتوسط. جرفني حبي إليه ورغبتي الشديدة في لقائه، لكن سرعان ما دفع بحر التردد بأمواجه إلي صدري فارتعدت فرائص أفكاري وتمهلتُ قليلاً. هل أذهب إليه في مكتبه؟ يا إلهي! ماذا سيظن بي؟ وكيف سينظر إلي؟ لمَ لا يا جوريا، ما الخطأ في الذهاب إلى مكتبه، إنه مكان عمل وليس غرفة نوم؟ ثم.. ألم تذهبي إليه عشرات المرات لمناقشة تفاصيل ورشات عمل وتركيبات عطور؟ بلى.. بلى فعلت. إذاً اعتبريها واحدة من هذه الزيارات! لماذا كل هذا التعقيد؟ هكذا بكل بساطة؟؟ نعم نعم هكذا بكل بساطة..لا ترددي! الحظ مع الشجعان يا جوريا. الحظ دائماً مع الشجعان

مزّقتُ قميص التردد بسرعة قبل أن أعيد تشكيل مفاهيم شجاعتي وأقلّم أظافر كرامتي وأنوثتي. نقرت بطرف سبابتي على الباب كفراشة ضالّة لا تدري إلى أين. سمعت صوتاً متعَباً خلف الباب: تفضل! دخلت إليه بروحي، أقصر المسافات. كان غارقاً بين الأوراق، وعطر اللافندر يشهق ويزفر على جدران مكتبه البيضاء. عدّل جلسته المسترخية بسرعة وعلت وجهه ابتسامةٌ سرعان ما غسلت برحيقها فقري إليه. أشرقت الشمس من ضلوعي وألبستني أشعتها فاتسعت جبهة الأفق وتعانقت ضفتا المتوسط. كمثل قيثارة فتية، عزفت ابتسامتُه لحن القرنفل على

كل خلية في جسدي المرتجف. الله! ما أجملك يا نيسان وما أكثر عطاءاتك. لطالما أحببت هذا الشهر في دمشق، لأن معظم أمطارها وأمطار غوطتيها تنهمر خلاله.

- أهلاً غوزا، تفضلي بالجلوس!
- لا أريد أن آخذ الكثير من وقتك برفسور أعلم أنك مشغول.. أردت فقط..
- لا على الإطلاق.. تفضلي.. تفضلي بالجلوس. أنا أصلاً كنت أفكر في التوقف عن العمل لبعض الوقت، وهي فرصة للدردشة معك وسؤالك عن آخر أخبارك.

كانت تفاحته الخضراء ما تزال جاثمة فوق مكتبه وبالقرب منها نصف سندويشة وكأس شاي متعَب من الانتظار.. مثلي تماماً. يا إلهي! هذا الرجل يعيش على الطاقة الشمسية. يلزمه زيارة واحدة إلى دمشق ليتعرف إلى المطبخ الدمشقي العريق وينطلق بعدها برشاقة إلى عالم الشحوم والدهون والقشدة والسمن البلدي.

- أردت أن أتمنى لك فصحاً مجيداً وأن أودعك قبل ذهابي إلى دمشق.
- "أوه! أنت مسافرة إذاً!"، سأل بخيبة ذابلة وانحدرت نبرة صوته عميقاً نحو الأسفل.

لم يسعدني رحيقُ ابتسامته بقدر ما أسعدني شهدُ خيبته. اهدأ يا قلبي، اهدأ قبل أن تتقطع أوتارك ولا أجد لكَ في الأسواق قطع غيار! شعرت أن الصباح ونسائمه كلها ملكي وحدي وأن

دائرة الشمس أكبر بكثير من فرجار نهاري. ثمة عناقيد أشعة دافئة تتدلى كالثريا من كل مكان حولي.. ماذا أفعل بفائض كل هذا النور وهذا الدفء؟ يا رب! يا رب ساعدني كي أتوازن.

- "لـن أغيـب طويلاً.. اشـتقت لجدي ولدمشـق"، قلت بارتباك واضح.
- هل تسكنين مع جدك يا غوزا؟ أعني..

كانت المرة الأولى التي يسألني فيها عن تفاصيل شخصية. شعرت أنني مزدحمة بالدفء والأمل، وسرعان ما استحالت ركبتاي صفصافتين وذراعاي زنبقتين تعتنقان حلم العناق.

- للأسـف والـدي ووالدتـي انفصلا منـذ زمن بعيـد... وأنا أقضي وقتـي بين أمي وجدي لأبـي، وطبعاً ألتقي أبي معظم الأحيان عند جدي في مزرعة الجوري.
- أوه! لديه مزرعة جوري!! جميل.. جميل جداً.

قال باقتضاب وصمت برهة طالت دقّاتها ودقّاتي. شعرت أنه يأخذ وقته بالتنسيق مع نفسه لطرح أمر ما لا أعرف بالضبط ما هو. تكلم يا بيير! أرجوك تكلم!

- غـوزا! منـذ فتـرة وأنا أرغـب بالتحدث إليك فـي موضوع هام يتعلق بمستقبلك المهني وأظن الآن هو الوقت الأنسب لذلك.
- تفضل برفسور أنا أصغي إليك.

انكمش قلبي إلى الوراء واتكأ على آخر زاوية في جنبي الأيسر، فيما لبستْ أنفاسي سروالاً ضيقاً.. ضيقاً للغاية. ماذا يريد

أن يقول بحق السماء؟ ولماذا الآن؟ ولماذا مستقبلي المهني على وجه التحديد وليس العاطفي؟

- غوزا.. لقد عملنا معاً ما يقارب الثلاث سنوات حتى الآن. ربما لـم تسـنح الفرصـة لـي من قبـل أن أعبّر باسـتفاضة عن مدى إعجابـي بالتركيبـات المميـزة التـي تقوميـن بها. إنهـا بالفعل تركيبات رائعة ودقيقة وأقل ما يُقال فيها إنها ذات مواصفات عالمية، وخاصة تركيبة مشـروع التخرج كونترا أنسـامبل التي تقدمت بنسختها النهائية مؤخراً.. هي بالفعل تركيبة مدهشة بخصوصيتها وتُرفع لها ولك القبعة. أنا متأكد أنها ستبهر لجنة التحكيـم وسـتتخرجين مـن معهدنا بدرجة الشـرف إذا ثابرت العمل على هذا المنوال.

نظرت إلى عينيه فوجدت فيهما جملاً متقطعة غافية فوق موج أزرق وجملاً أخرى آتية من مشهد آخر، من لقطة أخرى، من فيلم آخر بأبطال آخرين. زمانان متداخلان ونقطة عبور واحدة بينهما. شعرت أن السماء قريبة أكثر من أي يوم مضى وأنني خفيفة كوشاح حرير، كلفافة غزل البنات الوردية التي كان يحضرها لي جدي أيام الجمعة من سوق الشعلان. تعطرتُ بكلماته.. غسلتني بترف من وجعي الطويل إليه. كونترا أنسامبل خُلقت لك يا بيير.. مُطَيَّبة بعطر أنفاسك.. وضعتُ فيها روحي فعلّقتْ عليها حروفُك الآتيات أزرارَ وردٍ حتى يُطلن وأطيل البقاء معك وبك وإليك. ليتك تدري يا بيير! ليتك تدري!

- أشكرك برفسور من كل قلبي، لولا جهودك ما كنت وصلت لما أنا عليه الآن. أنت علم من أعلام العطور في العالم وشهادتك بي بمثابة وسام دولي أعلقه على صدري وأفتخر بحمله مدى العمر. شكراً.. شكراً.. لقد أربكني ثناؤك وفي الحقيقة لست أدري ما أقول..
- "العفو.. العفو.. هذه هي الحقيقة التي تستحقين سماعها كل يوم.. لم أبالغ بكلمة واحدة"، صمت برهة ثم تابع حديثه ببعض التردد، "غوزا! اسمعيني.. أريد أن أعرض عليك البقاء لمزيد من الوقت هنا في غراس، ربما لسنتين أو أكثر بقليل إذا كانت ظروفك تسمح بذلك".
- آسفة برفسور.. لم أفهم ما تريد قوله بالضبط.
- حسناً.. سأكلمك بكل شفافية ووضوح. صديقي فرانسوا سوغاتيان وزوجته ماري يعملان في مجال صناعة العطور في غراس منذ أكثر من عشرين سنة، وهما الآن بصدد توسيع مختبرهما ورفع طاقاته الإنتاجية لمواجهة زيادة الطلب عليه في الفترة الأخيرة. عرضا علي العمل معهما فاعتذرت لكثرة انشغالي وبعض ارتباطاتي التي تمنعني قانونياً من التعامل مع منافسين، لكني رشّحت لهما اسمك وأثنيت عليك وعلى التركيبات الفريدة التي تقومين بها هنا في المعهد. طلبا مني أن أعرض عليك الأمر، فإذا وافقت من حيث المبدأ سيكونا على استعداد لمناقشة تفاصيل العقد معك في أوائل أيار المقبل. لك مطلق الحرية في الرفض أو القبول، لكنني أرى من وجهة نظر مهنية أن بقاءك هنا لمزيد من السنوات

سـوف يدعم مسيرتك المهنية إلى حد كبير ويفتح لك الكثير من الأبواب والآفاق التي لا تخطر لك على بال، وبصراحة لن تسـنح لـك مثل هذه الفرص في دمشـق. اعذرينـي، لا أقصد أبداً التقليل من شأن دمشق، ولكن هذه هي الحقيقة. غوزا! أقولهـا لـك باختصـار.. إذا كنـت ترغبيـن بالعالميـة، وأظنـك كذلك حسب ما أرى، فبوابتها تبدأ من هنا وليس من دمشق يـا عزيزتي، ولك مطلق الحرية بالاختيار.

فتحت فمي قليلاً كي أستقبل المزيد من الهواء بعد أن قطع حديثه أنفاسي. ما اسم هذا اليوم الذي أخذني بين ذراعيه كقفطان من ضباب، وإلى أي فضاء ينتمي؟

- أوه!! لقد فاجأتني برفسور بيير... في الحقيقة لست أدري ما أقول. أنا..
- لا تقولي شيئاً الآن. فكري في الموضوع على مهلك.. بل على أقل من مهلك. ادرسي جيداً أولوياتك، وتعالي إلي بعد عودتك مـن دمشـق لتخبريني بقـرارك النهائي. لا داعـي للعجلة على الإطـلاق. أتمنـى أن تعطـي الموضوع ما يسـتحق من التفكير فمسـتقبلك على المحك. أنا مؤمن بك وبإمكانياتك وبطاقاتك الخلاقة وأفق إبداعاتك، ومؤمن بوصولك يوماً ما إلى العالمية إذا ما أُتيحت لك الظروف المناسبة.
- هـذه جرعـة ثنـاء كبيـرة جـداً برفسـور بييـر. أكبـر بكثير من قدرتـي علـى ابتلاعها. أتمنى أن أكون أهلاً لها وأن أكون دائماً عند حسن ظنك بي.
- أنت بكل تأكيد كذلك. ليس لدي أدنى شك يا عزيزتي.

- أمممممم.. هناك أمر أريد أن أطلعك عليه...
- أسمعك غوزا تفضلي.
- أنا محرجة جداً من شارلوت.
- شارلوت! وما دخل شارلوت في هذا الموضوع؟
- في الحقيقة لقد حاولت عدة مرات إقناعي بالانتقال إلى باريس للعمل معها هناك، ولكنني رفضت زاعمة أنني أرغب بالعودة إلى دمشق بعد التخرج مباشرة.
- غريب!! لم تخبرني أبداً بهذا الموضوع وحتى لم تلمح إليه. المهم.. لماذا رفضت عرضها، أقصد ما وجهة نظرك؟
- أولاً، لأنني لا أرغب بالانتقال إلى باريس. فأنا.. أنا..
- أنت ماذا يا غوزا؟
- "أنا أحب غراس وكل ما فيها ولا أرغب في استبدالها بأي مكان آخر في العالم»، وقعت من خديّ حبتا كرز بلون الغروب التقطهما بيير من دون تعليق. لكنه التقطهما..
- وثانياً؟
- ثانياً.. ثانياً..
- قولي يا غوزا لا تترددي! أنا أسمعك.
- لم أشعر أن عرضها منصف لي ولا لاسمي كصانعة عطور مستقبلية.
- بمعنى؟
- لا أعرف.. شعرت أنها... ربما.. لا أعرف، لا أعرف. اعذرني برفسور بيير. لا أرغب في التحدث عن هذا الموضوع، وأتمنى ألا تخبر شارلوت أنني أخبرتك به. أرجوك! أنا أحب شارلوت وريمون من كل قلبي وأتمنى ألا يعكر صفو صداقتنا شيء.

- كما تشائين غوزا، كما تشائين. شارلوت ليست موضوعنا الآن، المهم فكري جدياً بما عرضت عليك. يسعدنا بقاؤك بيننا هنا فـي غـراس الجميلة لمزيد من الوقت. أنت مكسـب لكل من يعرفـك ويتعامـل ويعمـل معك. أنا شـديد الفخر بـك يا غوزا وبكل ما تحققينه من تقدم ونجاح.

"يسعدنا"!! من أنتم بحق السماء؟ ولماذا "نا" عوضاً عن "ني"؟ متى سيصبح الجمع مفرداً يا بيير؟ ولماذا تختصر علي فرحتي وتتعمد سحب مكعب السكر اللذيذ من منتصف حلقي؟ دعني أغرق بسعادتي حتى لو كانت أوهاماً ولا ترم إلي بطوق نجاة، لا أريد النجاة من الغرق بك وبعينيك الزرقاوين. في جميع الأحوال، لن أرفع سقف توقعاتي أكثر من ذلك، يكفيني ما سمعت وما رأيت وما شعرت من دفء ونور في هذا اليوم الشديد الانتماء إلى أحلامي.

امتطيت فرحتي وعدت إلى البيت راضية بجعبة تفيض بالحكايا العذبة المذاق. كانت السعادة تسيل من جذور كعبيّ وتمشي خلفي وأمامي وإلى يميني ويساري فتربك قدمي الماضيتين على الأرض بخفّة سنجاب. اقتسمتُ الطريق مع زهور مشاغبات نبتن خلسة على طرفيه في إعلان مبكر عن قدوم ربيع غراس. وعلى الرصيف هناك تركتُ أنفاسي وبصمة قدميّ وفاصلةً ريثما أعود. سأشتاقك أيتها الطريق المعبّدة بالقليل من كل شيء. لا تقلقي! لن أطيل الغياب.

- بريجيت! بريجيت! أين أنت؟ بريجيت!!

كانت حرائق اللهفة تشتعل بي. أريد أن أخبرها بكل المستجدات وأن أستمع إلى نصائحها الأمومية المستفزة. جلدي يحكّني.. القط لا يحب إلا خَنّاقه، كما نقول في دمشق. ولكن.. لا صوت في البيت، والتلفزيون، على غير عادته، صامت لا ينبس ببنت شفة!! الصالون يغرق في محيط مريب من الهدوء، هدوء لم يعهده من قبل.. غريب! ربما أخطأتُ العنوان! لا يمكن أن يكون هذا بيت بريجيت الصاخب الذي يقض مضجع القاصي والداني بلا رحمة.

- بريجيت! بريجيت!
- أنا هنا.. هنا في المطبخ يا صغيرتي. تعالي!

دخلتُ المطبخ مسرعة، كانت تجلس خلف نافذته الصغيرة وأمامها فنجان كبير من النسكافيه وقطعتا ماكارون من صنع يديها المنقوشتين بالنّمش وخيبات السنين.

لست أدري ما السر بينها وبين تلك النافذة بالذات دون بقية نوافذ المنزل الكثيرة والمطلّة على مناظر طبيعية أجمل وفسحات أكبر. من يضيع بريجيت يجدها إما أمام شاشة التلفزيون تنقل ضجيجه إلى غراس وضواحيها، أو خلف تلك النافذة في حالة صمت مطبق وتأمل وفراغ. وفي كثير من الأحيان تترك التلفزيون يعمل بكامل طاقاته في الصالون وتجلس في المطبخ صامتة خلف تلك النافذة الغامضة الملامح. ربما كانت تحارب وحدتها القاتلة بأنس التلفزيون كما يحارب الكثيرون وحدتهم

باقتناء كلب أو قطة أو ببغاء. ولكن ما ذنب غراس وضواحيها يا بريجيت؟ يتساءل متضررون. يبقى الحال على ما هو عليه وعلى المتضرر اللجوء إلى القضاء!

كانت تجلس هناك كغمامة مثقلة برطوبة كثيفة لم يحن هطلها بعد، وكان شعرها الأشقر القصير منفوشاً بعض الشيء على غير عادته، ربما لم يتسن لها تمشيطه اليوم. حاولت تمسيده بيديها وسحبه خلف أذنيها حين رأتني، لكنه تمرد عليها وعليهما وعاد أدراجه نابضاً نحو جبهتها العريضة. لم تكترث إلا قليلاً.. عيناها حمراوان وأرنبة أنفها قرمزية وفي يدها المعرورقة منديل مجعّد تمرره بحنان على أنفها الرطب كلما استدعت الحاجة.

- بريجيت! ما بكِ؟ هل عندك زكام؟ كنت على ما يرام في الصباح! ما الذي جرى يا عزيزتي؟
- لا.. لا أبداً يا صغيرتي لا زكام ولا من يحزنون. تعالي اجلسي إلى جانبي سأحضر لك فنجان نسكافيه بالحليب ونتحدث عن تفاصيل يومك. اجلسي يا صغيرتي!

وضعت يدي اليمنى برفق على كتفها لأمنعها من النهوض، وسحبت باليسرى كرسياً ثم جلست أحدق في عينيها المختبئتين خلف شجرة حور عتيقة.

- دعك من النسكافيه الآن! لا أريد أن أشرب شيئاً. شربت فنجانين في المعهد. أخبريني ما بك. أنت لست على طبيعتك أبداً. ما الأمر، ها؟ هيا لا تراوغي!
- "قلت لك لا شيء يا صغيرتي لا تشغلي بالك بي أنا بألف خير.

أخبريني عن يومك الأخير في المعهد، من قابلت أيتها الشقية؟ هل التقيت بيير؟"، ابتسمت بما يشبه البكاء.

- بريجيت دعك مني الآن ومن بيير! كنت تبكين، أليس كذلك؟ أنا متأكدة أنك كنت تبكين. ما الذي أبكى هاتين العينين الفرنسيتين الجميلتين؟ هيا بالله عليك أخبريني! لا تدعيني أنتظر طويلاً!

لا تكفي جرار العالم كله لاحتواء دمعة لم تنهمر من عينيّ بريجيت في تلك اللحظة. للحزن هوية واحدة لا تختلف فيها الثقافات مهما تباعدت وتنوعت جذورها ومشاربها. هوية لا عرق لها ولا لون ولا دين. إنها هوية الانكسار، هوية النفي في داخلكَ الجريح، في داخلكَ البارد الخائف المُجوّف الوحيد. الإنسان الحزين ليس حراً، لا يمكن أن يكون حراً حتى لو أراد أو خُيّل إليه ذلك. هو في كل لغات العالم كالشجرة حبيس التراب، كالزنزانة حبيس الوحدة، كالموت حبيس المجهول. وأي محاولة لترجمة الحزن من لغة إلى أخرى هي خيانة المترجم لقدسيته لأن الحزن لا يُترجم.. هو هو في كل لغات الأرض وفي كل الثقافات البائدة والمعاصرة.

لقد أدمنت بريجيت الصقيع منذ اللحظة الأولى التي رأت فيها جاك وإيفون في سريرها يمارسان بدفئه شتاءها القارس. غادرت صدمتها بمرور الوقت والتفّت حول روحها تدفئها بما تبقّى لديها من حطب لم يحترق. هكذا اعتقدت، وبذا أقنعت أنوثتها الجريحة. طوت مناديل خيبتها، ودّعت هزيمتها، وعاشت هدأة اللاشيء. فليذهبا إلى الجحيم! أنا قوية وفي قاموسي

متسع لمفردات الأمل والحياة، رفعتْ شعاراتها أعلى من إبطيها. لكن الخيانة أقوى، وفي قاموسها متسع لمفردات الذل ورائحة الوجع والموت البطيء على نار هادئة. كانت تستعيد تفاصيل الشريط رشفة رشفة كلما جالست نفسها في العالم السفلي للغضب. وحين يكون مزاجها وعراً تفقد انتماءها إلى الحياة. تتعاقب عليها أيام العطلات وهي غريسة الفراش غارقة في بحر من العدم واللاوجود. لقد قطع جاك كل أوتار قيثارتها التي كانت تعزف عليها أعذب ألحان الحياة، لكنها ما تلبث أن تصغي إلى أمواج الحياة في داخلها النقي فتترك جلدها اليابس ملقى على السرير وتغادره متوجهة إلى المطبخ حيث تنخل طحينها الأبيض من بثوره السوداء وتعجن للصباح باغيتاً فرنسياً طازجاً وماكاروناً بهياً يليقان بنوره وبقهوته السمراء.

في غراس، كان لديها الكثير من زملاء العمل والمعارف، لكن لم يكن لديها أصدقاء بالمعنى الحقيقي للكلمة إلى أن جاورتها سيسيل، أرملة في أواخر الستين من العمر وخبّازة متقاعدة. نمت بينهما صداقة عميقة وجمعهما حب الطبخ، فحاربتا بسلاح المطبخ الأبيض وفنجان القهوة الصباحي صقيع وحدتيهما.

وجدت كل واحدة في الأخرى صيدلية لأوجاعها: رياضة المشي معاً لآلام المفاصل، فنجان القهوة معاً لصداع الذكريات، الكتف الدافئة للبكاء بين حين وآخر على ومِن، تبادل وجبات الطعام لتعزيز الثقة في المهارات المنزلية، إعداد البيتيفور والماكارون والإكلير وصنوف الكيكات الشهية للمحافظة على مستوى السكر في دم الحياة اللزج. وهكذا.. حبة من هنا ومرهم

من هناك تبلسمت الجراح، أو لبست طاقية الإخفاء إلى حين.

خطر في بال سيسيل فكرة تأجير غرفة في منزلها لطالب أو طالبة من باب الأنس وزيادة الدخل، فطرحت الفكرة بحماسة على بريجيت التي فاجأتها بفتور شديد. كانت بريجيت متشبثة بخصوصيتها وتخشى أن يقع حظها، الذي تعرفه جيداً، على طالب يتسبب لها بمشاكل هي في غنى عنها، لكن إصرار سيسيل جعلها تتراجع عن موقفها مبدئياً وتتفق معها على خوض التجربة مرة واحدة ثم تقييمها لاحقاً لبحث إمكانية الاستمرار أو الانسحاب. وكان ما كان. وضعت سيسيل وبريجيت الإعلانات في المعاهد كافة وبدأتا استقبال الطلاب الأجانب والفرنسيين في منزليهما. كان الطلاب مادة دسمة لدردشاتهما الصباحية: ماذا يفعلون وماذا يأكلون ومن أي بلاد يأتون وإلى أي ثقافة ينتمون. وهكذا سارت عجلة الحياة إلى أن أخلّت سيسيل بالاتفاق من دون سابق إنذار. لقد انزلقت في الحمام وكسرت ساقها اليمنى وحوضها وبدأت صحتها تتدهور شيئاً فشيئاً حتى وافاها الرحيل.

وجدت بريجيت نفسها مرة أخرى بين فكيّ الوجع: وحدتها. «لماذا كل الذين أحبهم يخونونني؟» تساءلت بمرارة. لقد خانتها سيسيل وأدارت لها ظهرها على عجل. كانت جد غاضبة منها حتى أنها رفضت أن ترافقها إلى مثواها الأخير. أسندت رأسها المتعب إلى حافة نافذة المطبخ وأخذت تراقبهم وهم يحملون نعشها إلى لا تدري ولا تريد أن تدري. جاء ابنها وزوجته وحفيداها من الألزاس للمشاركة بمراسم التشييع. لكنها لن تشارك.. هكذا قررت ولم تندم على قرارها قط. سيسيل ستبقى في ذاكرتها

شعلة للحياة والنشاط وطاقات السكّر وضجيج المطبخ وصخب الصباح برائحة القهوة والكرواسان.. لا تريد أن تراها غير ذلك. نقطة غارقة بالدموع ومن أول السطر يا بريجيت، الوحدة قدرك الذي لا مفر منه، فتعاملي معها بأقل الخسائر الممكنة!

ما مر يوم إلا وافتقدت فيه فنجان القهوة الصباحي معها. كان للقهوة برفقتها طعم آخر وللصباح رائحة لا تشبه الروائح. وكانت حين تستعصي عليها وصفة حلوى تقول في سرها سأسأل سيسيل حين أراها غداً فهي أدرى مني بذلك، لكنها ما تلبث أن تتذكر أنها لن تراها مجدداً، فتزدحم عيناها بالدموع وتفقد الرغبة في إعداد الطبق. وكثيراً ما نهضت من كرسيها المتعَب في لحظة غياب ذهني متوجهة إلى الهاتف للاتصال بها لأمر ما قبل أن تدرك أن خدمة الخطوط الهاتفية لا تصل إلى حيث ترقد سيسيل بصمت وسكينة وأمان. الرقم المطلوب غير موضوع في الخدمة حالياً!!

الأقدار ذاتها التي كسرت قلب بريجيت بغياب سيسيل جبرته بحضوري الذي صادف بعد وفاتها بشهرين. كانت بريجيت في حالة نفسية وعرة ومزاج سريع الاشتعال، لكنني استطعت أن أروّضها وأن أعيد تأهيل بعض مفردات الأمل في قاموسها المأزوم. حديث من هنا، لفتة حانية من هناك، هدية صغيرة في مناسبة ما.. تسللتُ إلى فؤادها واستوطنتُ فيه من دون أن تدري.

- بريجيت! بالله عليك ما الذي أبكاك؟ لا أستطيع السفر غداً وأنت في هذه الحالة. أرجوك لا تشغلي بالي أكثر!

- حسناً.. حسناً! لقد توفي جاك هذا الصباح، هل ارتحت الآن؟
- جاك! جاك من؟ جاك من يا بريجيت؟

أجهشتْ بالبكاء فأجهشتُ بالدهشة والذهول. حتى هذه اللحظة لا أفهم ماذا يبكيها. توفي جاك هذا الصباح!! ما هذا الخبر العاجل؟ وهل كان جاك حياً أصلاً يا بريجيت المسكينة؟ وإذا كان حياً ما الذي أبقاه على قيد الحياة حتى يومك هذا؟ ما الذي أحياه يا بريجيت؟ ما الذي أحياه وقد قتلك منذ سنوات وعزف كل ألحان الخيانة في تشييع جثمانك الحي إلى مرارته الأخيرة. بالله عليك يا بريجيت لا تطقطقي مرارتي! عضضت على شفتي السفلى وغادرت دهشتي على استحياء. لم أرغب في جرحها، عندها ما يكفيها من الجراح لسبع حيوات. سألتها بلهفة وارتياب:

- بريجيت عزيزتي أنا آسفة جداً لسماع هذا الخبر، ولكن أرجوك اصدقيني القول هل أنت حزينة عليه أم على نفسك؟
- لا أعلم يا صغيرتي. صدقيني لا أعلم. أنا مشوشة للغاية وحزينة وقاتمة كعتمة المحيطات.

أصدّقك يا بريجيت، أصدّقك أيتها الروح المعذّبة الهائمة في الفراغ. ضمّت وجعها كما يضمّ العازف عوده الحزين بين ذراعيه وانصرفت إلى ماضيها الميت الحي. كانت تصغي بإنصات إلى أوراق عمرها اليابسات: ورقة.. ورقتان.. ثلاث. أتراها تجدّد عقد انتمائها إلى رفات الخريف أم تودع هزيمتها وتعود من ماضيها الوجيع راضية مرضية؟

هكذا يعود الماضي من غياباته الوهمية فارعاً بالألم والغموض، غريب الملامح ودوائره مغلقة رمادية. إنه المنديل المطوي الذي تركنا فيه أجفاننا الباكيات غروباً بعد غروب فأزهرت عليه تجاعيد عيوننا. مائدة الطعام متعبة من فقر شهيتنا، السرير متعب من وحدة أنفاسنا، الأحلام متعبة من يباس محاصيلنا، النافذة متعبة من إطالة التحديق في فراغها، الكرسي متعب من تهالك أجسادنا، التلفزيون متعب من ساعات شرودنا، والهاتف متعب من الصمت. لا انتظار.. لا ترقب.. لا مواعيد.

سيّان.. كل الفصول سيّان.. تجيء وتغادر سيّان، ولا تجيء سيّان. لا أفهمك يا بريجيت، لا أفهم سذاجتك على الإطلاق، لكنني أتعاطف مع كل كلمة لم تتلفظي بها، وكل شهقة سترتِ عليها في مقبرة صدرك، وكل زهرة لوز ماتت على ربيع ملاءتك البيضاء ولم تستخرجي لها شهادة وفاة رسمية. أنين.. أنين.. أنين. ما أنذلك أيها الحب حين تستقوي بخيباتنا وتدندن هزائمنا وتحتفي بالوجع!!!

***

وهكذا جمعنا الزمان والمكان والشوق،

أما الزمان والمكان فلا ثبات لهما،

وأما الشوق فلا يورث إلا الحزن.

"طه حسين"

الفصل الخامس عشر

بين شطري المتوسط

سنة واحدة على آخر مرة التقيت جدي بدت أصابعها عليه كأنها خمس عجاف. راعتني حركته الثقيلة في مطار دمشق الدولي، فهو بالكاد يسحب ساقيّ فرحته نحوي. «في الحركة بركة يا نزيهة، في الحركة بركة يا بنت الحلال!»، هكذا كان يقول لجدتي بنزق كلما ألحّت عليه بأخذ قسط من الراحة. أين ذهبت البركة يا جدي؟

التهمت عجلاتُ سيارة أبي عطية أسفلت الشوارع باتجاه غوطة دمشق، فيما جلستُ وجدّي في المقعد الخلفي متعانقين بصمت. كان يمسح على شعري الطويل بيد مترعة بالحب والدهشة وكأنه لا يصدق أنني أخيراً بين ذراعيه. يا لدفء اخضراري وكثافة أمني وأماني وأنت قربي يا جدي! أشجار اللوز ترتدي أثوابها البيضاء استعداداً لزفاف الربيع، وكفّ الريح تتحرش بأكتاف الحور وترشقها بوريقات متناثرات، ورائحة السّكينة إلى جانبيّ الطريق. بهية كوهج الزيت، مزرعة الجوري في انتظاري..

كالموانئ المطمئنة، كشراب الشمس البرتقالي على خصر الحصاد وزنود حصّاديه.

تغيرتُ قليلاً!! ربما!! لم يغضبني على الإطلاق عدم استقبال أبي لي في المطار بذريعة أنه لا يريد أن يرى وجه أمي التعس هناك، ولم يغضبني غياب أمي تحت شعار أنها لا ترغب في لقاء أبي الكريه بعد كل هذه السنوات من الراحة. لا شيء يستحق نضجهما.. ولا حتى أنا: ابنتهما الوحيدة التي انتظراها سنوات وتورّمت أرجلهما على أبواب عيادات الأطباء وعتبات أولياء الله الصالحين. هكذا كنت ولا أزال جزءاً من مناكفات صبيانية وحلبات ملاكمة لا ناقة لي فيها ولا جمل. كم أصبحت وحدي! شئت هذا أم أبيت. لقد نجح المتوسط في شطري إلى نصفين لا أدري إلى أيهما أرتاح أكثر. فهل أنا اليوم خلاصة جوريا الدمشقية الطفلة التي ذابت عجلات دراجتها الأربع فوق حواكير مزرعة الجوري ريثما استطاعت أن تعتلي دراجة بعجلتين؟ أم غوزا داماسكينا الأنثى التي صقلت عطورَها حدائقُ غراس الجميلة؟ أم أنني مزيج متحد منفصل من عطرين أربكهما المتوسط وأربكاه؟ كونترا أنسامبل، يا لك من مزيج محيّر ويا لي من قريبة قصيّة!!!

ذاب جرس الباب من كثرة الرنين، وذابت قدما أم عطية من قطع المسافة الطويلة بين المطبخ والصالون لفتح باب الدار واستقبال القادمين المتلهفين إلى لقائي بعد طول غياب. المشهد الكوميدي ذاته يتكرر عشرات المرات في اليوم: أم عطية تعقد غطاء رأسها المزركش إلى الأعلى وتهرول إلى الصالون وفي يمناها ملعقة خشبية كبيرة وفي يسراها منشفة مطبخ، ت

نحني لفتح باب الدار بكوعها قاذفة بمؤخرتها الكبيرة إلى الخلف، ثم تعود بالملعقة والمنشفة وذراعها إلى موطنها الأصلي: المطبخ. يا أم عطية! يا أم عطية!! لماذا لا توفري على نفسك العناء وتتركي الملعقة والمنشفة في المطبخ؟ لا فائدة.. يبدو أنهما أصبحا جزءاً لا يتجزأ منها، تماماً كذراعها التي لا تستطيع تركها في المطبخ.

- "يا أم عطية! يا أم عطية! يا ميادة! يا جماعة اتركوا باب الدار مفتوحاً. والله وجعني رأسي من رنين الجرس الذي لا يتوقف"، يستغيث صوت جدتي من داخل المطبخ: مصنع الحُب على طريقتها الخاصة.
- والله يا ست أم ماهر خطرت لي الفكرة، ولكن إذا تركناه مفتوحاً يأكلنا الذباب. المزارعون سمّدوا المزرعة الأسبوع الماضي بسماد البقر، أنت أكبر قدر.
- لا دخيلك يا أم عطية كله إلا الذباب.. كله إلا الذباب وقرفه. أمرنا لله اتركيه مغلقاً.

الأهل، الأصدقاء، الجيران!! لا تنسيق، لا مواعيد. وقتي ما عاد ملكي ولا سلطة لي حتى على ساعات نومي واستيقاظي. شعرت بالإعياء في كثير من الأحيان لكنني كنت سعيدة.. سعيدة ومستدفئة في حضن جدي، مستدفئة بحنان جدتي المنتشر في كل أرجاء البيت. محشي الكوسا والباذنجان يغلي على النار فيفوح عطر البندورة الطازجة في جنبات المزرعة... الشاكرية والرز.. المقلوبة باللحم والصنوبر.. ورق العنب.. الملفوف المحشي... الباشا وعساكره.. الملوخية بالكزبرة والثوم.. وجدي

يسأل كل صباح بلا كلل: ماذا ستطبخين اليوم لحفيدتك يا نزيهة؟ ماذا؟ لا لا هذا لا يكفي! فكّري بأطباق أخرى الله يرضى عليك! العين تأكل قبل الفم، هذا لا يكفي يا نزيهة، هذه جوريّة يا نزيهة.. جوريّة. طعام الأمس وزعيه كله على المزارعين وحضّري لنا طعاماً طازجاً يليق بملكة الجوري.

- كلي يا جوريّة، كلي يا عيون ستك! هذا الطعام كلّه لك. لقد فقدت الكثير من وزنك في فرنسا. ألا تأكلين هناك؟ ألا يوجد لديهم طعام؟ من أكل تفاحتيّ خدّيك في فرنسا؟ ها! أخبريني أين ذهبتا!

تقرصني برفق من وجنتيّ ثم تطبطب بيديها الدافئتين عليهما، فتنتعش رائحة الفليفلة الخضراء، النعناع، الحبق، الكزبرة الخضراء والكثير الكثير من الروائح الأخرى التي تنجح جدتي في انتقائها من مزرعة الزبداني وجمعها برفق وأناة وتحويلها إلى ساعات عمل ثم إلى ولائم حُب ودفء لكل من يدخل فيلا مزرعة الجوري بلا استثناء، ولكل من يعمل فيها.

- تيته أرجوك! والله لا أستطيع أن أضع في فمي ولا لقمة إضافية واحدة. سأموت من الشبع. آخخخخخ انقطع نفسي من كثرة الأكل. تيته ارحميني أرجوك! بطني يكاد ينفجر!
- يالله بلا دلع يا جوريّة، بعيد الشر عن قلبك وبطنك يا روحي. طيب وماذا عن برك اللحمة والكبة المقلية يا جوريّة؟ خذي من يدي لا تخجليني! واحدة فقط يا جوريّة! واحدة كبة

وواحدة برك. الله يرضى عليك يا عمري، والله استيقظت من طلوع الشمس لأحضّرها لك لأنني أعرف كم تحبيها.

- وما زلت أحبها يا تيته وخاصة عندما تكون من يدي أحلى وأحن تيته بالعالم كله. سآكلها على العشاء.. أعدك بذلك... والله لا يمكنني الآن. أكاد أنفجر من الشبع.

تسللت جدتي بهدوء اللص المحترف إلى المطبخ، وعادت وفي يدها كيس بلاستيكي صغير.

- ماذا تفعلين ياجدتي؟
- أخبئ ما تبقى من الكبة المقلية والبرك لعشائك. سأضعها فوق البراد كي لا يراها أحد.
- ولكن يا جدتي.. هذا كثير. كثير جداً.. ثم ماذا عن الآخرين؟ الكل يحب الكبة والبرك من يديك.
- ششششش!! اخفضي صوتك يا جوريّة! الآخرون يأكلونها دائماً عندي أيام الجمعة، أما أنت فمحرومة منها يا حبيبتي.
- "يا عيني يا عيني والله الدلال لجوريّة فقط، أما نحن فراحت علينا بوجودها، أليس كذلك يا جدتي»، قال وسام ممازحاً.
- "لا يا حبيبي يا وسام والله كلكم في بؤبؤ عيني من الداخل، لا أحد أغلى على قلبي من أحد، ولكن جوريّة حبيبتي في غربة الآن ومحرومة من لمّة العائلة ومن أكل الشام، ولهذا أعطف عليها أكثر منكم، هذا كل ما في الأمر يا روح ستك»، قالت جدتي بشيء من الخجل بعد أن ضُبطت متلبسة كالقطة ويدها داخل علبة السردين.

- أعلـم.. أعلـم تيته ولكنني أمزح معك. الله يطول عمرك يا رب ولا يحرمنا منك ومن أكلاتك الطيبة.
- على فكرة أين وائل ووديع؟ ألن يأتيا اليوم؟
- وائل عنده لقاء عمل في البرامكة سينتهي منه ويأتي مباشرة إلى هنا، ووديع في الجامعة اليوم حتى الثامنة مساء، سيأتي إلى هنا بعد الدوام ونتعشى كلنا مع جوريّة.

استعر اشتياقي لبيير في مزرعة الجوري حيث تعيش أيامي بدونه، لا أعرف كيف. مشتاقة وعندي لوعة ولهفة وحنين ولا سبيل للوصول إليه أو حتى الاطمئنان إلى أحواله. أتراه شعر بغيابي حقاً؟ أتراه يفكر فيّ ولو لدقيقة واحدة في اليوم؟ يا الله! ما كل هذا العذاب! يا الله ارحمني من حب يحترق له الرخام وتنحني لأوجاعه أكتاف الجبال! الحب من طرف واحد أكثر أنواع المشاعر إذلالاً على الإطلاق. تفكر بمن لا يفكر فيك.. تحلم بمن لا يحلم بك.. تتحدث إلى من لا يسمعك.. تبكي ممن لا يدري أصلاً أنه أبكاك، وتسعد بوجود من لا يعنيه وجودك. أي عذاب ذاك الذي يجعلك تجر ساقيك في تعاقب الأيام كجندي مهزوم في أهم معارك الحياة: الحب! ما عدت أحتمل لعنة الحب. كم أنا مأهولة بك يا بيير وكم أنت مأهول بغيري! اللعنة! يا لحظك ما أقلّه يا جوريا! يا لحظك ما أقساه!!

قضيت في دمشق ثلاثة أسابيع بطولها وعرضها وأنا أفكر في بيير والعرض الذي قدمه لي من جهة، وجدي وردّة فعله المحتملة من جهة أخرى. يا إلهي! يجب أن أحسم هذا الموضوع قبل أن

أغادر. لقد كان بيير محقاً في كل كلمة قالها عن مستقبلي المهني، بغض النظر عن مشاعري تجاهه ورغبتي في البقاء إلى جانبه في غراس وبغض النظر عن مشاعري تجاه دمشق وعائلتي. أنا فعلاً في حاجة ماسة لتدعيم أركان اختصاصي. صحيح أنني وصلت إلى درجة عالية من الابتكار في هذا المجال، لكن الانخراط في العمل الميداني والانفتاح على الأسواق العالمية ومعامل تعبئة العطور حول العالم سيعززان خبرتي ويغيران مجرى حياتي كلياً، كما أنني سأتمكن من جمع المال الكافي لبناء المعمل الخاص بي في دمشق حين عودتي، إذا عدت. دمشق ليست الوجهة الصحيحة مبدئياً، يجب أن أعترف بذلك. ما الحل يا جوريا، ما الحل وجدّك يجلس قربك كظلك ويفرك عينيه من وقت إلى آخر كي يتحقق أنك حقيقية وأنك ما زلت هنا؟

كان جدي، ومن خلفه جدتي، الحاجز العاطفي الوحيد الذي ستعاني فرسي الجامحة في القفز عليه كي تتمكن من الوصول بسلام إلى الضفة الأخرى من المتوسط. أما بقية الحواجز فهي مجرد سباقات هواة لا تحتاج إلى خبرة عالية في الفروسية، وبصراحة، لا تحكمها المشاعر الفياضة، طبعاً بنسب مختلفة.

لقد تراجعت علاقتي بأبي كثيراً في زيارتي الدمشقية تلك، ولحق بمشاعرنا تجاه بعضنا البعض الكثير من الرطوبة والفتور وربما إعادة التقييم للعلاقة ككل. رفضتُ رفضاً قاطعاً لقاء زوجته الحسناء صفاء وقبول دعواته الملحّة إلى العشاء معهما في عشّهما. يحابي حيناً ويزمجر أحياناً، وأنا أردد وأكرر حتى يجف

اللعاب في حلقي: لن ألقاها ما حييت، ولن أغفر لك خيانتك لأمي ولي، ولن أصدق روايتك المزعومة، فكفّ عن المحاولة واحترم عقلي وقراري، أرجوك.

أتى بها مرة إلى مزرعة الجوري من دون ميعاد في محاولة بائسة منهما لكسر الجليد ووضعي أمام الأمر الواقع علّ وعسى. لسوء حظهما، وحسن حظي، رأيتهما من شرفة غرفتي في الطابق العلوي يدخلان الفيلا، فسارعت إلى قفل بابي رافضة النزول إلى الصالون حتى غادرا المزرعة. لم يكرر المحاولة، لكنه أخذ وضعية الغاضب المستاء حتى اليوم الأخير في إجازتي، وبصراحة لم أكلف نفسي عناء تغيير وضعيته. تركته على راحته.. له ما شاء ولي ما شئت. لن ألقاها ما حييت، نقطة في آخر السطر.

أعرف جيداً أن صفاء تقف خلف جزء كبير من استياء أبي مني، فهي بلا شك تحرضه بشكل مباشر وغير مباشر علي لأنني لم أقبل لقاءها. هذا هو السبب المعلن، أما السبب غير المعلن والذي لا تجرؤ على مناقشته في حياة جدي، فهو أنها ضمنياً غير راضية عن تسجيل مزرعة الجوري كاملة باسمي. لقد راهنت على الحصان الخاسر وخرجت من مولد جدي، ومن بعده أبي، تقريباً بلا حمص. ربما كان زواجها بأبي أفشل صفقة تعقدها في حياتها. لم يخطر في بال النملة التي وجدت رزقها أن تحاصرها الحياة وأن تقضم حبة القمح التي طالما حلمت بها وسعت للحصول عليها.

ولا يساورني أدنى شك أن رجاء الأفعى، كما تلقبها أمي بحق، تقف وراء جزء كبير من استياء أختها صفاء مني، ولا توفر مناسبة لتحريضها علي، والعلم عند الله. ففي عينيها الضيقتين الثاقبتين أرى قطيعاً من الحقد كلما أتت إلى زيارتنا في المزرعة بالرغم من أنها تبذل قصارى جهدها لإخفائه بكلمة «طيبة» من هنا ودعوة «لطيفة» من هناك. فلتذهب صفاء إلى الجحيم ولتلحق بها أختها رجاء إلى جحيم الجحيم. آخر همي هذا الثنائي المقزّز الطمّاع.

أما أمي فحكايتها طويلة لا تنتهي. آآآآه منك يا أمي! هي عاتبة وناقمة وساخطة وغاضبة كالعادة... لا شيء يتغير في حياتها، ولا نيّة لديها لتغيير أي شيء. الاقتراب منها كما الاقتراب من حرش شوك. كلما التقيتها حدثتني باستفاضة عن أبي وغاصت في تفاصيل حياتها معه والعمر الذي هدرته والتضحيات التي قدمتها لي وله وللعائلة والخيانة التي تعرضت لها ورجاء الأفعى وووووو. نبرة صوتها الغاضبة تثقب الجدران.

حاولت مراراً وتكراراً أن أدير دفة الحديث معها إلى زمن معاصر، لكنها سرعان ما تعود أدراجها إلى الماضي الذي يعشش في داخلها كما الأفيون داخل أجساد المدمنين. تريد أن تراوح مكانها وأنا، بصراحة، تعبت من هذا المكان.. تعبت من طاقاته السلبية ومن الأحاديث المكررة عنه ومن توقف الزمن فيه وعليه. أريد أن أغادر مجاله المغناطيسي إلى مكانٍ صنيعتي

أنا لا صنيعة الآخرين لي. أنصحها بأن تنسى الماضي وتعيش ما تبقى من حياتها في سعادة ورضى فتقول بأعلى صوتها:

- وهل ترك أبوك النذل في العمر بقية؟
- ماما أبي صار من الماضي البعيد.. انسيه أرجوك انسيه! هو يعيش حياته وأنت دعك منه ومن ذكرياتك معه وعيشي حياتك! اهتمي بصحتك وجمالك! لا يمكنك أن تبقي هكذا سجينة الماضي. هذا أمر غير صحي على الإطلاق.
- أنسيت يا جوريا حين جاء متأخراً و..
- ماما.. ماما أرجوك! لا أريد أن أتذكر أي شيء عن تلك المرحلة البشعة. تعبت من الذكريات، وقررت أن أدعها وشأنها كي تدعني وشأني. لا يمكنني أن أقضي عمري كله هكذا.. أرجوك، ارحميني وارحمي نفسك!
- قررت أن تدعيها وشأنها جوريا خانم! والله نعم القرار! وماذا عني أنا؟ وماذا عن شأني أنا؟ هو يعيش حياته مع زوجته الشمطاء، وأنت تعيشين حياتك في فرنسا بالطول والعرض، ورجاء الأفعى حققت كل أحلامها في الحياة، وأنا! ماذا عني أنا؟ ماذا عني أنا يا جوريا؟
- أعيش حياتي بالطول والعرض! وما أدراك أنت عن حياتي يا أمي؟ ما أدراك عن الصعوبات التي أواجهها وعن المعاناة التي أعانيها وحتى عن أي تفصيلة من تفاصيل حياتي اليومية هناك؟ أنت لم تكلفي خاطرك حتى في السؤال عن أي شيء يخصني. كلما أتيت إليك لأطيّب خاطرك وأستمتع بصحبتك، أسمع نفس الأسطوانة ونفس الأنغام... أبوك.. أبوك.. أبوك..

وكأنني أنا من أقنعت أبي بهجرك.. وكأنني أنا من حرضته على الزواج من امرأة أخرى.. وكأنني أنا لا أعاني من كل هذا الوضع الزفت الذي وجدت نفسي فيه منذ أول يوم فتحت عينيّ على الحياة في هذا البيت الكئيب المليء بالغضب والمشاحنات والطاقات السلبية.

- لا.. غير صحيح، هذا الكلام غير صحيح على الإطلاق. لا أحد يعاني مثلي أنا، السنين تهرب مني ولا أشعر بها. سجينة أربعة جدران كالكلبة. لا أحد يشعر بي. لا أحد يهمه أمري. أنا الوحيدة التي أدفع الثمن بينما الكل يعيش حياته على أحسن حال. والوضع الزفت هو من وضعنا فيه إذا كنت لا تدرين أو إذا كنت تحاولين الدفاع عنه وتضعين اللوم علي، كعادتك. أصلاً أنت لم تقفي يوماً في صفي، كنت دائماً في صف مركز المال والقوة.

لا حول ولا قوة إلا بالله، قلت في سري. أهملتها وأوليت اهتماماً أكبر لأهل أبي: مركز المال والقوة!! متى ستنتهي هذه الادعاءات الباطلة والمحاكمات الوهمية بحق السماء؟ لا فائدة.. لا فائدة تُرجى. في رأسها أسطوانة واحدة فقط لا يمكن تغييرها. اللهم طولك يا روح. لا أريد إغضابها قبل أن أسافر، ولكنني لم أعد أحتمل كل هذا الهراء. فم مليء بالغضب يجمع الحصى من كل مكان ويلقي به في وجهي. ما يجري فوق قدرتي على الاحتمال يا أمي، ارحميني أتوسل إليك! والله عندي ما يكفيني ويفيض. ليتك تدخلين قلبي لتري مافيه من وجع.

- ماما.. ماما حبيبتي اهدئي واسمعيني جيداً! أريد أن نتحدث مرة واحدة في حياتنا من دون صراخ. أرجوك! أرجوك اخفضي صوتك ودعينا نناقش الأمر بهدوء كي نصل إلى نتيجة مرضية للجميع!
- تفضلي جوريا خانم. "اخفضي صوتك.. اخفضي صوتك" هذه جملة أبيك الشهيرة حفظتيها منه. برافو. برافو يا بنت قلبي، تفضلي!
- أستغفر الله! ماما.. ماما حبيبتي أنا لا أقول إن الحياة لم تكن قاسية عليك وإن معاناتك لم تكن كبيرة مع أبي، ولكن الحل حتماً ليس فيما تفعلين ولا في الطريقة التي تقودين بها حياتك. صدقيني أنت تظلمين نفسك أكثر من أي شخص آخر. الواضح أن أعصابك تعبانة وأنك عاجزة عن تجاوز الماضي دون مساعدة.
- تفضلي ساعديني، ألست ابنتي الوحيدة أم إنني مخطئة؟
- ماما.. يا عيوني افهميني أرجوك! افتحي قلبك وعقلك لي ولو مرة واحدة في العمر. أنا لا مانع لدي من تقديم أي مساعدة تحتاجينها، ولكنني أولاً لست متواجدة حالياً في دمشق، ثم.. ثم لا أقصد أبداً هذا النوع من المساعدة البسيطة.
- ماذا تقصدين إذاً؟
- بإمكاننا اختصار مسافات الوجع. الطب تطور كثيراً.. أقصد.. نستشير طبيباً نفسياً في الموضوع كي يصف لك بعض المهدئات ومضادات الاكتئاب.. الواضح أن..

- لحظة.. لحظة! هل أسمع جيداً ما تقولين؟ وهل تسمعين أنت ما تقولين؟؟؟ والله عال.. هذا ما كان ينقصني يا جوريا.. هذا ما كان ينقصني يا بنت قلبي!! تريدين أن تقولي إنني مجنونة؟ تريدين أن يشمت كل بيت سعد بي وعلى رأسهم رجاء الأفعى وأختها صفاء؟ هذا ما تقصدين؟ هذا ما تريدين قوله؟ وهذه هي المساعدة التي تقدميها لأمك يا جوريا يا وحيدة أمك؟
- ماما أنت ست العاقلين وعقلك يزن بلداً.. لا أحد على وجه الأرض يمكنه أن يقول إنك مجنونة، وليس كل من يستشير طبيباً نفسياً يكون مصاباً بالجنون. النفسية تتعب أحياناً مثل بقية الجسم..
- والله لم أكن أعرف أنك تدرسين الطب النفسي في فرنسا يا جوريا!! ما شاء الله! ما شاء الله! أصبحت تفهمين في كل المجالات. وهل هذه الفكرة العبقرية فكرتك أنت أم فكرة أبيك شيخ العاقلين؟ أم تراها فكرة نزيهة الحيّة من تحت التبن؟ والله كل شيء وارد في هذه العائلة المحترمة.
- ماما أرجوك احترمي مشاعري ولا تتكلمي عن جدتي أمامي بهذه الطريقة. تيته لم تكن في حياتها طرفاً في مشاكلك مع أبي، ولا حتى جدو. أنت تعلمين ذلك جيداً، فلماذا كل هذا التجريح والكلام غير المسؤول؟
- دافعي عنهم يا جوريا! دافعي عنهم يا بنت قلبي! أما أنا فلي الله يدافع عني. أصلاً أنت واحدة منهم.. لحمهم ودمهم..

أنت جوريا سعد بنت فواز سعد وحفيدة ممدوح سعد. ليس لي فيك سوى اسمك: جوريا. ظننت حين أسميتك جوريا أنك ستكونين يوماً وردة عمري الرقيقة وعطري الذي لا يموت. يا خسارة تربيتي فيك يا جوريا... يا خسارة انتظاري لك كل هذه السنوات.. هذه آخرتها معك؟ لماذا لا تختصري الطريق وتضعيني في مستشفى المجانين وترتاحوا جميعاً من همي ومن صوتي العالي؟

- ماما.. أرجوك افهميني أنا..
- ولا كلمة إضافية واحدة! لا أريد ان أسمع صوتك أو أي صوت آخر. سأدخل غرفتي، أريد أن أرتاح.. عندي صداع وقرف واشمئزاز من كل شيء.
- يعني أذهب أنا بلا مطرود؟
- كما تريدين.. البيت بيتك إذا أردت البقاء.
- وماذا عن الكباب الهندي الذي دعيتيني إليه؟ ألا تريدي أن نأكل سوياً قبل أن أذهب؟
- هو جاهز في المطبخ. تعرفين الطريق إليه. كلي أنت إذا أردت.. أنا لست جائعة. فقدت الرغبة في الطعام وفي كل شيء في هذه الحياة البغيضة.
- ماما.. أرجوك! أنا مسافرة الأسبوع القادم..

صفقت باب غرفتها واختفت وراءه من دون أن تنظر إلي. نظرتُ إلى الصالون حولي فوجدت نفسي وحيدة كما كنت دائماً فيه. جملة مقطّعة بشكل عشوائي لا معنى لها خارج نص لا سياق له. الفعل في طرف، والفاعل في طرف آخر، والمفعول به خارج

قواعد الإعراب، وربما خارج أصول اللغة كلها. دخلت المطبخ، رفعت الغطاء عن صينية الكباب الهندي.. لم يكن له أي رائحة. أطلت النظر في الكباب، فما حملت لي ألوانه الدفء الذي طالما بحثت عنه بين جدران هذا المطبخ اليابس. كرات كباب تغفو بكسل في أحضان مكعبات فليفلة باهتة وقطع بندورة كامدة. عدت إلى الصالون، فشعرت أنني في غرفة فندق وأن الوقت قد حان كي أحزم حروفي المبعثرات وأغادر على عجل قبل أن أفقد عقلي في هذا المكان الكثيف المخيف. جيم واو راء ياء ألف لقد سدّدتِ كل فواتير إقامتك في بيت المهاجرين الكئيب وما عليك الآن إلا الرحيل. سحبتُ حروف اسمي حرفاً حرفاً وغادرت المبنى تاركة خلفي حروبهما الأبدية التي أعرف جيداً أنها لن تضع أوزارها يوماً، وأنه لا رغبة لدي في أن أكون جزءاً منها بعد اليوم.. ولا طاقة لدي.

كان أبو عطية في انتظاري على ناصية الشارع.

- إلى أين ست جوريّة؟
- إلى مزرعة الجوري لو سمحت.
- كانت جدتي في الصالون تتابع مسلسلاً سورياً وفي يدها تفاحة حمراء تقطعها إلى أربع قطع ثم تعيد تقطيعها إلى قطع أصغر فأصغر.
- مرحبا تيته.
- أهلاً بحبيبة قلب تيته. اشتقت لك يا جوريّة، تأخرت علي يا نور عيوني.

اقتربت منها وطبعت قبلة على خدّها فاسترخت تجاعيد جبهتها. حاولت جاهدة أن أبدو طبيعية قدر الإمكان كي لا أثير قلقها ولا فضولها.. لست في مزاج الإجابة عن أي سؤال على الإطلاق.. لست في مزاج الكلام.

- كيف كان يومك عند أمك يا بنتي؟ هل قضيت معها وقتاً ممتعاً؟
- نعم.. نعم كان يوماً رائعاً. تسلينا كثيراً.
- كيف أحوالها؟
- بخير الحمد لله. سلمت عليك وعلى جدو كثيراً.
- الله يسلمك ويسلمها. ماذا طبخت لك هذه المرة؟
- كباب هندي ورز بالشعيرية.
- هل أعجبك، أم أن كباب تيته أطيب؟ اعترفي يا جوريّة! أعدك بأنني لن أنزعج إذا قلت إنه ألذ.
- أعجبني جداً، ولكن أكيد كباب تيته أطيب كباب بالعالم، هذا ليس بحاجة لسؤال يا ست الكل.
- الله يرضى عليك يا جوريّة ولا يحرمني منك.
- تيته! لمن تقطعين التفاحة بهذا الشكل؟
- لجدك. عاد من عند دكتور الأسنان منذ قليل ولا يستطيع أن يتغدّى. قال له الدكتور لا ساخن ولا بارد لمدة ساعتين على الأقل.. هذه التفاحة طرية تسد جوعه ريثما يتمكن من تناول الطعام.
- أين هو الآن؟ هل هو بخير؟

- في غرفته. والله يا بنتي لا أظن أنه بخير. لقد خلع له الدكتور ثلاثة أضراس وخدّه الأيمن متورم كالبالون.
- يـا إلهـي! ثلاثـة دفعة واحدة! هـذا جزار وليـس دكتور! كيف سمح له جدي بذلك؟
- قال له إن الأضراس الثلاثة لا أمل منها وإن عليه أن يفكر جدياً في تركيب فك أسنان علوي قريباً.

كم أحزنني هذا الشعور وترهلت له منعطفات روحي! لقد تحوّل جدي الوارف إلى أغنية حصاد عتيقة.. إلى سنديانة عارية بعد أن كستها الطبيعة بأجمل ما فيها، وامتلأ خزّان ذاكرتي بأبهى صورها. وعكة خواء ضربتني، حصدت أخضري وتركتني يابسة قاحلة داخل نفسي. قطرة قطرة يرحل حضورنا حتى نجفّ بلا صخب. يلزمنا الكثير من الوقت كي نجد مقاعد كافية ترتاح عليها أوجاعنا. أنا اليوم متعبة من الوجع.. متعبة وثقيلة على عمودي الفقري كقنديل قديم في شارع فرعيّ حزين.. آه منك أيتها الروح المعذّبة الحبيسة داخل جسدي! قاسية كالنهي، ليّنة كالتمني، قوية كالحلم، وضعيفة كشتلة حبق. من أنت، وماذا تريدين مني، ولماذا أتيت إلي؟

شعرت أنني في حاجة ماسة لأن أكون وحيدة مع نفسي المنهكة من كل شيء، في حاجة ماسة لأن أجالس صمتي لساعات لا أعرف لها عدداً، في حاجة ماسة لأن أتعلم كيف أتعايش مع ضجيج رأسي وصخب روحي. كلٌّ دسّ في جيبي حكاية ترافقني إلى حين وتقضّ مضجعي في الشطر الآخر من المتوسط.

وحدها مزرعة الجوري لم تعاتبني، لم تجرحني بكلمة، لم تثقلني بهمّ. "سأنتظرك إلى الأبد مهما طال الرحيل، لن أخون انتظارك يا جوريا. عودي متى وكما وكيفما شئت! كوني ما شئت، فحيث تكونين يكون الحب، وحيث تجلسين يفوح عطر المكان!».

- إلى أين يا روح ستك؟ اجلسي معي قليلاً! هذا المسلل ممتع والبطلة تشبه..
- أشعر ببعض التعب تيته.. أريد أن أرتاح في غرفتي قليلاً. اعذريني!
- سلامة قلبك من التعب يا حبيبتي.

وحيدة داخل دوامة نفسي، داخل منظومة فكرية وعاطفية لا تخص أحداً سواي. هل أحتفظ بنسختي القديمة ريثما أعود إلى أرصفة عرفتها وأدمنتُ تفاصيل خطواتها، أم أشبّ عن طوق الانتظار وأسير خارج داخلي بنسختي الجديدة ويموت ما يموت مني ويبقى ما كُتب له أن يبقى؟ وكيف أحدد المسافة الآمنة بين أرصفتي وخوارج داخلي كي لا أبتعد كثيراً عن كينونتي وأتوه على شوارع لا أعرف مقاس حذائها ولا تميّز مشط قدميّ؟ كيف؟ كيف؟ لا أعرف.. والله لا أعرف.. كل ما أعرفه أنني مشوشة، وأنني متعبة، وأن الطريق إليّ طويلة.. طويلة ومعبّدة بالألم والغموض والترقب والانتظار. تناولت قرصيّ بانادول ليهدأ رأسي من الطنين وخلدت إلى نوم متقطع خجول زارتني فيه بريجيت على عجل. كانت تبكي وكنت أشاطرها الحزن والضياع والوجع.

***

يموت ببطء

من لا يغير المكان عندما يكون حزيناً

في العمل أو في الحب

من لا يركب المخاطر لتحقيق أحلامه

من، ولو لمرة واحدة في حياته،

لا يتهرب من نصائح حساسة،

عش الآن!

جازف اليوم!!

بادر بسرعة!!

لا تترك نفسك تموت ببطء!

"بابلو نيرودا"

الفصل السادس عشر

حيث يغادرني جسدي

جسدها ما زال ينتظر في ذاك الصقيع المكان، لكن روحها غادرت دافئة لا أدري إلى أين. يا جوريا يا حبيبة قلب صفوان، لو بكيتك العمر كله لما أنهيت مَدّة الآه الطويلة عليك.. آآآآآآآآآآآه! يا حزن ما ترك رحيلك يا جورية دمشق. فرطني كما تُفرط رمّانة الصيف.. فتتني كالحصى وأثقل على الأرض قدميّ المنهكتين. لم أكن أدري حين استيقظت هذا الفجر أنني سأكون على موعد مع أكبر انكساراتي وأوجع خساراتي. الثامن من كانون الثاني.. يا لك من يوم لئيم، ويا لك من سنة كبيسة، ويا لي من حطام!

رُزم الأوراق والصور والقصاصات والمغلفات لا تزال أمامي على الطاولة تفوح منها رائحة كونترا أنسامبل بكل تركيباته القديمة والحديثة. كانت كلها له.. أليس كذلك يا جوريا؟ سألتُ صورتها في فستانها الأبيض ضاحكة كعصفور. لم أرها في حياتي تضحك بتلك العذوبة. سنبلة ممتلئة بالحُب والقمح والشمس.. بهية كشجرة لوز.. مترفة وندية كمشتل حبق. قلبتُ الصورة. لم أعد أحتمل النظر إليها.

لست مضطرة أن تجيبي على سؤالي يا جوريا.. لقد عرفت الجواب. كلها له!! كلللها له. يا لحظك يا صفوان ما أقلّه! يا لحظكَ ما أقساه!! أكرهك أيها العجوز اليابس، أكرهك وأحسدك وأتمنى لو كنت مكانك ولو ليوم واحد.

فتحتُ المغلفات واحداً تلو الآخر بحثاً عن الوصية. يا إلهي! بدأت أفقد الأمل في العثور عليها. ربما غيرت رأيها في اللحظة الأخيرة وأودعتها مكتب محامي المصنع الأستاذ أدهم إبراهيم. لا.. لا غير وارد.. كانت أخبرتني بذلك. لم لا؟ ربما أرادت أن تمنحها صبغة قانونية كما فعلت باكتشافها الجديد. لا، لا أعتقد ذلك. لا بد أن تكون في مكان ما بين هذه الأوراق. لدي شعور أكيد أنها هنا. أسرع يا صفوان، لقد شارفت الساعة على السابعة صباحاً. يجب أن تنهي هذه المهمة قبل أن تستيقظ دينا والأولاد وقبل أن ينتهي دوام الدكتور أنور ويغادر المشفى. أوه! لا أريد أن أتعامل مع دكتور آخر، روحي برأس أنفي ولا طاقة لدي. لا أريد وجوهاً جديدة في المشهد المكتظ أصلاً بكل شيء.

إلى من يعيش بعدي ليقرأ هذه الوصية:

ادفنوا جسدي حيث يغادرني وأغادره. فإذا تغادرنا في أي مكان في الغرب ادفنوه بالقرب من قبر زوجي الحبيب بيير دوتفيل في غراس، وإذا تغادرنا في أي مكان في الشرق ادفنوه بالقرب من قبر جدي الحبيب ممدوح سعد في مقبرة العائلة في دمشق. ضعوا مع جسدي في القبر زجاجة عطر كونترا أنسامبل بتركيبته الأولى، واكتبوا على شاهدة قبري: هنا ترقد جوريا

سعد أول وآخر قارورة حب. لا أريد جنازة كبيرة، ولا أريدها رسمية. أريدها بسيطة ومنظمة ومقتصرة على العائلة والأصدقاء المقربين الذين أرغب في رؤيتهم للمرة الأخيرة قبل أن أغادر إلى لا أدري. أما بالنسبة إلى العزاء، فلا أريد من أحد أن يفتح مجلساً للعزاء لا في البيوت ولا في الأماكن العامة. أنا واثقة أن روحي ستكون في مكان أفضل، فدعوني أغادر بهدوء وأرقد بسلام. أتمنى ألا أكون قد تركت بينكم سوى رائحتي العطرة. أحبكم جميعاً وأتمنى لكم السعادة والخير.

جوريا سعد/ روزا داماسكينا

عثرت عليها أخيراً بين الأوراق مطوية في مغلف صغير ومكتوبة بخط يدها الأنيق. وضعت الورقة على الطاولة وقد قطع فأس الحزن آخر نياط قلبي. شعرت أنني أصبحت كهلاً في يوم واحد وأن الهواء فسد حولي بأنفاس حسراتي الكثيفات. فتحت نوافذ الصالون العاصيات فصفعني الهواء البارد المتدفق بفظاظة إلى الداخل. أسندت رأسي إلى إحدى النوافذ كي أستيقظ من كابوسي الوجيع. بدأت حركة السير في كفرسوسة تتزايد، لكن المحلات التجارية ومراكز التسوق الكبرى لم تفتح أبوابها بعد. كان الطقس ماطراً بلا سطور أكتب عليها حزني وأوقّع تحته باسمي الحقيقي وحبي الحقيقي. نظرت إلى السماء الرصاصية. لا بد أن تكون روحك هناك في مكان ما. هل التقيت بيير يا جوريا، أم ليس بعد؟ أتمنى من كل قلبي أن تلتقيه إذا كان يسعدك ذلك. السعادة تليق بك يا جوريا. السعادة تليق بقلبك يا حبيبة قلب صفوان.

أما أنا فلا تقلقي بشأني، لقد كنت ومازلت وسأبقى مفردة خارج القاموس، جملة خارج السياق، لغة لا يفهمها أحد ولا يترجمها أحد ولا يخضرّ لسماعها قلبُ أحد. بأمان الله يا جوريا! بأمان الله يا عيون صفوان! سيري كما تشائين من بعدها أيتها الحياة، فما عادت المسافات تعنيني.

يجب أن أتصرف. ليتني أعرف رقم هاتف ماهر عم جوريا أو حتى عمتها نجوى كنت وفّرت على نفسي سماع صوت سعد الحقير. لا مفر! يجب أن أكلمه علّها تكون المرة الأخيرة التي أسمع فيها عواءه القذر. تناولت الهاتف بكثير من الاشمئزاز وقليل من الرغبة واتصلت به. رن هاتفه ست رنات لكنه لم يرد. ربما لا يريد أن يكلمني بعد المشادة العنيفة التي حصلت بيني وبينه في مشفى الشامي.. أعرف تماماً كم هو حقود وقلبه أسود ولا يقبل الهزيمة. أو ربما لا يزال نائماً. ماذا أفعل؟ هل أتصل بالدكتور أنور وأخبره أن جوريا ستبقى عندهم يوماً آخر على الأقل؟ قد يكون الأفضل الاتصال بالأستاذ أدهم أولاً؟ نعم.. نعم فكرة جيدة.. سأتصل أولاً بالأستاذ أدهم وأستنير برأيه.

"أنا في الطريق إلى بيروت، ماذا تريد مني أيها الوغد؟". لم يطل انتظاري. وصلتني رسالة نصية منه. قرأتها بهدوء ولم أجب عليها. وما عساني أجيب؟ في الطريق إلى بيروت أيها اللص الحقير!! وماذا تفعل في بيروت يا عديم الشرف والأخلاق؟ وبمن تجتمع؟ وماذا تخططون؟ وبكل وقاحة يسألني ماذا تريد مني؟ أريد سلامتك أيها الخنزير البري.

اتصلت بالأستاذ أدهم، لم يرد. الوقت لا يزال مبكراً على تلقي مكالمات هاتفية، ولكن للضرورة أحكامها. سأتصل بالدكتور أنور ثم أذهب إلى مكتب الأستاذ أدهم في الجسر الأبيض وأنتظره هناك ريثما يحضر. لا يمكنني أن أبقى هكذا مكتوف الأيدي.. الوضع لا يحتمل الانتظار، والخبر قد يتسرب إلى الإعلام في أي لحظة. يجب أن أتصرف. أعانني الله على هذا اليوم. يارب!!

- صفوان!! معقول!!! هل فقدت عقلك؟ كيف خطر لك أن تفتح كل نوافذ الصالون في هذا الطقس البارد؟ يا إلهي! ما هذا الجنون؟ البيت قطعة جليد والأولاد نيام وأنت..
- ألو.. مرحبا دكتور أنور. أنا صفوان. آسف جداً على التأخير. أخيراً وجدت الوصية، لقد بحثت عنها طويلاً بين كومة كبيرة من الأوراق. الدفن سيكون هنا في دمشق ولكن ليس قبل يوم الغد. لم أتمكن حتى الآن من التواصل مع أحد من الأقارب لتنسيق تفاصيل الجنازة. أرجو أن يبقى الأمر بيننا ريثما نتمكن من إعلان الخبر بشكل رسمي.. لا لا اطمئن لن يتأخر الأمر بإذن الله.. أعدك بذلك. مع السلامة.. بأمان الله.
- صفوان!! دفن من ووصية من؟ صفوان!! أجبني دفن من وجنازة من؟

لم ألتفت إليها. جمعت أوراق جوريا مجدداً في الكيس قبل أن تطّلع على أي منها والتقطت بعجالة مفتاح سيارتي ومعطفي المعلق على مشجب خشبي خلف باب الدار، وغادرت البيت من دون أن أنطق كلمة واحدة.

- صفوان إلى أين تذهب قبل أن تخبرني؟ صفوان توقف! لا يمكنك أن تتركني هكذا كالأطرش في الزفة. شغلت بالي.. من المتوفى؟ صفوان!! يا صفوان!!! أستغفر الله على هذا الصباح. أستغفر الله العظيم!

لن أكذب عليك يا دينا وأقول لك إنها ماتت، لأنها لن تموت. سأظل أحبها ما حييت، وسيظل كونترا أنسامبل عطر الأنثى الوحيد الذي يخاطب رجولتي.. عطر انتظاراتي الطويلة الطويييلة. سامحيني يا دينا! سامحيني يا أم أولادي وسيدة هذا البيت الذي لا سيد له. أعرف أن الحب من طرف واحد هو أكثر أنواع المشاعر إذلالاً على الإطلاق. لقد جربته قبل أن تجربيه أنت وسمعت صرير أوجاعه في مفاصل حياتي كلها وتذوقت نكهات مراراته نكهة تلو الأخرى حتى أصبحتُ قامة من وجع، فانحنيت صاغراً أمام وجعي. ربما كان يتوجب علي أن أكون أكثر صلابة، لكنني ما استطعت. صدقيني حاولت مراراً وما استطعت. وحين تقدمت لخطبتك ظننت واهماً أنني قادر على نسيانها وأن استبدال امرأة بأخرى هو العقار السحري المُعتمد دولياً لإيقاف أي نزيف عاطفي طال أمده حتى أصبح مزمناً. كانت أكبر كذبة عشتها في حياتي. لقد ابتليتُ بداءين: استمر النزيف وأصاب روحي معك داء اليباس وعقدة الذنب. لا مرارة أشد من مرارة العيش تحت سقف واحد مع من لا تحب. جسدكَ في مكان وروحكَ تهيم في مكان آخر. وجيعة تلك الليالي كثوب شتوي مرقّع لا ينتمي إلى دفء لأنه ببساطة ليس لكَ. وجيعة وقاسية ولئيمة كحطّاب.

فكرت كثيراً في تقديم استقالتي إلى جوريا ومغادرة مصنعها إلى الأبد كي أرتاح من وجعي.. من هذا الفصام الذي أعيشه بين بيتي وعملي، لكنني كنت في اللحظة الأخيرة أغيّر رأيي وأنسحب بصمت عائداً إلى شرنقتي مخافة أن تكون الخطوة أكبر مني ويذبحني الشوق إليها فأندم على ما فعلت. وحين أعود إليكِ حاملاً بقايا أغصاني المتكسرة لا أجد أحداً. أفتش عن قلبي فلا أجده لديك. لقد نسيته في المصنع حبيس زجاجة كونترا أنسامبل. أفتش عن روحي فلا أجدها لديك. لقد أهديتها لها كي تصنع من عصيرها زيوتاً لكل العاشقين، إلّاي. المصيبة أنني لا أراك يا دينا.. لا أراك. أغمضني فؤادي عليها فأصبحتْ لغتي الوحيدة، لغتي الأم التي لا أتقن التغريد إلا بها ولا أريد تعلّم غيرها. لقد أعطيتُ جوريا ألواني كلها، وها أنا أمامك الآن يابساً بأسودي وأبيضي.. يابساً بأسودي وأبيضي.

أعترف أنني ظلمتك.. ظلمتك ظلماً لا يحتمله بشر، وأعرف أن المكان الصغير ازدحم بنا نحن الثلاثة حد اختناقك وإذلالك. لن أخدع نفسي وأقول كبقية الرجال إنك قصّرت في حقي وإنك لم تحاولي ولم تصبري ولم تقدمي ولم تعملي جدياً على إنجاح العلاقة ووووو وكل هذا الهراء الذي يتقنه الرجال ويطلقونه بسخاء من منابرهم الاجتماعية لإراحة ضمائرهم غير المتعَبة بشيء. أعترف أنني نجحت خلال سنوات ليست بالكثيرة في تحويلك من بستان ورود مقبل على الحياة إلى حاكورة تبغ مقطوع. سامحيني. سامحيني يا دينا! هكذا كان قدري وقدرك. أنا لا أراك كأنثى.. أنت جميلة وربما من أجمل النساء وأكثرهن

فتنة، لكنني لا أراك كأنثى. روحي مسكونة بها قطرة قطرة حتى آخر قارورة كونترا أنسامبل في هذا الكون الكبير. ما كان بيدي حيلة. والله العظيم أنا أضعف من أن أتغلب على حبي لها. والله العظيم أنا أضعف بكثير مما أبدو ومما تظنين ومما تتوقعين. ليتني بقيت في مصنع آشا في نيودلهي، كنت وفرت عليك وعلى روحي كل هذا العذاب. ليتني ما عدت إليك يا دمشق الحزينة.

شعرت بالتصحر.. بفراغ مخيف يتموضع تحت جلدي ويستبيح مساحاتي.. طويت جسدي إلى الأمام وأسندت رأسي إلى مقود السيارة وانفجرت بالبكاء. لا أدري كم هزيمة خطّت دقائق الساعة أمامي وكم سنة ترهلت روحي خلال تلك الدقائق المعدودات. أتعبني حبك يا جوريا، حمّلني ما لا طاقة لي به.. حوّلني إلى ركام.

سمعتُ نقراً خفيفاً على النافذة بتر دموعي على الفور، رفعت عينيّ الحمراوين فرأيت خلف الزجاج طفلة متسولة ربما في العاشرة من عمرها تبيع أكياس مناديل صغيرة. جئت في وقتك يا صغيرتي، قلت في سري. فتحت الزجاج وابتسمت لها فمنحتني أعرض ابتسامة دون أسنان أمامية. أضحكتني ضحكتها البريئة ونظرة الفضول في عينيها الواسعتين. كانت تنظر إلى دموعي وكأنها ترى أمامها صاروخ فضاء. كيف لرجل بطولي وعرضي وعمري وسيارتي الجميلة أن يبكي كل هذا البكاء في الشارع وأمام الغرباء؟ مدت كفها الخشنة الجائعة بعلبة مناديل نحوي وكأنها تقول: "خذ! امسح دموعك يا هذا، لا وقت للبكاء!"، أخذتها منها وأعطيتها ألفي ليرة. لم تصدق عينيها، اختطفتها

بسرعة البرق من يدي مخافة أن أغير رأيي وراح لسانها يلهج بالدعاء كصلاة العصافير، ثم اختفت من أمامي في لحظات.

تابعت طريقي إلى الجسر الأبيض للقاء المحامي. كان باب المكتب موارباً ولا صوت يشي بوجود أحد خلفه. نقرت بخفة على الباب ودفعته أمامي بلا تردد:

- صباح الخير. الأستاذ أدهم موجود؟
- "صباح النور، والله لم يصل بعد"، أخبرني أحد المحامين المتدربين في مكتبه من دون أن ينظر إلي، فقد كان منكبّاً على مراجعة كومة من الأوراق أمامه.
- "سأنتظره"، قلت وأنا أسحب كرسياً نحوي دون استئذانه.
- قد يتأخر، فهو في كثير من الأحيان لا يصل قبل العاشرة. إذا كان عندك ما تريد قضاءه في المنطقة أنصحك بالذهاب والعودة بعد العاشرة. لا جدوى من بقائك هنا.. صدقني.
- شعرت أنه يحاول التخلص مني لبعض الوقت وأنه حضر باكراً لإنجاز عمله بهدوء قبل ازدحام المكتب بالموظفين والمراجعين. ربطت قدميّ في الأرض قائلاً:
- شكراً للنصيحة.. أفضل أن أنتظره هنا لأمر غاية في الأهمية.

كانت القهوة تغلي فوق قرص سخّان كهربائي بدائي إلى جانب طاولته. رائحتها تتعالى مديدة في جنبات المكان.. تمر للتحية فتراودني عن نفسي. أريدها أن تسلب حقَّ عينيّ في النعاس كي أبقى صالحاً للوجع. لم يخفِ الأستاذ عدم ارتياحه لتطفلي على خصوصية صباحه، لكن هذا لم يمنعه من كياسة

تقديم فنجان قهوة لي حين سكب فنجاناً لنفسه. قبِلته بكل سرور بالرغم من أن عصارة معدتي رفضته بشدة خاصة بعد حبة مهدئ زاناكس التي تناولتها على معدة فارغة في البيت والتي بدأت تأخذ مفعولها. كان الفنجان الأزرق كثيفاً وفاشلاً ومحلّى بطريقة مرعبة. نظرت إليه فرأيت شفته مكسورة، تعاطفت مع كسره وتقاسمت معه البن والألم.

كان آخر ظهور للأستاذ سرمد، كما عرفت اسمه فيما بعد، حين قدم لي فنجان القهوة، بعدها نفاني إلى صحارى أفكاري وعاد إلى أوراقه وكأنني ما كنت. سكبتُ فراغي على المكان وحملقت بما أرقدَ قرصُ الزاناكس من أفكاري.. لقد نبتت عليها عشبة برية لا أعرف لها اسماً. لم يبق منها سواك يا جوريا.

- صباح الخير سرمد.. أوه! أخ صفوان أنت هنا؟ خير خير إن شاء الله؟ هل السيدة جوريا بخير؟ تفضل.. تفضل إلى مكتبي. سرمد هل أنهيت ملف المرافعة؟
- نصف ساعة ويكون الملف الكامل على مكتبك أستاذ أدهم.
- الله يعطيك ألف عافية. مسعود هنا؟
- نعم هو في المطبخ.. حضر منذ قليل.
- لو سمحت أخبره أن يحضّر لنا كأسي شاي. تفضل أخ صفوان. تفضل من هنا.

دخلنا المكتب واستأذنته بإغلاق الباب خلفه ففعل وهو ينظر بريبة إلى وجهي المرّ. لم يكن هيروغليفياً على الإطلاق. كان في استطاعته أن يقرأ كل كلمة كُتبت فوق سطوره بالوجع

لكنه فضل التشبث بـ «ربما» بالرغم من ذكائه الحاد وعينيه اللامعتين. كان يحترم جوريا كثيراً ويسعى دائماً لإرضائها وإيجاد الحلول القانونية السريعة لأي مشكلة تعترضها. لقد اختارته من بين آلاف المحامين في دمشق لأنه حاصل على درجة الماجستير بالقانون الدولي من جامعة السوربون في باريس، وهو يتقن الفرنسية والإنجليزية والعربية، وهذا ما تحتاجه بالضبط في إدارة شؤونها القانونية في الكثير من دول العالم.

- أخ صفوان.. شغلت بالي.. هل السيدة جوريا بخير؟
- لا.. للأسف هي ليست بخير.. لقد غادرتنا قبل الفجر بقليل.

وضع حقيبته على المكتب وتهالك فوق الكرسي المقابل لي. نظر إلي نظرة خواء وزحف صمته نحوي فغطى مساحاتنا الباردات. جلسنا وجهاً لوجه كالأحرف الساكنات. تناول منديلاً مسح به جبينه العريض ثم كسر الصمت بما يشبه الهمس.

- يا إلهي! ما هذا الخبر الصاعق عند الصباح! هل علمت الصحافة بالأمر؟ لم أسمع أي شيء من هذا على الفضائيات.
- ليس بعد.. ولا حتى أقاربها، لم يعلم منهم أحد. جئت إليك لنرتب الموضوع بسرعة. حاولت الاتصال بالأستاذ سعد، ابن عمتها، تعرفه أنت..
- نعم نعم الشاب الطويل الذي يعمل معكم في المصنع. التقيته أكثر من مرة في مكتب السيدة جوريا.
- بالضبط. يبدو أنه حالياً في بيروت. قلت ربما يكون لديك رقم عمها السيد ماهر أو عمتها السيدة نجوى. يجب أن نخبر

عائلتها أولاً ثم نرتب سـوية لإعلان نبأ وفاتها في بيان رسـمي. السيدة جوريا تستحق منا عملاً منظماً يليق بمكانتها الدولية وبما قدمته لعالم العطور.

- "بكل تأكيد أخ صفوان.. بكل تأكيد. أظن أن عندي رقم عمها أما عمتها فأستبعد كثيراً.. لا أعتقد أنني التقيتها على الإطلاق"، تناول موبايله وبدأ البحث في قائمة الأسماء، "ماهر.. ماهر.. ماهر سعد ها هو.. تريد أن تكلّمه أنت أم أكلّمه أنا؟».
- كلّمـه أنـت أسـتاذ أدهـم إذا لـم يكن لديـك مانـع. وأرجو أن تتصل أيضاً بالأستاذ سعد لإبلاغه بالخبر.
- ألم تقل إنه خارج سوريا؟
- "نعـم.. إمممـم..»، أطلـت الفاصلـة قليلاً كي أعطي نفسـي فرصة التفكير في جملة لائقة لا يستحقها سعد، «نعم هو في بيروت كما أخبرني في رسالة نصية ولكن للأستاذ سعد عقلية خاصة ولا أريده أن يظن أننا تجاوزناه عمداً أو قلّلنا من شأنه خاصة وأنه يعمل معنا في مصنع العطور منذ زمن طويل».
- طيـب.. طيـب ولو أني غير مقتنع بوجهة نظرك. السـيد ماهر هو كبير العائلة وإبلاغه بالأمر بمثابة إبلاغ العائلة كلها. وفي جميـع الأحـوال لا مشـكلة لـدي فـي الاتصـال بكليهمـا تجنباً للمشاكل إذا كان هذا ما تظن. ينقصنا تفصيلة في هذا اليوم الكئيب المشحون بالتفاصيل.

خفّت حمولتي بعض الشيء.. رشفت قليلاً من الشاي فارتوى فمي اليابس. أريد أن يخرج كل شيء من هذا المكتب بشكل قانوني. لا أريد الوقوع في مشاكل مع عائلتها وخاصة مع سعد

الحقير. لا شيء يردع هذا الكلب العوّاء عن القيام بأي فعل غير أخلاقي. بدأت أحسب حسابه وأخشاه. أريد أن أرحل عن عالمه القذر بسلام قبل أن يدبّر لي مصيبة من أي نوع كان. الله يستر

تلقى ماهر الخبر بكثير من الحزن وقليل من الدهشة. ربما كان يتوقع رحيلها في أي لحظة. لقد زارها مرتين في المشفى والتقى الدكتور أنور ولمس بنفسه تدهور حالتها الصحية. وعدنا أن يلتحق بنا في مكتب الأستاذ أدهم خلال ساعة قادماً من مزرعته في الزبداني. أما سعد فلم نتمكن من الوصول إليه. المشترك الذي تحاولون الاتصال به غير متوفر حالياً الرجاء إعادة الاتصال لاحقاً. لقد أغلق خطه ذاك المنحط.. مشغول في بيروت بما هو أهم بكثير من وفاة ابنة خاله. روحة بلا رجعة أيها الخنزير.. روحة بلا رجعة.

تحلّقنا نحن الثلاثة، ماهر وأدهم وأنا، حول طاولة مستديرة في غرفة اجتماعات صغيرة في زاوية نائية من المكتب. كان علينا أولاً أن ننتهي بسرعة من صوغ النعية كي يتم حجز مساحة لنشرها في صحف الغد «الثورة» و«البعث» و«تشرين». مهمة لا تخلو من الصعوبة والتعقيد، فنسيان أو تجاهل أي عائلة أو اسم في النعية جريمة اجتماعية لا تُغتفر. كان ماهر شديد الحرص على مشاعر الجميع، فهو لا يريد أن يفتح جبهة مع أحد من عائلتهم وأقاربهم وأنسبائهم ووووو والقائمة تطول وتطول في النعيات السورية.

شيء ما في داخلي منعني من الإفصاح عن وصية جوريا. كنت جالساً على عتبة الانتظار ريثما يصل ماهر إلى فقرة تفاصيل

الدفن وأسمع ما يقول وعلى ضوئه أتصرف. لم يطل انتظاري كثيراً، فقد قرر دون أدنى تفكير أن يدفنها غداً بعد صلاة العصر بالقرب من جدها، قرّة عينه وحفيدته المفضلة، ملكة الجوري كما كان يحلو له أن يسميها. تنفست الصعداء. شعرت أنني كنت سجين فكرة واستعدت حريتي منها. لا أريد لأحد أن يقتسم مع جوريا رغيف أسرارها. حياتها ملكها وحدها ولا يحق لأي مخلوق أن يطلع بمماتها على ما حرصت على إخفائه في حياتها، حتى لو أرادت هي ذلك. شعرت بأعراض قراري الجانبية: وخز في الضمير وضيق في الجسد وخدر في التفكير، لكنني لم أعرها اهتماماً.. لن أخبر أحداً بموضوع الوصية.. نقطة من أول السطر. سامحيني يا جوريا! ولكن ماذا عن مجالس العزاء العامة يا صفوان؟ للرجال في صالة المبرّة في المزة فيلات غربية أيام 9 و 10 و 11 بعد صلاة العشاء، وللنساء في مزرعة ماهر سعد في الزبداني أيام 10 و 11 و 12 بعد صلاة العصر. لا يهم.. لا يهم.. المهم ألا يعرف أحد أن جوريا كانت متزوجة سراً في فرنسا.

انتهينا من كتابة النعية وأرسلناها إلى الصحف، ثم بدأنا التحضير للبيان الذي سنزود به بعض الفضائيات. خطر لي اقتراح التنويه في هذا البيان إلى اكتشاف جوريا الأخير تجنباً لأي مخاطر قد تأتي من طرف سعد الوغد. من يدري ربما يتهمني بسرقته ويوقعني بسين وجيم ريثما تظهر الحقيقة!

- أستاذ أدهم! لقد ذكرت لي السيدة جوريا منذ فترة شيئاً عن اكتشافها الجديد في مجال صناعة العطور، ألا ترى أنه من المناسب التنويه له في هذا البيان؟

- لا بـأس، ولكـن يجـب أن نتعاطـى مـع الأمـر بحذر شـديد أخ صفـوان.. أعنـي علينـا أن نتجنـب ذكـر أي تفاصيـل بخصوص طبيعته إلى أن نحصل على براءة الاختراع في هذا الشأن.
- بالتأكيد.

أردت أن يكون البيان خطياً نرسله بالفاكس أو الإيميل إلى الفضائية السورية وفرانس 24 وبعض الفضائيات الأخرى، لكن الأستاذ أدهم والسيد ماهر أصرا على أن يكون مقروءاً من قبلي شخصياً أمام الكاميرات كوني، حتى هذه اللحظة، مدير أعمالها والمخوّل قانونياً بكل البيانات الصادرة عنها والمتعلقة بها وبمؤسسة داماسكينا التي تملكها بما فيها المصنع. لم يساورني أدنى شك أن المهمة أكبر من مقاسي بكثير وأن العتمة في داخلي لن تمكنني من الوقوف أمام أضواء الكاميرات. حاولت التملص والمراوغة وإقناعهما بإرسال البيان مكتوباً، لكنني لم أفلح. يا إلهي! كيف أقف أمام كاميرات العالم كله لأنعي بستاناً؟ وكيف أتماسك أمام خلطة ألمٍ لا أحد يعرف مقاديرها ومكوناتها سواي؟ وكيف أطوي ببيان صغير امتدادات جوريا وأجنحتها التي فردتها على عرض الكرة الأرضية وطولها، وكيف؟ كيف أختزلها بنعيةٍ من سطرين وتاريخ وفاة وقبر؟ شعرت ببعض الدوار فأمسكت رأسي بكفيّ مخافة أن يطير مني وأسير إلى كاميرات الفضائيات بلا رأس.

وقفت أمام أضواء الكاميرات وحيداً داخل ملابسي أنعي ربيعاً بصيفٍ يحرق جوفي وشتاءٍ يصقع أطرافي وخريفٍ يبعثر أفكاري صفراء على أرصفة الوجع:

ببالغ الحزن والأسى والإيمان بقضاء الله وقدره، تنعي مؤسسة داماسكينا للعطور الدولية مالكتها خبيرة العطور العالمية السيدة جوريا سعد (روزا داماسكينا) التي وافتها المنية عن عمر يناهز 65 عاماً إثر نوبة قلبية حادة. وسيشيع جثمانها الطاهر يوم غد بعد صلاة العصر من مشفى الشامي إلى مثواها الأخير في مقبرة العائلة. إننا إذ نتقدم بأحر التعازي لأسرتها وموظفيها وجميع العاملين في مجال العطور حول العالم، ننحني إكباراً أمام المسيرة المشرّفة لأيقونة الجوري الدمشقية التي كانت ولا تزال رمزاً من رموز الإبداع في العالم بأسره بمجموعتها المتسلسلة الذائعة الصيت «كونترا أنسامبل» ومجموعاتها الثمينة الأخرى، فضلاً عن ابتكاراتها المتعددة التي أثرت بها عالم صناعة العطور، والتي ستُعلن المؤسسة عن آخرها قريباً في مؤتمر صحفي. لا نقول إلا ما يرضي الله.. لله ما أعطى و...

بدأ الضباب يتكاثف أمام عيني ورائحة الرحيل تتغوّل حولي ممزوجة بعبير كونترا أنسامبل. حاولت جاهداً أن أنجو من وحش البكاء الذي كان يلاحقني منذ الكلمة الأولى في البيان.. قاومته بشراسة المحارب، لكنه سرعان ما تغلب علي وأرداني رتيقاً عتيقاً أمام الكاميرات. انفجرت بالبكاء أمام عدسات تنقل الخبر مباشراً على الهواء إلى كل أرجاء المعمورة. لقد أصبحتُ خبراً عاجلاً، أكثر عجالة من رحيلك يا جوريا. شعرت أن أحدهم نزع عن صدري قميصي، فبدت ضلوعي المتكسرات الشائكات عارية أمام الجميع. يا لسري الذي لم يعد سراً!!

انسحبت من المكان قبل أن أكمل آخر جملة في البيان ولحقت بي عدسات الكاميرات كظلي. كان أدهم وماهر في انتظاري وقد شعرا ببعض الذنب لزجّي في هذا الموقف المهين لرجولتي. لاحظا عدم توازني، فسندني أدهم بذراعيه فيما سارع ماهر لإحضار سيارته حيث ركنها في مكان قريب. أصرا على التوقف عند إحدى الكافتيريات لتناول المناقيش والشاي. أبديت معارضتي الشديدة. كانت معدتي في حالة فوران وضجيج شديدين، وكنت في حاجة ماسة إلى نفسي.. في حاجة لأن أهدهد أفكاري وأنام معها. رفضا رفضاً قاطعاً وخاصة حين علما أنني لم أتناول الطعام منذ فطور الأمس. جاملتهما بمثلث واحد من منقوشة زعتر وكأس شاي ثم أصرّا على توصيلي إلى البيت.

- وسيارتي أستاذ أدهم؟ لقد تركتها مركونة بالقرب من مكتبك.
- أعطني المفتاح سأطلب من سرمد أن يوصلها إليك اليوم بعد الظهر. لا تشغل بالك بها. المهم أن تأخذ قسطاً جيداً من الراحة قبل الغد. لدينا الكثير من التفاصيل غداً.
- ولماذا سرمد؟ سأطلب من سائقي أن يذهب لإحضارها لك في الحال.. أعطني المفتاح يا صفوان ودعني أتصرف! ستكون عندك خلال ساعة أو أقل، لا تقلق.

لدغتني أفعى حين تذكرت أني تركت أوراق جوريا داخل السيارة. يا إلهي! لا يمكن أن أعطي المفتاح لأحد. لا سرمد ولا سائق ماهر ولا أي مخلوق على وجه الأرض. يجب أن أحضرها بنفسي.. بنفسي ولا أحد غيري.

- لا تشغلا بالكما بي. لست بحاجة إلى سيارتي اليوم، وفي جميع الأحوال سنلتقي صباحاً في مكتبك أستاذ أدهم كما اتفقنا. سأستقل سيارة أجرة إليك في الصباح وأعود بسيارتي.
- كما تشاء أخ صفوان. المهم أن نراك غداً بألف خير. حاول أن تسترخي وأن تأخذ قسطاً من النوم. لقد كان يومك طويلاً. بأمان الله.

وصلت البيت وفي داخلي صحرائي. طافحاً بجراحي، رميت بمعطفي إلى الأريكة ونظرت حولي فلم أجد أحداً ولم أسمع صوتاً. ما كل هذا الهدوء المريب؟ لماذا لم يعد الأولاد من المدرسة بعد، وأين اختفت دينا؟

- دينا! يا دينا! دينا! يا أولاد! أين أنتم يا أولاد؟

لا صوت في البيت سوى صوتي ولا أنفاس غير أنفاسي ولا وجع إلا وجعي. غرف النوم خالية، موحشة، لا تدين بولاء لأي من قاطنيها. المطبخ بلا رائحة.. سمعت الدقائق تتساقط عارية من ساعته الجدارية فتلتقطها الأرض. عدت إلى الصالون.. أجلت النظر فوقعت عيني على ورقة فوقها قلم رصاص على طاولة الطعام.

"صفوان..

هكذا أتوجه إليك من دون مقدمات ومن دون أي كلمة تسبق اسمك، لأنني ببساطة لا أعرف من أنت ولا من أكون. عزيزي؟ ربما تكون عزيزي وأكون عزيزتك بحكم العشرة الطويلة بيننا والخبز والملح والأولاد. ربما.. لست متأكدة من ذلك. حبيبي؟

لستَ بعد اليوم حبيبي وما كنتُ يوماً حبيبتك. لذا دعها تجيء هكذا كفنجان قهوة سادة.. كرغيف خبز حافّ.. كحياتي معك.

لا يوجد امرأة في العالم تتحلى بأدنى درجات الكرامة تقبل أن ترى الملايينُ زوجَها ينتحب كالنساء على امرأة أخرى. «جوريا سعد» اللعنة التي رافقت حياتي معك منذ التقيتك قبل عشرين سنة.. قطعتْ كل دروبي إليك وامتصتْ شهيتك للحياة معي. «جوريا سعد» اللعنة التي ألحقت الهزيمة بي وأذاقتني مرّ المنفى وأنا في عقر داري، واستوطنتْ فيه وفيكَ رغم أنفي. «جوريا سعد» قارورة العطر الجوري التي اكتسح عبيرها مساحات رئتيك وحوّلني مع الأيام إلى امرأة بلا عبير.

برجي برج الانتظار، برج الصمت والصبر والاحتمال. أكنس البيت كل يوم من آثار خيبة الأمس، ثم أنتظر علّني أثبت لك أنني اليوم جديرة بحبك، جديرة بنظراتك، جديرة برجولتك وأنوثتي، وأن هذا الحلم البعيد القريب قد يصبح اليوم لي. لكنني في كل مرة أعود إلى حقلي يابسة كالقش لأجمع من جديدٍ أمواتي بشاهدة ورخامة وقبر.

من علّمني كل هذا الصمت؟ من أقنعني أن الصمت فضيلة حين تكون الحراب مغروسة في خاصرتي وأوراق سنيني رفات موتاي وقهوتي على النار تغلي البن المحمّص بأنفاس جمراتي الفتيّات؟ يا أمي، يا أكاديمية الصمت! الصمت، إن كنت لا تعلمين، خيانة.. خيانة لأبواب توصدينها على جراحك الآسنات حتى يعلوها ويعلوك العفن. خيانة للغة تختصرين مفرداتها

بفعل البكاء.. لوقت تبيعينه بأبخس الأثمان لمن لا يشتريه. خيانة لما تظنينه حضوراً وهو ذروة الغياب.. لرغبات تشيخ ووسادات نحشوها أحلاماً كاذبات.. لأطفال يفهمون من صمتنا أن كل شيء على ما يرام.. كل شيء على ما يرام. في هذا الصمت لا شيء غير الخيانة يا أمي.. لا شيء غير الخيانة. وأنا اليوم قررت أن أتوقف عن الخيانة وأن أدخل في جسدي الحقيقي وجلدي الحقيقي. لن أتزيّا بأثواب العيد بعد اليوم وفي داخلي كعكة يابسة ينهشها الجوع والعطش. ستقولين: لا سابقة للطلاق في عائلتنا يا دينا، سأقول: وأنا أول المطلقات. ستقولين: اصبري لا بد للطير أن يعود إلى عشه، سأقول: الطير أصبح غراباً يا أمي، الغربان لا تستحق الانتظارات. ستقولين: لا تخربي بيتك يا دينا ولا تشمّتي فينا الأعداء، سأقول: البيت الذي لا يكتمل فيه الحضور لا يليق به البنيان. ستقولين وتقولين وتقولين ولن أسمعك بعد اليوم.. لن أرقّع أثواب خيبتي العاريات.. ولن أكون حطباً مشتعلاً لدفء سيرة عائلتي الذاتية. وهذي السنوات الماضيات كحد السكين لن أشحذها بعد اليوم لتنال من جيدي، ولن أكون بعد اليوم ذراعين فارغتين لعناقات الليالي الباردات. آسفة يا أمي لن أكون طالبة في مدرستك بعد اليوم. سامحيني! سأرفع صوت الأنا وأودع إلى الأبد طبقاته الواهنات.

صفوان..

في الوقت الذي تقرأ فيه هذه الرسالة سأكون أنا والأولاد في بيت أختي سارة في قدسيا وسنبقى فيه إلى حين عودتها وعائلتها من السعودية في الصيف القادم. أتمنى أن ترتب أمورنا

قبل هذا التاريخ، فإما أن تغادر البيت وأعود أنا والأولاد إليه، أو تبقى فيه وتجد لنا مكاناً آخر بالقرب من مدرسة عمار وأروى، أما علياء فستكون السنة القادمة في الجامعة. لن أقيد خياراتك، لك ما تفضّل وبالإمكانيات المادية التي تتماشى مع وضعك الحالي الذي لا أعرف عنه الكثير كما لا أعرف عنك الكثير.

بالنسبة إلى الأولاد بإمكانك زيارتهم متى شئت، اتصل بهم ورتب معهم الأوقات التي تناسبكم.. أعدك أنني لن أتدخل في هذا الشأن على الإطلاق، ولن أسمح لنفسي يوماً أن أحرمك منهم أو أحرضهم عليك، فأنت أبوهم وقدوتهم ولن أكسر أيقونتهم حفاظاً على سلامتهم النفسية لا عليك. لقد أصبحوا جميعاً في صورة الوضع الحالي. يشعرون بكثير من الحزن والغضب لما آلت إليه الأمور، خاصة أروى فهي صغيرة على كل هذه التفاصيل المريرة، لكنني على يقين أنهم شيئاً فشيئاً سيعتادون حياتهم الجديدة. أعلم أنهم أقوياء وأنهم سيجتازون هذا الامتحان الصعب قريباً وبأقل الخسائر الممكنة بإذن الله.

أما أنا، فاليوم أتممت نحيبي معك وعليك. القوافل مرت وندائي ضاع، فتباعدت المسافات وترهّل الزمن الذي يجمعني بك. لقد فعلت كل ما في وسعي لأنال رضاك، لأنال نظرة تقدير من عينيك تدفئ قلبي الذي ألقيتَ به إلى الصقيع منذ سنوات. لم أتأقلم يوماً مع فكرة أنني لا أعني لك شيئاً وأنه لا متسع لي في فؤادك الفارغ مني المليء بغيري. بكل ما أوتيت من ذل، خضت معاركي واستجديت.. استجديت بالفعل، بالكلمة، بالنظرة. ما تخيلت يوماً أن الطويل سيكون انتظاري وأن القوي

سيكون انكساري وأنني سأموت ببطء على مهل الذل والهوان. ليتك احتضنت وحدتي وأقعدتني عن الرحيل يا صفوان! لكن الأوان قد فات.

سأطوي في فمي مفردات العتاب وأنتظر منك ورقة تعتقني من خيبة انتظاراتي. ولسوف يذكّرنا الخبز والملح على الدوام أننا أنجبنا إلى المستقبل ثلاث سنبلات مليئات بالقمح، وأن مسؤولياتنا تجاه الحصاد النبيل أسمى من كل الجراح وأكبر بكثير من تفاصيل ماضينا الذي راح. أعدك أنك لن ترى وجهي بعد اليوم. وداعاً يا صفوان.

دينا أم أولادك أو سمني ما شئت ما عاد يهم".

تمددت قامةُ ظلي على رخام الصالون الكبير وحيدة في انتظار الغياب. البيت غريق الصمت وأنا بحّار عتيق ومراكبي عاريات كالماء. يا غياب! قد أتيتك بجناحيّ مكسورين فاحملني على ركبتيك وهدهد لي نومي ريثما تنبت وريقات كرومي الناحلات. ما جاءت مواسم الرحيل فرادى. لمن أبقى؟ أنا الفقير في الحب لمن.. لمن أبقى؟ خرجتُ من كل القصائد والأغاني والتحيتُ صمتي وشاربيّ الغياب وموتي البطيء.. ريثما.

***

في المرأة امرأة أخرى لا يعرفها أحد

تستيقظ حين تنكسر،

حين تؤمن بألا أحد في هذه الدنيا سيكون معها،

فجأة تصبح أقوى.

“نجيب محفوظ”

الفصل السابع عشر

غراس..

والعود أحمد

كان القرار أشد استحالة من التزلج على سطح القمر، وأكثر وعورة من تسلق عطارد. بعد صراع مرير مع التردد، خرجتُ من كهوفه المظلمات حاسمة ألمي وأمري.

غادرتُ دمشق وقد طويت أسراراً تحت لساني لا يدري بها أحد.. إلى حين. لم يكن الوقت مناسباً لمناقشة أمور على هذه الدرجة من الجدلية والعاطفية والإشكالية. سأفعل كل ما في وسعي للنهوض باختصاصي إلى أعلى المستويات العالمية مهما كلفني الأمر.. مهما كلفني الأمر. يجب أن أكمل دورتي حول الشمس. لن أقبل بأقل من ذلك، ولن أستسلم للضغوط مهما كان حجمها ووزنها. وفي غضون ذلك سأرى ما تكتب لي الأيام مع بيير وعلى ضوئها أحدّث قراراتي. أما جدّي فسأماطله وأنقل إليه أباريق أخباري كأساً كأساً حتى يسهل عليه شربها. أنا في أمان لسنة كاملة على الأقل.

سأخبره بأن تخرجي قد تأخر بسبب رسوبي بإحدى المواد أو مرض أحد المحكّمين لمشروع تخرجي وبعدها أفتش عن كذبة اخرى، ريثما. سامحني يا جدي! ما ارتديتُ ثوب البُعد نكراناً، وما كذبتُ هروباً منك ومن نعمة وجودك في حياتي، لكن لي ذاك المقعد في قطار صافر نحو الشمس. ربما لا تراه ولا تسمع صفيره لكنني أراه وأسمعه بكل وضوح.. بكل وضوح وشغف ولهفة وانتظار يا جدي. سامحني أرجوك!

عدت إلى غراس حاملة عطشي للعالمية وجوعي لبيير. مساء يوم السبت وبريجيت في انتظاري على أحر من الجمر.. وتلفزيونها أيضاً في انتظاري، تماماً كما توقعت. لم يتغير شيء في هذا البيت الضاجّ الدافئ. أسندتُ حقيبتيّ الثقيلتين بسرعة إلى جدار الصالون، وأنزلت عن كتفي الثالثة، وركضت إليها أعانقها بكل ما أوتيت من لهفة الرجوع. ما أحلى الرجوع إليها وإليك يا بيير. كانت ضحكتها الوديعة سرباً من خزامى. مدّت نحويَ كفّيها العتيقتين المغسولتين بحرارة الشوق والانتظار. أما تلفزيونها المشاغب فلم يلتفت إلي، تابع نشاطه اليومي في غراس وضواحيها وكأنني ما كنت.

- "اصعدي إلى غرفتك يا صغيرتي، الماء الساخن بانتظارك.. خذي حماماً دافئاً ورتبي أشياءك على مهلك ريثما أعد طعام العشاء. اشتقت كثيراً لجلساتنا في المطبخ وأحاديثنا التي لا تنتهي. أريد أن أعرف آخر أخبارك وأخبار عطلتك في دمشق. ماذا فعلت ومن التقيت وكيف كانت أيامك هناك.. لقد طال شعرك كثيراً في هذه المدة القصيرة وأصبح أكثر صحة

ولمعانـاً! مـاذا فعلت له يـا ملعونة؟ قولي لـي!"، قالت وهي تمسد بحنان على شعري الأسود الكثيف.

- صدقينـي لا شـيء يـا بريجيـت.. إنها ميـاه دمشـق العذبة. لا شيء أكثر من ذلك.
- البيت موحش بدونك يا جوريا والطعام لا طعم له. بالمناسبة، ماذا تريدين للعشاء؟ عندي دجاجة كاملة بإمكاني أن أشويها فـي الفـرن مـع بعـض الجـزر والبطاطـا، وعنـدي أيضـاً قطـع إسـكالوب دجـاج مع البطاطا المقلية، فمـاذا تفضلين؟ الخيار لك يا حلوتي.
- أريد كبة!
- ماذا؟
- "كبة يا بريجيت.. كبة مقلية.. أريد كبة مقلية"، رفعت صوتي إلى آخر طبقاته.
- لا داعي للصراخ أسـمعك جيداً يا صغيرتي ولكنني لا أفهم ما تقولين.
- لا أحـد علـى وجـه الكـرة الأرضيـة لا يعـرف الكبة. هـي أكلة سـورية تتحدر من أسـرة عريقة نبيلة.. عبارة عن كرات لذيذة مـن عجينـة البرغل واللحم محشـوة باللحم المفـروم والبصل والصنوبر والجوز.
- إمممممـم.. تبدو مـن الوصف لذيذة.. ولكنني لا أعرف كيف أحضّرها لك. بالله عليك لا تعقدي الأمور علي يا جوريا! دجاج فـي الفـرن وخلصنا. أم إنك نسـيت مطبخ بريجيت الفرنسـي وما عاد يعجبك طعامي بعد عودتك من دمشق؟

- لا تشغلي بالك يا بريجيت أنا سأحضر عشاء اليوم. أنت اليوم مدعوة إلى عشاء سوري فاخر عند الشيف جوريا سعد، حضرتنا. فقط حضّري لنا أي نوع من أنواع السلطة التي تريدين ريثما أستحم وأعود إليك بكامل جاهزيتي وإبداعي.
- لا.. لا لن أقبل! أنت متعبة ويومك كان طويلاً. نؤجل الكبة إلى يوم آخر، أرجوك!
- لا لن نؤجلها. الأكلة بسيطة وسريعة التحضير ولا تتطلب أي مجهود خاصة عندما تكون الأيادي خبيرة.
- الأيادي خبيرة!! إمممم.. الشيف جوريا سعد إمممممم.. ألم تقولي لي يوماً إنك لا تعرفين شيئاً عن المطبخ السوري ولا حتى عن أي مطبخ آخر على وجه الأرض، أم إنني مخطئة؟ أم تراك خضعت لدورات تأهيل مكثفة على يدي جدتك، وأتيت إلي تستعرضين عضلاتك السورية هنا أيتها الشقية؟
- بلى قلت لك ذلك، أعترف وأنا بكامل قواي العقلية.. ولم أخضع لأي دورة لا على يدي جدتي ولا غيرها.
- إذاً أين هي الأيادي الخبيرة التي تتكلمين عنها؟
- أيادي جدتي نزيهة. لقد حضرت لي الكبة المقلية وجمدتها في الثلاجة وأرسلتها معي هي والكثير الكثير من الأكلات السورية الأخرى، وما على الأيادي غير الخبيرة الآن سوى تسخينها في المايكرويف، وما على الأسنان الخبيرة سوى الانقضاض عليها. هاهاها. بالمناسبة جهزي لي مكاناً في الثلاجة كي أضع فيه ما أحضرت معي من مأكولات سورية شهية قبل أن يذوب الثلج عنها وتفسد.

- ضحكت علي أيتها الشقية وأنا صدقتك بكل سذاجة. اصعدي إلى غرفتك إذاً وأنا سأرتب الطعام في الثلاجة وأحضّر السلطة وأنتظرك في المطبخ بفارغ الصبر لنعرف ما هي قصة الكبة السورية العابرة للقارات وقصة جدتك نزيهة معها.

اجتازت جدتي امتحان بريجيت بامتياز. لقد وقعت في غرام الكبة المقلية منذ اللقمة الأولى بالرغم من استغرابها لنكهتها بعض الشيء، لكنها لم تخف دهشتها حين أخبرتها عن عدد الساعات التي قضتها جدتي منكبّة في المطبخ برفقة أم عطية وميادة لإعداد كمية تكفي لإطعام العائلة بأكملها من أولاد وأحفاد لوجبة واحدة أو وجبتين على الأكثر.

- أعترف أنها طبق فني رائع ومميز يا جوريا، ولكن ما الذي يدفع جدتك العجوز أو حتى أي امرأة بنصف عمرها لقضاء ساعات طويلة في المطبخ في إعداد طبق تلتهمه العائلة في أقل من نصف ساعة؟ هذا ليس عدلاً، أليس فيه مضيعة للجهد والوقت؟ أعني، هناك الكثير من الوصفات الشهية والمغذية والسريعة التحضير، فلماذا نذهب إلى الأصعب؟ الحياة قصيرة يا جوريا.. صدقيني.
- إنه الحب يا بريجيت. الطعام في الشرق صندوق بريد يحمل رسائل طاعنة في العواطف والمشاعر. الأكل ثقافتنا. نحن لا نأكل فقط لنعيش.. نحن نأكل لنُتخَم بالحب والحنان، لنقارب المسافات فيما بيننا، لنجتمع حول جذورنا وعاداتنا، لنروّض أولادنا على الذوبان في العائلة، لنخبر من نعدّ الطعام له أنه يعني لنا الكثير وأنه يستحق جهدنا ووقتنا ومالنا.

الأم التـي تطهـو الطعـام لعائلتهـا تتـرك وراءها رائحـة خاصة يسـتدفئ بهـا أبناؤها حتـى بعد رحيلها بسـنوات. إنهـا ثقافة الـدفء والشـعور بالأمـان، ثقافـة العطـاء والاهتمـام بالآخـر، ثقافة منقوشـة الزعتر السـاخنة التي تتلقفها الأيادي بشـغف وتتقاسـمها الأفواه، ثقافة المطبـخ: مملكة المرأة وتاج البيت وأكبر مصنع للحب.

أشفقت على أمي وأنا أخبر بريجيت بحماسة عن ثقافة الحب والأمان. ضاقت بي حروف دمشق وشعرت بالازدواجية المقيتة. لطالما تساءلت في سري: لماذا لا تشبه أمي جدتي نزيهة في شيء؟ لماذا لا تشبه أم عطية؟ لماذا لا تشبه جاراتنا في الغوطة وفي حي المهاجرين؟ ربما كانت أمي شتلة غريبة نمت في ثقافة ليست لها. لقد أوهنتْ روحَها بحروف الغضب وآمنت بها واعتنقتها أبجدية من نار، ثم نامت وحيدة في الصقيع. زرعتْ غضبَها في كل مكان، وعادت إلى ذاتها الوجيعة بسنابل فارغات من كل شيء. كان ضبابها أكثف بكثير من أن تراني.

اتصلت بها ثلاث مرات كي أودعها دون جدوى. لم ولن تسامحني يوماً على ما اعتبرته «مؤامرة» تُحاك ضدها ومحاولة دنيئة مني لزجها في مشفى الأمراض العقلية بتحريض من عائلة أبي التي «أدين لثروتها بالولاء»، حسب زعمها. آه يا أمي! لو تدرين كم عانيتُ وكم أعاني بسبب ضيق أفقك وهواجسك التي لا ضفاف لها. مسكينة أنت بنفسك يا أمي.. ومسكينة أنا بكِ وبأبي! مسكينة ومكسورة وفقيرة ويتيمة بكما! يتيمة بكما!

مر يوم الأحد عجوزاً مملاً. كانت بريجيت مدعوة لحضور حفل زفاف ابنة أختها في مدينة إكس أن بروفانس، وسوف تبيت ليلتين هناك. حاولت جاهدة إقناعي بمرافقتها كي لا أبقى وحدي، لكنني كنت متعبة من السفر الطويل بالأمس، بالإضافة إلى أنني سأتوجه صباح الغد إلى المعهد للقاء بيير ومناقشة بعض تفاصيل مشروع تخرجي «كونترا أنسامبل» وموضوع العمل الذي عرضه علي قبيل سفري إلى دمشق. كنت في أمس الحاجة لتلك الوحدة لأشد أزر أفكاري الرخوة للغد وما بعد الغد. شعرت برهبة البحر لمن لا يجيد السباحة. الأنثى التي في داخلي خائفة من مرارة خيبة الحب، أما صانعة العطور فهي بين بين: خائفة لكنها تتعرف إلى قوتها بمتعة وسعادة، وقدماها تتلمسان الطريق على درجات السلم الأولى حتى قوس النصر. الخوف والحب في عبارة واحدة يتراصفان.. يتدفقان.. يتشابكان ويستعصيان على التفسير. أي مفترق سيوصلني إليك يا بيير، وكم شرفة عطور سنمر تحتها أنا وأنت والقادم من الأيام إلى أن نلتقي تحت سقف واحد، أو لا نلتقي على الإطلاق؟

كانت مشاعر الحب تتقافز داخلي كالغزلان الفتيّة، لكنني شعرت أن زيارتي الأخيرة إلى دمشق وغيابي عن غراس لبعض الوقت صقلاني وأعادا توجيهي بطريقة مختلفة، طريقة ما ألفتها من قبل. شيء ما اكتمل في داخلي، وهذه التي كانت بالأمس أنا أصبحتْ اليوم كثيفة الهدوء شديدة التصميم عميقة الأحلام. لقد أصبحت صلة قدمي بالطريق غزيرة الملامح وتضاريسها تضاريس الدرب الذي بات يناديني جهراً باسمي: جوريا داماسكينا،

لا تمكثي طويلاً في داخلك! اخرجي واستوهجي بأقدارك ولا تضيعي الفرص!

لا أعرف بالضبط ماذا جرى في داخلي لكنني متأكدة أن شعوري باليأس من وجود أمي وأبي بشكل إيجابي في حياتي وخوفي من فقدان جدي في أي وقت لعبا دوراً كبيراً في تفكيك عقلي وقلبي وإعادة تشكيلهما بطريقة تتماشى مع التحديات العاطفية والمهنية والنفسية التي أواجهها وحدي، ولا أعرف أين تقودني في نهاية المطاف. نضجت على طريقتي الخاصة غير متكئة على أوتاد خيمة مزدحمة بالاحتمالات و«الرّبمات» والانكسارات. فردتُ لروحي مساحة أكبر من الضوء وأسرجت خيول لهفتي قليلاً خوفاً من أن يأتي يوم تهزمني خيبتي. أحبك يا بيير في كل جورية استنبتت جمالاً لهذا الكون الفسيح واحتفت بشمسه الساطعة وسأظل أحبك حتى آخر جورية في عمري وآخر حزمة شمس، لكنني أريد أن أمشط شعري الطويل بهدأة وأناة حتى أراه مرتباً وأنيقاً إذا ما استفقت يوماً على صفعة من حلمي الجميل.

كانت أول ليلة في حياتي أقضيها وحدي. تجربة لا تخلو من بعض الخوف والتوجس والتخيل والأرق. صوت هنا.. نقر خفيف هناك.. مواء قطة تحرش بها قط وقح في الشارع.. حفيف غامض في الحديقة الخلفية للمنزل.. روح سيسيل تتجول بحرية في المكان المألوف تبحث بشغف عن صديقتها الغائبة وتعبث بأواني المطبخ.. وجاك الخائن عاد معتذراً عن قتل بريجيت لكنه لم يجد جثتها الحية في المنزل، فانتظرها على أريكتها

في الصالون. تفقدتُ باب غرفتي عدة مرات، لكن الأبواب الموصدة لا تمنع الأرواح التي تحررت من أجسادها من الدخول إلى حيث تشاء. لقد أشعل شيطان الظلام والوحدة نار الخوف في رأسي المتعب، فاستعصى علي النوم المتواصل وأبى. ليلة أخرى بانتظاري. وبالرغم من كل الخوف، شعرت أنني أحبو نحو أنا الجديدة، أنا الشاطئ الذي يغسل جسد المرافئ بالعطر، أنا معول الأرض الفتية وحواكير الجوري وأصابع الشمس البهية فوق جبين المتوسط.

لملم الليل سواده على مهله، وجاء الصباح محدّقاً في عيني المتعبتين.. قامته طويلة والضوء وهّاج، أو هكذا شعرت. إنه اليوم الذي سألتقي ببيير بعد غياب ثلاثة أسابيع مرت كأنها سنة. سكنني شعور أن روايتي معه ستبدأ فصولها الفعلية اليوم. أرى إليه طريقاً يبشرني بعطر يتناثر رذاذه فوق لهاث ريح متوسطية تدفعني برفق إلى الأمام. يارب!! تناولت بحذر زجاجة زيت الجوري التي أحضرتها له من معصرة مزرعة الجوري، وضعتها في حقيبة يدي وانطلقت إلى المعهد سيراً على الأحلام. كان الطقس بهياً كنزهة ريفية. إنه شهر أيار أجمل فصول السنة في غراس، أحب فيه اخضراري ورائحة زمرّدي ومذاق طِيب الوعود الصيفية. سار أمامي قلبي يهِفّ للوصول إلى مكتبه. ناديتُ بصمت: يا ذَوب المتوسط في عينيه قسِّمْ الأزرق بيني وبينه واجعل الشمس من نصيبه ونصيبي!

كان هناك.. بكامل حبي له وشوقي إلى لقياه.. كان هناك، وتفاحته الخضراء على مكتبه نصف مقضومة والشاي في كوبه

ينتظر، مثلي. غارقاً بين كومة مجلات وصحف وأوراق، رفع نظره نحوي موجة موجة فوَجّ مصباحُ وجهه وعلت عينيه زرقةٌ على زرقة فخلتُ أنني المتوسط بخصور موجاته الحالمات. صدّقني! لا بحر أجمل من عينيك يا بيير! تحلّقت حول فمه تجاعيدٌ باسمات وأزهر ياسمين أسنانه بابتسامة مشتاقة رفأت بأناة ما تمزق من روحي في الغياب وفي الحضور الغياب، وطرّزت بخيوط الدفء الحريرية أطرافها اليابسات.

- أهلاً غوزا.. كيف حالك يا عزيزتي؟ أنت هنا في غراس!! مرحباً بك، متى عدت من دمشق؟

كان صوته يضجّ بالحياة كجمرة فتية، أخضر كعرائش باكورة الصيف... علّقتُ عليها عناقيد أعنابي وتوكلت على الله. ربما بالغتُ قليلاً بإحساسي، ربما امتزج إحساسي بأملي فأنتجا خلطة سحرية رائعة، لكنه بكل تأكيد كان أشد حماسة من ذي قبل، ولم تخف علي فرحته بعودتي إلى غراس.

- "أهلا بك برفسور بيير. أنا الحمد لله بخير. عدت أول أمس"، قلتها بعد أن نظفت حنجرتي برقة مما تراكم عليها من دهشة وارتباك.
- كيف كانت إجازتك؟ أكيد استمتعت بصحبة الأهل والأصدقاء في دمشق.
- نعم استمتعت كثيراً خاصة بصحبة جدي وجدتي ومزرعة الجوري. على فكرة، مزرعة الجوري تهديك السلام وترسل لك تذكاراً بسيطاً.. أتمنى أن تقبله منها ومني وأن ينال إعجابك.

- ما هذا؟
- "زجاجـة زيت جوري صاف 100% من مزرعتنا ومعصرتنا في غوطة دمشـق أشـرفت علـى إنتاجه بنفسـي". انحنيت نحوه وفي يدي فخر العالم وقارورة الزيت.

تناول القارورة بشغف ثم فتحها وأغمض عينيه ونسي أنفه الطويل داخلها للحظات. أما أنا، فنظرت إليه ونسيت أن أتنفس.. ضاقت بي رئتاي بانتظار ما سيقول. همست مزرعة الجوري في أذني «أيتها المغسولة بزيوتي الصافيات وماء وردي الشهي النقي استرخي قليلاً وثقي بي! لن أخذلك يوماً». ارتديت أنفاسي واستنشقت فضائي من جديد.

- يـا إلهـي ما أجمـل هذه الرائحة ومـا أكثفها! يا إلهـي يا غوزا! أكاد لا أصدق ما أشم!

تحولتُ في لحظة إلى قارورة كبرياء تستحم بشلالٍ من ورد وعنفوان وإباء. تفتحت كلماتُه وشاحاً على كتفيّ وشعرتُ أنني أعيش داخل أجمل لحن سمعته في حياتي: صوت أبواب تتساقط بيني وبينه وترتطم بالأرض عند قدميّ. رفعتُ عيني وقلبي إلى السماء ودعوت الله ألا يرحل هذا النهار. إنه نهاري وشمسه فاكهتي المتوسطية التي انتظرت حتى أعياني الانتظار.

- غـوزا! إنهـا بحـق أجمـل رائحـة جوري دمشـقي شـممتها في حياتـي. يـا إلهي! روحهـا مليئـة بالعواصف»، أعـاد أنفه إليها ونسـيه مـرة أخرى هنـاك وراح يبحـث عنه ويبحـث ويبحث ولا يجده.

- كانت هذه المرة الأولى التي أسمع فيها عن زيت روحه مليئة بالعواصف. لست أدري من أين أتى بها! ربما كان يقصد روحي العاصفة منذ قليل، لكنها سكنت كقصيدة.. كمنديل حريري مطوي في جيب معطف شتوي دافئ وحنون وأنيق.
- أيّ التقنيات تعتمدون في مزرعتكم؟ لا لا تقولي! انتظري! دعيني أخمّن.. إمممم على الأغلب هي تقنية قديمة..
- نعم إنها تقنية التقطير التقليدية. تقنية آبائنا وأجدادنا. لقد ورث جدي المزرعة عن جده لأبيه وكان حريصاً كل الحرص أن يُبقيها على حالها وأن يحافظ على هويتها. حتى الجوري الدمشقي لا يزرع منه إلا أفضل الأنواع والسلالات من اللونين الأبيض والوردي، تماماً كما كان يفعل أبوه وجده منذ زمن طويل.
- هذه القارورة كنز حقيقي يا غوزا. شكراً جزيلاً لك ولمزرعة الجوري ولغوطة دمشق ولجدك. سأحتفظ بها بين مقتنياتي الثمينة. يا إلهي ما أجملها!
- سعيدة جداً أنها أعجبتك.

في الحقيقة لم أكن سعيدة.. كنت شجرة خوخ وأجراس سمّاق صيفية وحقل سنابل يوزع شمساً وقمحاً على العالم بأسره. لقد كان بيير مزروعاً في أعماق فؤادي كجورية.. إنه صيفي المتوسطي وكروم عشقي الأبدي ورشاقة الهاء في هيّا يا جوريا هيّا هيّا لا تمكثي طويلاً في داخلك.

- غوزا! بالمناسبة هل قرأت إعلان لجنة التحكيم في لوحة الإعلانات قبل أن تدخلي إليّ؟

- للأسف لا برفسور. لقد توجهت من الخارج إلى مكتبك على الفور ولم أتوقف عند لوحة الإعلانات. آسفة.
- لا عليكِ.. لقد حددت اللجنة يوم الأول من حزيران موعداً لمناقشة مشاريع الطلبة هنا في قاعة الاجتماعات في المعهد. أرجو أن تكوني على أهبة الاستعداد للدفاع عن مشروعك بكل ما أوتيت من قوة وحكمة. غوزا! كونترا أنسامبل يستحق منك الكثير، إنه عطر مميز وفريد بتناقضاته الكثيرة. لا تخذليه!
- لا تخشَ شيئاً برفسور.. سأكون عند حسن ظنك وظن كونترا أنسامبل بي. أعدك بذلك.
- آمل ذلك، بل أنا واثق منه. أريدك أن ترفعي اسمك واسم معهدنا عالياً به.
- بإذن الله.
- وماذا بالنسبة إلى ما طرحته عليك قبل سفرك إلى دمشق؟ هل فكرت في الموضوع؟ أقصد العمل مع فرانسوا سوغاتيان..
- نعم.. نعم فكرت جيداً في الموضوع. يبدو أنك على حق برفسور، بوابتي إلى العالمية لا تبدأ من دمشق.
- هل أفهم من هذا أنك موافقة على توقيع العقد مبدئياً لمدة سنة إذا أعجبتك الشروط؟
- نعم، وأتطلع إلى ذلك في أقرب وقت.
- حسناً.. حسناً. سأكلم فرانسوا اليوم وأطلب منه تحديد موعد لك لزيارة المكان والاطلاع على شروط العقد.
- أشكرك من كل قلبي برفسور.

- غوزا... إمممم..
- أسمعك برفسور.
- لا توقعي العقد قبل أن أطلع عليه وأتناقش معك بشأن تفاصيله كلها، أرجوك.
- كنت سأطلب منك ذلك، ولكنني خشيت أن أثقل عليك وأتطفل على وقتك الضيق. ولكن هل أنت قلق من شيء ما؟ أقصد هل لديك أي مخاوف من مسيو سوغاتيان؟
- على الإطلاق.. على الإطلاق.. فرانسوا شخص محترم ونزيه وحسن المعشر وأنا أثق به تماماً، أعرفه منذ الستينيات وعملنا سوياً لفترة طويلة من الزمن في مرسيليا، ولكنك حديثة العهد بالعمل في مجال العطور وفي توقيع العقود هنا في فرنسا، وأريد أن أطمئن إلى أن كل شيء يجري على ما يرام ويحفظ حقوقك كاملة كمبتكرة عطور متميزة. هذا كل ما في الأمر.

جمعت فرحتي وعدت بها إلى البيت سيراً على الغمام. لقد سمعت اليوم أعذب سمفونية في حياتي، مازالت موسيقاها تتردد في أرجاء قلبي وعقلي وأذنيّ حتى هذه اللحظة. وصلت المنزل لكنني في اللحظة الأخيرة قررت عدم الدخول. أريد أن أبقى في النور.. أريد أن أبقى في الشمس. استرخيت كقطة على كرسي حديدي دافئ في الحديقة الأمامية وأغمضت عيني. قليلاً وتطرز شمس غراس بالحب جبيني، قليلاً ويسكب الفجر الفتي غمازتيه على وجهي فأخرج منهما ضاحكة نديّة.

***

هذا المضيق الذي أعبره لن يدوم طويلاً،

ثمة محيط ينتظرني.

"جلال الدين الرومي"

الفصل الثامن عشر

غراس..

لا شيء غير غراس

خطوتُ بكامل طيوبي وئيدة نحو قامتي الجديدة متأبطة مراكبي وأغاني البحّارة الطامحين لأسرار البحر. تساقطت الأمواج أمامي موجة إثر موجة وبدأ وجه البحر يأخذ ملامحي حتى أصبح إعرابنا مفرداً لا عطفاً. عمري قارورة عطر وقطفة ورد من دمشق.. باسمك يا الله أبدأ عمري فباركني وبارك فجري الجديد.

يا بهائي ومَشْق نهاري حين يدخل بيير بطوله الفارع إلى مؤسسة سوغاتيان للعطور ملقياً التحية بصوت رزين خفيض: بونجوغ غوزا. "يا صباح الورد، يا صباح الفل، يا صباح الياسمين والجوري والزنبق البلدي»، أردد على الطريقة السورية في قلبي وأجيبه على الطريقة الفرنسية بلساني: بونجور برفسور بيير، كيف حالك اليوم؟

- غوزا! أرجوك توقفي عن مناداتي برفسور، لقد أصبحنا زملاء مهنة ولا داعي للألقاب والرسميات بعد الآن. نادني بيير وحسب!

- ولكن..
- أوه! بونجور بيير.. أنت هنا؟ كيف الحال؟ تفضل.. تفضل إلى مكتبي نشرب القهوة وندردش معاً.. جئت بوقتك يا صديقي.. أريد أن آخذ رأيك بأمر ملحّ، جوريا عزيزتي! هل انتهى فريق العمل من إجراء التجربة الأولى؟
- ليس بعد مسيو سوغاتيان. أنا ذاهبة إلى المعمل الآن وسأضعك بصورة التفاصيل على الفور. أتمنى لكما نهاراً سعيداً.
- غاب بيير ومن ورائه فرانسوا خلف باب المكتب الكبير. سنبلة من حقول الجوع وموجة من بحور العطش أنا.. تباً! يا لحظي ما أشقاه! لماذا في تلك اللحظة بالذات؟ لماذا يا فرانسوا السمج؟ هل كانت لحية الغيم ستطول لو تأخرتَ قليلاً ريثما أكمل حديثي مع بيير. أصغيتُ إلى امتعاضي ولم أطل.. لا وقت لدي. الامتعاض رفاهية لم أعد أتمتع بها مذ بدأت رحلة العمل الجدي مع مؤسسة سوغاتيان. انطلقت بسرعة إلى المعمل كي أتفقد فريق العمل الذي يعمل تحت إشرافي منذ ستة شهور، وسرعان ما انخرطت في التفاصيل وغفرت ونسيت.
- طيّبت أيامي المتلاحقة زياراتُ بيير المتكررة لفرانسوا، والتي كانت يوماً بعد يوم في ازدياد ملحوظ خاصة في فترات الصباح الباكر قبل توجهه إلى المعهد وقبل توجهي إلى المعمل. ربما لم تكن لفرانسوا وحده، ربما.. لست أدري. لا.. لا يمكن أن تكون صدفة يا جوريا. لقد بدأت أقرأ في عينيه أبجدية لم أرها من قبل. أبجدية رقيقة هِفّة كماءٍ نبتت

علـى وجهه زهور النيلوفر البيضـاء. بعضي خطوات مهرولات وبعضـي مقاعـد انتظـار. هو الحب قد آلمنـي طويلاً وعلّمني كيف أتوخى الحذر وكيف أحمي نفسـي من خيبات أوهامه. نضجـتُ ونضج معـي حبي الكبير لبيير. أورقـتُ وأزهرتُ هنا فـي غـراس الجميلة، لكننـي لم أثمر بعد. يـا إلهي كم تغيرتُ منذ عام ونيّف! كل شيء في داخلي تغير أو تعدّل مذ بدأت العمل.. كان حبي لبيير شمعة نور تضيء دربي إلى المستقبل، ولكـن مـاذا لـو هبت الريح يومـاً وأطفأت تلك الشـمعة! هل أنـت مسـتعدة للعيـش فـي الظلام يا جوريا؟ سـألتني نفسـي ذات يوم في جلسة رواق على فنجان اسبرسو، فأجبتها بالنفي دون الكثيـر من عنـاء التفكير. أطالت النظر إلي حتى امتلأت أباريقُ دهشتها ولم تعلق.. ولم أعلق.

- كالسـنديانة القوية توجهت نحو قمة الجبل أبحث عن مكان لغـرس جذعـي. السـنديان لا يعيـش فـي السـهول، ولا فـوق الهضـاب الخجول. كان اسـمي يكبر مع مـرور الأيام وإمضائي فـوق زرقـة المتوسـط يتنقل برشـاقة بيـن موجاتـه الحانيات، يقطـع المسـافات، يجـوب البـلاد ويقطـر ورداً جوريـاً اسـمه دمشق. روزا داماسكينا.. جوريةُ البستان المغسولة بماء الورد وقطرات شـرابه المعسولات.. الآتي الذي أهرول إليه متفتحة كتويجـات، أجمـع له أزرار عشـقي في دورتي حول الشـمس. أحبـك بييـر، لا أحـد أبقـى منـك في فـؤاد بتول تربعـتَ على عرشـه منذ سـنوات.. منذ اللحظة الأولى التي اسـتيقظتْ فيها أنوثتي على يديك حين أسميتني روزا داماسكينا. لكنك البعيد

القريـب، الهَمّـام البطيء، الموحش المؤنـس، الواضح الخفي، وأنـا امتصنـي التعب إليكَ كفراشـة منهكـة الجناحين.. طويلة تلـك الجملـة التي كتبـتَ، طويلة وإعرابها صعـب، ولا فواصل فيها لألتقط أنفاسي المهرولات نحوك.

- شـعرت بحاجة ملحة لأن أسـكن وحدي في شـقة صغيرة تفي بمتطلباتـي اليوميـة المتواضعـة وتقرّبنـي مـن مـكان عملـي الجديد. أنا بالكاد ألتقي بريجيت، إذ أغادر البيت في السابعة صباحاً، وفي كثير من الأحيان لا أعود إليه قبل التاسعة أو حتى العاشرة ليلاً. لقد شعرت بمسؤولية كبيرة حين سلّمني فرانسوا قيادة فريق العمل، فكنت أقضي سـاعات طويلة في المختبر بعـد انتهـاء الدوام الرسـمي وحتى خلال عطلة نهاية الأسـبوع في بعض الأحيان. أردتُ أن أثبت نفسي مع فريق يكنّ بعض أفـراده لي كل الاحترام والتقديـر ويمتثلون لتوجيهاتي بمحبة وثقـة، فيمـا البعـض الآخـر لا يبذل جهـداً في إخفاء مشـاعره العدائية نحوي بدافع الغيرة أو حتى العنصرية.
- ذات مسـاء شـعرت بالتعـب، فعـدت إلـى البيت باكـراً. كانت المـرة الأولـى التي ألتقي فيها بريجيت على العشـاء منذ زمن طويل. لقد اعتادت في الفترة الأخيرة غيابي، فكانت تترك لي الطعـام علـى طاولة المطبخ وتخلد إلى سـريرها قبل عودتي، وكنت أتناول الطعام بارداً بنصف شـهية ثم أصعد إلى غرفتي وأرتمـي فـوق سـريري كسـاق بلّـوط مقطوعة. فكـرت في أن أنتهز الفرصة وأخبرها عن نيتي في الانتقال إلى شـقة، لكنني سـرعان مـا تراجعت حين وجدتها جالسـة إلـى نافذة المطبخ

تنظر بحسرة نحو مطبخ سيسيل المغلق، وربما تفكر في جاك. حين رأتني، التمعت عيناها كالبرق وتفتحت تعابير وجهها كالزنابق.

- جوريا يا صغيرتي! ما هذه المفاجأة الرائعة!! يا إلهي كم أنا سعيدة بعودتك باكراً! هيّا هيّا قولي لي إنك لن تخرجي ثانية هذا المساء، وإننا سنتعشى ونقضي السهرة سوية كما كنا نفعل أيام زمان.
- لن أخرج ثانية هذا المساء وسنتعشى ونقضي السهرة سوية كما كنا نفعل أيام زمان، ها! ماذا عندك للعشاء يا بريجيت؟ أكاد أموت جوعاً يا سيدتي الجميلة.
- راتاتوي مع الأرز، ما رأيك يا صغيرتي؟ أم تريدين شيئاً آخر؟
- لا.. لا أريد شيئاً آخر يا بريجيت، أحب الراتاتوي وخاصة من يديك الجميلتين.

أخذتُ يديها المنمشتين الحائرتين بين راحتيّ الفتيتين الواثقتين.. كانتا مدعوكتين بقسوةٍ بملح المراكب التي أبحرت من مرافئها ولن تعود. في بنصرها الأيسر بقايا خاتم، وفي مكتبتها معجم مختص بمفردات الغياب. تقاسمتْ مع الريح عصفها حتى استحالت رحيلاً. لا شيء أطهر من دمعتها المعلقة على رموش وجعها منذ سنين. كيف لقلبي الذي يقطر ورداً أن يزيد دمعة إلى صفصافتها الباكية وغياباً إلى غياباتها الموجعات! كيف؟ لا.. لا لن أبرح هذا المكان يا بريجيت. لن أبرح هذا المكان.

***

ستبقى يتيماً في غياب من تحب

حتى لو عانقك العالم بأسره.

“فيودور دوستويفسكي”

الفصل التاسع عشر

وسط روما

آه منك يا بيير!

روما!! أيتها الأنثى الجميلة حتى أظافر اليدين والقدمين، ما أروعك وما أكثر تفاصيلك الساحرات! كانت زيارتي الأولى لها تلبية لدعوة تلقيتها أنا وبيير لحضور مؤتمر هام بعنوان «مستقبل صناعة العطور في أوروبا». فيليبو ألبيرتينو، منظم المؤتمر الأربعيني الممشوق كغصن.. الأخضر العينين كغوطة لوز، ينتعل خفيّ فيرساتشي ويرتدي بزة برتقالية مبرقشة جريئة، جريئة جداً.. أكثر من المسموح به دولياً. له ألف ذراع يمشط فيها صالة المؤتمر في فندق أبروتسينا وسط روما، وألف خطوة يذرعها جيئة وذهاباً دون كلل، وألف عين تراقب كل ما يجري وتهتم بكل تفاصيل المؤتمر الصغيرة منها والكبيرة. يا إلهي ما أشد نشاطه وما أعلى نبرات صوته وما أكثر ضجيجه وما...

نعم نعم وما أوسمه.. وسيم كقصيدة ريفية بلا قوافٍ.. كجدول صيف خارج تضاريس المدينة. لا ضير في مثل هذه الاعترافات بين فينة وأخرى.

نظرتْ إليّ نفسي بدهشة، فتجاهلتُها وأعطيتُها ظهري متوجهة إلى المقعد الأمامي المخصص لي في المؤتمر من دون تعليق.

كنت في انتظار بيير على أحر من الجمر، فهو أحد المتحدثين الرئيسين في المؤتمر، لكنه لم يصل روما بعد. سيصل إليها مساء قادماً من برشلونة حيث يحضر ورشة عمل ليومين. تمنيت لو كان بإمكاننا معاً زيارة بانثيون روما الذي يبعد خطوات عن الفندق في ساحة روتوندا، أو أي معلم آخر من معالم روما الجميلة.. المهم أن نكون معاً. يا لهذا الجوع! كيف أكون في مدينة منيرة مستنيرة كروما ولا أتمكن من الاحتفاء بنورها معك يا بيير؟ بيير دوتفيل! يا قصيدتي المسجونة في كل القوافي، الغارقة في كل البحور! آه منك!

توقفت فعاليات المؤتمر لساعتين كي يتسنى للمشاركين تناول وجبة الغداء وبعدها القهوة الإيطالية الشهيرة وتجاذب أطراف الحديث. قررت ألا أضيع فرصة زيارة البانثيون. توجهت إلى البوفيه المفتوح واختلست تفاحة خضراء وتأبطت زجاجة ماء صغيرة. يا للاستبداد! لقد علمني بيير كيف أعشقه وكيف أعشق التفاح الأخضر الذي يعشقه. لم يكن طعمه القابض يروق لي من قبل، ولكنني اعتدت تناوله خاصة عندما أكون مشغولة ولا رغبة لدي في تناول وجبة ثقيلة تجثم على قلبي وتفقدني الهمة على العمل. أهي تفاحة الجاذبية يا جوريا؟ ربما هي، لست أدري.

ضبطني فيليبو ألبيرتينو متسللة خارج المطعم وفي يدي المسروقات.

- "إلى أين سنيورا داماسكينا؟ ألا تريدين مشاركتنا وجبة الغداء؟ ربما لا يعجبك المطبخ الإيطالي وتفضلين عليه التفاح الأخضر!»، قال بصوت جهير ضاحك.

شعرت بإحراج شديد، فأنا لا أريد أن أبدو فظة على الإطلاق، وفي الوقت ذاته أريد أن أستفيد من كل دقيقة لي في روما. كانت عيناه تلتمعان كأنهما نجمتان في سماء روما الجميلة. لا يبذل جهداً لإخفاء إعجابه. يا إلهي كم هو بشوش وجريء! لو كان لبيير ربع بشاشته ونصف جرأته لكنت بألف خير منذ سنوات. آه منك يا بيير!

- "على العكس تماماً.. المطبخ الإيطالي هو أحد المطابخ المفضلة لدي، يا إلهي كم أحب البيتزا والباستا بأنواعها"، قلتُ مجاملة بعد أن نجح في إحراجي ودفعي إلى زاوية الدفاع عن النفس، «لكن لا أخفيك سراً البانثيون يناديني بشدة وأنا ضعيفة جداً أمام نداء المعالم التاريخية، وأخشى ألا تسنح لي فرصة زيارته مرة أخرى.. هذا كل ما في الأمر. اعذرني سنيور ألبرتينو. أرجوك اعذرني».
- العفو.. العفو سيدتي، بكل تأكيد لك ما تشائين وما تحبين. كنت أمزح معك.. ولكن هل هذا يعني أنك لن تزوري روما مرة أخرى؟
- سأكون في غاية السعادة إذا سمحت لي الظروف. روما مدينة ساحرة وتستحق أكثر من زيارة بكل تأكيد. زيارة واحدة لا تعطيها حقها على الإطلاق.

- الحقيقـة أنـا من سـيكون فـي غاية السـعادة إذا سـمحت لي الظروف بلقائك مرة أخرى.

يا إلهي! كم هو جريء وعفوي وواضح ومباشر! أربكتني نظرته الطويلة المُبحرة في وجهي ورمت بلساني إلى ريح روما. ماذا يريد مني هذا الإيطالي الوسيم وأنا قلبي فرنسي الهوى؟ آه منك يا بيير! وقفتُ لبرهة صامتة كطفلة لا تجيد الكلام، لكن سرعان ما استعدت رباطة جأشي واستأذنتُ بأدب.

- حسناً.. حسناً.. لن آخذ من وقتك أكثر من ذلك.. البانثيون كله بانتظارك يا سـيدتي الجميلة.. ولكن لا تنسـي أننا نظمنا زيارة للكولوسيوم في نهاية المؤتمر ويسعدنا جداً وجودك معنا.
- وكيف لي أن أنسـى.. بالطبع سـأكون أول المتواجدين. شـكراً جزيلاً لك ولروما وللمؤتمر الرائع.

يا إلهي! كم كان البانثيون مليئاً بوجوه العائدين من الغياب.. أصواتهم.. احتفالاتهم الدينية.. قرابينهم.. وقع أقدامهم على الأرض.. رائحة البخور. وقفتُ لبضع دقائق تحت القبة الخرسانية، فشعرت أن فتحتها الدائرية تجمع الشمس حزمة حزمة وتلقي بها فوق شعري الأسود الطويل فيلتمع ضاحكاً مشبعاً بالنور. أنضجتني شمس روما كشجرة تين جبلية طالت فجاجة ثمارها في غراس. سمعت صرير مفتاح يفتح قفصي الصدري ويطلق العصفور الحبيس. فاحت سكينة الورد من أصابع يدي، تلك الأصابع التي سترشق يوماً أعناق أجمل النساء بأجمل العطور فيصبح الكون بهن أحلى وأبهى. أشتم رائحة الوصول إلى هناك..

إلى المستقبل الصافر نحو الشمس. سامحني يا جدي! سامحني أرجوك! ما زلت أحبك بجنون، وما زالت أنفاسي عالقات بمزرعة الجوري هناك، لكن لي في ذمة المستقبل استحقاق سأظل أطالب به حتى أستوفيه ويستوفيني.

رجعت إلى الفندق بعد ساعتين وفي يدي سلّةٌ من خوخ سعادةٍ سرمدية. لقد غسلني البانثيون بماء الريحان الإيطالي الأصلي وألبستني نظرات فيليبو ألبيرتينو معطفاً أستدفئ به من برد بيير القارس. فيليبو لا يعنيني كرجل إلا بالقدر الذي يعيد إليّ ثقتي بأنوثة أهملها بيير فأوجعها وأوجعني. لا أصعب من شعور امرأة ينهش في قلبها الحب وتعيش حياتها مكتوفة الأشواق بانتظار كلمة ولفتة وإشارة وابتسامة ذات معنى من رجل ربما.. ربما لا يدري بها ولا يراها ولا يجد في وجودها في محيطه العاطفي أي معنى. آه منك يا بيير! سأنتظرك مهما طال الزمن لأشم فيك رائحة الموقد وشتاء غراس الجميلة.

لم يتسن لانتظاري أن يتحول إلى ملل، فقد كان مرور الوقت في روما مختلفاً. الأبحاث والدراسات الإحصائية التي قدمها المشاركون في فترة بعد الظهر مكثفة ومثيرة للاهتمام وعلى مستوى عال من الجدية والمهنية. نسيتُ بيير وغراس وحتى دمشق والتقيتُ نفسي: روزا داماسكينا صانعة العطور. بلعتُ ريقي بهدوء.. لقد خرجتْ الأنا من صندوقها. لن تتصندق بعد اليوم، فالإبداع عاصفة والعواصف مساحات، مساحات وفضاءات ومحطات قطارات صاخبات ورهبة.. وربما لا انتماء. ولكن، من أخرجها؟

من أخرج الأنا من أقفاصها وضرب لها موعداً مع النجوم مترعاً بيقين الوصول؟

صخب المكان بحضوره واختلطت في داخلي الأصوات.. وصل بيير من برشلونة ونحن نجلس إلى موائد العشاء الدائرية الزاخرة بأشهى الأطباق الإيطالية. لا أدري إن كانت فضحتني محبرة عيني السوداوين حين التمعت وعلا خفقها صوبه حتى هتفتْ جملة طويلة غير مفهومة من فعل جوري واسم خزامى. روزا داماسكينا! لمّي ليل عينيك وحروف محبرتك الفاضحات فلكل مقام مقال! كان فيليبو يجلس جواري، يثرثر بسخاء.. يأكل بمتعة.. يضحك بصخب ويحدق بجرأة بين الحين والآخر. غادرته عيناي فجأة وطارتا كعصفورتين نحو باب المطعم حيث يقف بيير باحثاً عن أحد يرحب بوصوله ويدعوه إلى الدخول. لحق فيليبو عينيَّ وهبّ واقفاً ثم توجه إليه مرحباً بحرارة داعياً إياه للجلوس إلى طاولتنا إذا رغب في ذلك. لم يتردد بيير، سحب كرسياً بسعادة وجلس. كنت أرتدي فستاناً قصيراً من الدانتيل الأخضر وأرفع طرف شعري الأيسر بمشبك دمشقي على شكل جورية حمراء، أما الطرف الأيمن فقد انسدل فوق كتفي كشلال حبر.

- مساء الخير غوزا، كيف حالك عزيزتي؟ تبدين جميلة هذا المساء..

وأصبحتُ أمام عينيه أنثى.. شجرة زيتون أوسطية اخضرّت أوراقها والتمعت زيوتها وضربت في الأرض جذورها. شجرة بعليّة شربت للتو من يديه أول قطرة ماء. "تبدين جميلة هذا المساء"!

يا إلهي! لقد أنارت هذه الجملة البسيطة المقتضبة كل أضواء روما وضواحيها، أتراني سمعتها حقاً أم أنني اشتهيتُ فتخيّلتُ؟

- "سنيورا داماسكينا سيدة جميلة بملامح شرقية واضحة»، قال فيليبو معرباً عن إعجابه بنظرات تخفّ خطوها نحوي بجرأة وثبات.

أربكتني كثافة الإطراءات. عن عمر يناهز الدقيقة، رأيت بأم عيني الأطباق تتراقص على الطاولة أمامي وأصابع الباستا الإيطالية ترفع في وجهي إشارة النصر المحقق. أما التفاحة الخضراء، فكانت في أقصى زوايا بوفيه الحلويات تدندن أغنية عشق إيطالية قديمة. يا إلهي! إعصار عاطفي مرّ للتو من هنا، وقلب المكان رأساً على عقب. تأرجحتُ كغصنٍ نقله الإعصار البهي من مستنقع الثبات إلى زوبعة التحوّل، لكنني سرعان ما استجمعت مفرداتي المبعثرات، وتمكنت بعد جهد جهيد من وضع كلمة «شكراً» في جملة لطيفة مفيدة.

- شكراً جزيلاً على الإطراء.. لقد بالغتما في مديحي.

التقت عيناي بعيني بيير، فرأيت فيهما كَرْماً ذابلاً وبحّاراً عتيقاً ما زال يبحث لمركبه عن مرفأ. شعرت، وربما أكون مخطئة، أن جرأة فيليبو باغتته وقطفت شيئاً من بريق عينين زرقاوين أتى بهما من برشلونة محملتَين بمواسم الحصاد ولهفة الحصّادين. أتراني جمحتُ كثيراً في أفكاري وأثملني نبيذُ الإطراء وأنا الأنثى الواقفة بكامل انتظاراتي على تخوم اليباس منذ سنوات، أم تراه نهض فعلاً من سباته الطويل وقرر أن يغسل وجه صباحاته

بماء الورد الدمشقي؟ لا أدري.. كل ما أعرفه أن تعليقه أضرم من جديد حرائق العشق في صدري، ورأيت بأم عيني حلقات الدخان تتصاعد من ضلوعي ضلعاً ضلعاً.

أكثر الليل من أسئلته وطال. لقد حرمتني جملة بيير نعمة النوم التي كنت بأمس الحاجة إليها للتركيز على أبحاث الغد، لكنها أعادت إلي بعض الثقة بأغصان ربما قررت أن تقوّم اعوجاجها وتمنحني جناحيّ عصفور. سأبقى مدينة لروما الجميلة ما حييت، وسأظل أحبها إلى آخر يوم في عمري.. طال أم قصر.

امتلأ المنبر بطوله الفارع. كان يشبه الوطن في إبائه وعنفوانه، أو هكذا شعرت. تذوقت إيقاع صوته الهادئ على مهل. تحدث بثقة باذخة عن مستقبل العطور في أوروبا، وطرح بجرأة العديد من الأفكار الهامة لخفض تكاليف الإنتاج وبالتالي سعر المنتَج في الأسواق العالمية. وحث خبراء العطور على العمل بجدية أكبر على إيجاد تقنيات متطورة لتحقيق نتائج أفضل بزيوت أقل.

فيليبو يرفل بقميص ملوّن وبنطال أحمر قصير الكاحِلَيْن وخفٍّ مُشَجّر وابتسامة ساحرة لا تغيب عن وجهه الجريء. هي المرة الأولى التي أرى فيها رجلاً يرتدي بنطالاً أحمر. بالكاد أخفيت دهشتي حين رأيته قادماً نحوي بخارطة ألوانه المتصارعة ليأخذ مكانه إلى يساري في المقاعد الأمامية وينصت باهتمام شديد إلى محاضرة بيير الشيّقة. هو سلّة متكاملة من غرابة الأطوار وضجيج الحياة وخفة الدم والجرأة ورتابة المهنية

وفوضى الحرية.. لا تملك إلا أن تستلطفه. لكن بيير لم يفعل. وكيف يستلطفه وهما على طرفي نقيض في كل شيء؟ كان يتعمد التحدث إليه برسمية واضحة ويقابل عفويته وضجيجه بكثير من الأدب والهدوء المتشنج والمسافة المدروسة. أتراني أحد أسباب هذه العلاقة المتشنجة؟ لا أعلم، ولكنني أتمنى ذلك من كل قلبي القابع منذ سنوات على قائمة الانتظار المهين. آه منك يا بيير!

صحوت باكراً. كانت الساعة الخامسة صباحاً ولا رغبة لي في البقاء طويلاً في سرير لم يمنح أفكاري المتضاربة سكينة النوم العميق. أخذت حماماً ساخناً وارتديت ملابسي على عجل ونزلت إلى صالة الاستقبال أشرب قهوتي الصباحية، ربما.. ربما تساعدني على فهم أحجية ما يجري حولي من شدّ وجذب. كان هناك بكامل صمته يتصفح جريدة لوموند الفرنسية ويرتشف قهوته السمراء رشفة رشفة. رفع رأسه ونظر إلى وجهي وكأنه يرى شبحاً ليس يدري من أي جحر خرج عليه.

- غوزا! عزيزتي ماذا تفعلين هنا في هذا الوقت؟
- "صباح الخير بيير. جئت أشرب قهوتي الإيطالية"، قلت ضاحكة.

كنت قد بدأت بمناداته بيير منذ فترة تحت إلحاحه الشديد. منحني ابتسامة أصغر بكثير من مقاس الدعابة. لم يعجبه تعليقي، مع أنني لم أغمز به إلى أي شيء على الإطلاق، بل قلته بعفوية وسذاجة.. أقلّه هذا ما أعتقد حتى اللحظة.

- "هـل تريديـن الجلوس معـي أم تفضلين ارتشـاف الهدوء مع قهوتـك الإيطاليـة؟"، تلكأ قليلاً قبل أن يسـأل بما لا يخلو من بعض السخرية المهذبة.
- "بل يسـعدني أن أشربها معك على الطريقة الفرنسية"، قلت بجرأة غير مسبوقة.

يسعدني ويبهجني ويسرني ويفرحني ويخرجني من أصيص ورودي غابة قصب سكر. يا إلهي! بيير دوتفيل!! أما زلت تسأل عما يسعدني يا رجل؟

شعرت أن الصباح يعدّل أمطاره بما يليق بمزاج قهوتنا الفرنسية/ الإيطالية، وأنني خفيفة أنصت بمتعة بالغة إلى موسيقا قطراته وهي تطرق عنواني الجديد وتداعب بوداعة نافذة صغيرة فتحتها الأقدار خلفنا على عجل. كنت أطارد بخجل عينيه الزرقاوين أينما اتجهتا، وأستمع بشغف إلى كل ما يقول وما لا يقول وأتمنى من كل قلبي أن يقول. وكان مشرقاً وسعيداً.. لأول مرة مذ التقينا أرى في وجهه طفلاً صغيراً يبتسم، طفلاً لم تلسعه الأيام، لم تنكر عليه سعادته، ولم تكسر روحه برحيل الأحبة. وكنت ضاحكة ناصعة جميلة هادئة عاشقة كبرتقالة. أتراه جنح إلى السلم وعقد صلحاً مع أيام أشهدني عليه وعليها؟

تحدث بسخاء عن محاضرة الأمس. لدهشتي، أخبرني عن بعض تفاصيل النتائج التي توصّل إليها وبعض المواضيع التي تمت مناقشتها في ورشة برشلونة، ودعاني أن أمشي إلى جانبه

على طريق طويل عنوانه العريض تطوير تقنيات استخراج الزيوت في أوروبا.

- لنبدأ غوزا! لن نخسر شيئاً.. إذا نجحنا سنكون قد عبّدنا الطريق أمام غيرنا من الباحثين، وإن فشلنا سيأتي بعدنا من يتفهم أخطاءنا ويحرص على تفاديها. لا خسارة في الأمر.. صدقيني!
- بيير! أتعتقد حقاً أنني قادرة على خوض هذا المجال بإمكانياتي الحالية؟
- بل أنا متأكد من ذلك، لا أحد يعرف إمكانياتك مثلي.. أنت ذكية وموهوبة ومثابرة وشغوفة بصناعة العطور. غوزا! ثقي بي وبنفسك وسيكون كل شيء على ما يرام.
- وماذا عن مسيو سوغاتيان؟
- ماذا عنه؟
- أقصد.. ألا يتعارض هذا مع العقد الذي وقعته معه؟
- بالطبع لا.. غوزا اسمعيني! أنت تعملين معه على تركيبات عطور جديدة، ولا شيء في العقد يمنعك من العمل على تطوير تقنيات استخراج الزيوت. تركيب العطور شيء وتقنيات استخراج الزيوت شيء آخر. فرانسوا لا يعمل في هذا المجال أصلاً، وأنا لا يمكن أن أغدر به وأشجعك على العمل فيما يتعارض مع مصالحه ويعرضك للمساءلة القانونية.

ربت برفق على يدي الوادعة فوق الطاولة الصغيرة أمامنا. كانت يده قصيدة دفء.. أهي حرارة إيمانه بإمكانياتي المهنية،

أم تراها حرارة حبه لي وتمسكه بوجودي معه وإلى جانبه؟ أربكتني لمسة يده، أكثر بكثير من ارتباكي بعرضه المفاجئ لي، لكنها أسعدتني.. أسعدتني كثيراً حتى أصبحتُ خفيفة كزهرة نيلوفر على وجه الماء. شعر بارتباكي، وربما لم يشعر بسعادتي، فرفع يده عن يدي وتابع حديثه برشاقة عن التقنيات الجديدة.

ليته أبقاها قليلاً! كم أنا بحاجة إليها وإليك يا بيير! غاب صوته.. ما عدت قادرة على سماعه. كان الصوت في داخلي قوياً وعاصفاً وحاضراً. أيقنت أنني مقبلة على منعطف كبير في حياتي لا أدري أين يقودني. أهي قفزة مهنية فحسب، أم عاطفية بثوب مهني؟ اقتتل الخوف والحب والطموح في داخلي، وارتدتني قمصان الضباب الكثيف. يا إلهي ساعدني! ماذا أفعل؟ لتكن ما تكون يا جوريا، لتكن ما تكون يا صغيرتي. بالله عليك لا تطيلي التردد والتفكير.. هي فرصة ذهبية على جميع الأصعدة لا تضيعيها! أن تندمي على ما فعلته خير لك من أن تندمي على ما لم تفعليه. سمعت صوت بريجيت يهمس في أذني مشجعاً. وجدّي يا بريجيت؟ وجدّي ماذا أفعل به، وماذا أقول له، وكيف أبرر له غيابي كل هذه السنوات؟ آه منك ياجدي!

فجأة توقف بيير عن الكلام محدقاً في عينيّ ملوحاً يمناه في وجهي.

- غوزا! غوزا! أين أنت؟ هل تسمعينني؟
- نعم.. نعم أنا معك بيير.. أنا معك وأسمعك جيداً.

- ”لا أظن ذلك“، قال ضاحكاً، ”ربما وصلت بأفكارك إلى مزرعة الجوري أو ربما أبعد من ذلك، من يدري؟“.
- لا لا ليس إلى هذه الدرجة بيير، ولكنني فقط أحاول أن أستجمع أفكاري لأستوعب ما قلت.
- ما أقوله أبسط من البساطة عزيزتي.. فقط ضعي يدك في يدي وسيكون كل شيء على ما يرام. لا تقلقي! المهم الآن أن يبقى الموضوع بيني وبينك إلى حين. أرجوك!
- أكيد.. أكيد.

بدأت صالة الاستقبال تعج بضجيج ترتيب طاولات الفطور في المطعم المفتوح عليها من عدة جهات: أصوات ارتطام الأطباق بالطاولات، أصوات تشغيل ماكينات القهوة، وقع أقدام العاملين المتسارعة من المطبخ وإليه، أصوات.. أصوات.. أصوات ولا شيء يعلو على طنينٍ يلاحق أذنيّ وخفقٍ يعصف في فؤادي ويعبث بأركانه ركناً ركناً ثم يرديه جميلاً وعاشقاً وأنيقاً و.. وخائفاً.

إنها السابعة صباحاً. بدأ المؤتمرون المقيمون في الفندق التوافد إلى المطعم لتناول وجبة الفطور قبل بدء فعاليات المؤتمر في يومه الثالث والأخير. غداً زيارة الكولوسيوم لمن شاء أن يبقى ليوم إضافي. بعض المؤتمرين حسم أمره بالعودة إلى دياره، وبعضهم قرر أن يبقى للاستمتاع بروما الجميلة وزيارة الكولوسيوم. كان بيير من الفريق الأول بحكم انشغالاته الكثيرة في غراس، لكنه ما لبث أن التحق بالفريق الثاني دون مقدمات ولا مبررات. لقد غير رأيه وفاجأني بقراره في البقاء هنا ليوم

آخر، طالباً مني تفاصيل رحلة عودتي إلى مطار نيس كي يعدّل حجزه على نفس الطائرة.

- "هذه المرة الأولى التي ستزور فيها الكولوسيوم، بيير؟"، سألته بخبث النساء.
- "لا.. ربما الرابعة أو الخامسة لا أذكر بالضبط"، أجاب بصدق وعفوية.

أنعش جوابه أعشاب قلبي اليابسات واستخرج من باطن انتظاراتي آبارها الجوفية. بيير! يا إلهي! إذاً أنت هنا ليوم آخر من أجلي.. من أجل غوزا، غوزا التي أرهقها حلمها الطويل وظلت تهتف باسمك حتى التمع البرق وانتصب القمح وامتشق المتوسط موجاته وزرقة عينيك. شكراً روما! شكراً أيتها الأنثى الباذخة الجميلة حتى أظافر اليدين والقدمين! لم أكن أتوقع يوماً أن تتوجيني ملكة على عرش غيماتك الماطرات، وأن تكوني الصيف الآتي الذي يُنضج فاكهة شموسي ليصبح الكون أشهى وأجمل.

- "بونجورنو سينيورا داماسكينا.. بونجورنو سينيور دوتفيل. هل نمتما جيداً ليلة أمس؟ أوه! سـينيورا داماسـكينا! يبدو لي من عينيك الجميلتين أنك لم تأخذي قسـطاً كافياً من النوم»، قال متفحصاً وجهي وعيناه تنغرسان في عيني.

إنه فيليبـو في قميصه الأرجواني المُورَّد، وبنطاله الأزرق المخطط بخطوط عريضة بنفسجية وأخرى دقيقة خضراء، وحذائه الأبيض المزركش من الأمام والخلف بخطوط ملتوية سوداء، وحزامه الأصفر الذهبي. هو فعلياً يرتدي تشكيلة سخية

من الألوان الأساسية والثنائية والثلاثية. أحسست للوهلة الأولى بشيء من الدوار. استنشاق هذا الكم من الألوان مجتمعة يصيبك بنوع من الجزع تحتاج معه إلى حفنة من الإسعافات الأولية البسيطة، برش ليمونة على سبيل المثال، كي تستعيد توازنك البصري.

- "لا أبداً سنيور ألبرتينو، لا شيء من هذا القبيل، الفندق رائع ومريح وكل شيء على ما يرام، وفي جميع الأحوال شكراً جزيلاً لاهتمامك"، قلت وأنا أجرّ عينيّ السوداوين عنوة من عينيه الخضراوين وأستعيد سطوتي على الموقف.
- حسناً.. حسناً.. المهم أن تكوني بخير. هيا بنا إلى الفطور! لم يتبقَّ الكثير من الوقت.

انتهى المؤتمر. جمعت حمرة شفاهي العالقة على فناجين القهوة الإيطالية التي شربتها مع بيير على الطريقة الفرنسية، وصعدت إلى غرفتي في الطابق الثاني. حاولت جاهدة أن أجفف أعناب سعادتي زبيباً أحتفظ به لمواسم أخرى، لكن أمطار روما خذلتني وكأنها تقول لي: لكل موسم قطافه سينيورا داماسكينا، السعادة حين تجف لا تبقى صالحة للحب، اغلقي نافذة غرفتك جيداً ونامي على قيد التجدد!

ها هي روما تكمل يومها الثالث، هي ليلتي الأخيرة فيها. غداً صباحاً زيارة الكولوسيوم ومن بعدها سنتوجه أنا وبيير إلى المطار. لا أصدق أنني أقولها وأنها أصبحت حقيقة.. أنا وبيير!! أنا وبيير!! أنا وبيير!! يا إلهي! سأظل أرددها حتى أصدقها وأعتاد عليها.

ككل ليلة مارست طقوس النوم الاعتيادية: تعطرت بكونترا أنسامبل ومشطت بعناية شعري الطويل وارتديت بيجامتي ثم استلقيت على السرير الثنائي بحبي المفرد بي، لكنني ما لبثت أن غادرته على استحياء لأرش المزيد من كونترا أنسامبل على جيدي الطويل وأنظر بإعجاب إلى نفسي في المرآة.

لا أريد شيئاً.. فقط أردت أن.. أقصد أردت أن.. جوريا لست ملزمة بتبرير أي شيء! أنت حرة بمشاعرك وأحلامك وأفكارك. لا.. لا أنا.. أقصد فقط أردت أن أزهر بين ذراعيه إذا زارني في المنام.. هذا كل ما في الأمر. لم أحلم به، لكنني حلمت ببستان ورد جوري دمشقي يجوب شوارع باريس وأزقتها ويبيع الورد لشرفاتها الصغيرات وأسوار نوافذها. وحين صحوت، وجدت على وسادتي فراشة ملونة وابتسامة بلون الطمأنينة.

لم تكن أجنحة طائرة إيرفرانس أكثر تحليقاً وأشد ارتفاعاً من أجنحة سعادتي. أنا وبيير في طائرة واحدة وعلى مقعدين متجاورين نشرب القهوة وندردش!! ولا في أبعد أحلامي وأشدها جموحاً وخيالاً علمياً. شعرت أنني نسر في السماء، وأن السحاب كله ملكي، والأغاني المؤجلات المعجلات ملكي، والصمت والكلام وما بينهما ملكي، والحكايات العتيقات الجديدات ملكي.

كان بيير يضحك برزانة حيناً وعفوية حيناً، لكنني شعرت أنني أصبحت قطعة من ضحكته وأنه ضحكتي كلها. «يا صحابي يا أهلي يا جيراني أنا عايز أخدكو بأحضاني»، لو كنت تتكلم

العربية يا بيير لعرفت ما معنى أن يكون العندليب الأسمر ملكي في هذا اليوم الباذخ!

روما الجميلة أي كرم هذا الذي أغدقت علي؟ لك في ذمتي فنجان إسبرسو وحكاية مؤجلة سأرويها لك حين ألقاك ولو بعد حين

***

المسافة بيني وبينك كلمة واحدة

بالله عليك لا تبخل بها يا بيير،

تعبتُ من الانتظار في ردهات الاحتمالات!

الفصل العشرون

غراس

وما أدراك ما غراس!

نضجتُ على مهل الأيام، وانفصلتُ عن نصفي الآخر: خوفي. طلّقته طلقة بائنة لا رجعة فيها وقطعت له على حسابي تذكرة يسافر فيها إلى أي مكان يختاره بعيداً عني. ذهاب لا إياب له.. هكذا قررت. الخوف والإبداع عالمان منفصلان.. تماماً كما الموت والحياة. كيف لفراشة حرّة أن تسجن جناحيها خوفاً من الحقول والبساتين! وكيف لجورية نبيلة أن تبخل بزيوتها على قارورة عطر تشهق لعبيرها مواعيدُ العشّاق! للحزن أرواح سبع، وللانتظار أرواح سبع، وأنا القطة الدمشقية التي عاشت كل هذه الأرواح بكل تفاصيلها وخرجتْ منها وفي يدها كعكة العيد. خطوة.. اثنتان.. ثلاث.. وها أنذا غوزا داماسكينا أجمع حقيبتين طال انتظارهما في صقيع محطات القطارات المفتوحة على كل الاحتمالات: حقيبة محمّلة بأحلامي أذهب بها إلى العالمية، وأخرى محمّلة بقلبي أذهب بها إليك: بيير دوتفيل.

ما كنتُ الوحيدة التي تخلصت من خوفي، بيير أيضاً بدأ يتمرد على وجعه وخوفه وقرر، على ما يبدو لي، أن يرمم قلبه المهترئ بإعطائه فرصة جديدة للحب. ما قبل روما يختلف كثيراً عمّا بعدها. لقد بدأ بيير يسجّل حضوراً صباحياً ومسائياً في مؤسسة سوغاتيان تحت ذرائع مختلفة، كما بدأ بمهاتفتي أقله ثلاث مرات أسبوعياً لمناقشة أمور «تتعلق بالعطور والزيوت». وكانت بريجيت سعيدة، ربما تفوقني سعادة وحبوراً. كانت تتورّد كلما رن الهاتف وكأنه لها.. وكأنها عاشقة بانتظار مكالمة ممن تحب، ثم تصرخ بأعلى صوتها: «جوريا! جوريا يا صغيرتي! إنه مسيو دوتفيل على الهاتف». لست أدري كيف نجوت من درجات السُّلّم التي كنت أهبطها مثنى وثلاث ورباع كي أصل إلى الهاتف بالسرعة القصوى قبل أن يختفي بيير أو يغير رأيه أو يحدث أي شيء يحول دون سماع صوته. كانت بريجيت تنظر إلي بطرف عينها ثم تغرق في ضحكة صامتة بعد أن تستر فمها بمنديل أبيض صغير اعتادت استخدامه أثناء الضحك مذ اضطرت لخلع أسنان فكها العلوي الأمامية.

وأخيراً طلب مني بيير أن نلتقي في مقهى بول مساء لمناقشة بعض الأمور المستعجلة. مارست كل طقوس تردد الأنثى قبل أن أذهب للقياه: اللون، الزي، الحذاء، الأكسسوارت، أحمر الشفاه، تسريحة الشعر.. ترددت فيها كلها قبل أن أحسم أمري مخافة أن أتأخر عليه. الشيء الوحيد الذي لم أتردد بشأنه هو العطر الذي خُلق به وله ومن أجل عينيه: كونترا أنسامبل. رشة.. رشتان.. أكثر يا غوزا.. أكثر. أردت أن أكون جميلة فوّاحة حين أستقبل

كلمة «أحبكِ» للمرة الأولى من فم بيير. للكلمة فخامتها، قلت لنفسي. أخذت نفساً عميقاً وانطلقت إليه مسكونة بأمل واحد وكلمة واحدة لا باحتمالات ولا مفردات ولا جمل. أريد من اللغة كلها كلمة واحدة فقط، ولتذهب بقية الكلمات إلى الجحيم. كان متوتراً بعض الشيء ومُشبَعاً بكلام مؤجَّل، لكنه بدا باسماً ووديعاً ووسيماً وباذخ الحضور.

- بونسواغ غوزا، كيف حالك يا عزيزتي؟ تبدين جميلة هذا المساء.

"تبدين جميلة هذا المساء"!! يا للفخ الذي وقعتُ فيه! مكررة يا بيير، مكرررررة! عندي طفح جلدي من هذه الجملة بالذات، سمعتها من قبل في روما وعقدت عليها آمالي كلها ولم يحدث بعدها شيء يُذكر. ارحمني! أريد شيئاً جديداً.. شيئاً تثمر لسماعه أشجار زيزفوني وتخضوضر له عيدان انتظاراتي اليابسات. المسافة بيني وبينك كلمة واحدة يا بيير، بالله عليك لا تبخل بها! تعبتُ من الانتظار في ردهات الاحتمالات.

- هذا لطف منك بيير، أشكرك على المجاملة اللطيفة.
- لا ليست مجاملة على الإطلاق، بل حقيقة لا يمكن لأحد أن ينكرها.

شعرت بارتباك شديد، أتراه تمكّن من قراءة أفكاري؟ أتراها وشت بانزعاجي وخيبتي؟ ها هو يخطو نحوي بجملة جديدة.. جملة تلقفتها بزهو أنثوي وانتظرت المزيد.

- بونسواغ مدام.. مسيو، ماذا تريدان أن تشربا؟ المقهى سيقفل أبوابه في غضون نصف ساعة من الآن.

توقف نبضي للحظات، وعلقت عيناي المهزومتان بعيني النادل المقتحم. آه لو تعرف كم مرة شتمتك في سري وكم تمنيتك أن تسقط في حفرة عميقة لا خروج منها!

- فنجان إسبرسو وقطعة ماكارون شوكولا لو سمحت.
- وأنا سآخذ مثلك غوزا. نفس الطلب لشخصين لو سمحت.

بدأ بيير يتحدث بحماس عن الفكرة التي طرحها في روما حول تحديث تقنيات استخراج الزيوت. أخبرني أنه استأجر مكاناً خاصاً به بالقرب من غراس وزوّده بالمعدات المبدئية اللازمة لإجراء بعض الاختبارات الأولية.

- غوزا! أنا حريص كل الحرص على أن تشاركيني حلمي هذا. سأعرض عليك الموضوع للمرة الأخيرة وأترك الأمر لك. لا أريد أن أضغط عليك أو أنتزع منك موافقة، ولكنني أتمنى من كل قلبي أن يكون جوابك إيجابياً. لا أحد أقدر منك ومني في هذا المجال.. صدقيني غوزا.
- وماذا عن عملي في مؤسسة سوغاتيان؟ أقصد كيف سأوفق بين العملين؟ لقد تضاعفت مسؤولياتي بعد أن سلمني مسيو سوغاتيان قيادة فريق العمل وأخشى..
- أعرف.. أعرف غوزا، ولهذا سأقترح عليك عدم تجديد العقد معه بعد انتهائه. كم تبقى على نهاية العقد؟
- حوالي ثلاثة أشهر.
- ممتاز. بإمكانك العمل معي بدوام جزئي خلال عطل نهاية الأسبوع ريثما ينتهي العقد، ثم تلتزمين بالعمل بدوام كامل بنفس الراتب الذي تتقاضيه حالياً في مؤسسة سوغاتيان

بالإضافـة إلـى علاوات متعددة أخبرك بها لاحقاً.. طبعاً هذا إذا وافقـت مـن حيث المبدأ. لا أتوقـع منك جواباً الآن، فكري في الأمـر وادرسـيه جيـداً، ونلتقـي هنا فـي نفس المكان الأسـبوع القادم لأسمع جوابك النهائي، ما رأيك؟

قضمتُ آخر قطعة ماكارون وألحقتُ بها آخر رشفة قهوة ومزجتهما جيداً في فمي، ثم نظرت إليه بعينين تعجّان بالمراكب ورائحة المرافئ ودفء الوصول. الحياة قصيرة جداً يا بيير، أقصر من أن نقضيها خلف الأبواب المغلقات والأسابيع المؤجلات. لفجرنا الآتي نعم! لعطرنا القادم نعم! لكلماتك المطوية تحت لسانك نعم! لمرافئنا، لمفاتيح غيماتنا، لقناديل عينيك البحريتين نعم.. نعم.. نعم وألف نعم!

- نعم بيير.. نعم، نعم.
- "نعم ماذا؟"، نظر إلي مشدوهاً.
- الجواب على عرضك نعم.. نعم.

اتسعت يداه عالياً في الهواء قبل أن يهبط بهما ويقفلهما بحنان حول كتفي. همس في أذني: «أحبك غوزا، لا أستطيع أن أكتمها في صدري أكثر من ذلك». تقاسمت الصدمةُ والفرحةُ ملامحَ وجهي، كل منهما تنظر بطمع في حصة الأخرى وتنهشها الغيرة. أما ذراعاي فبقيتا خائرتين على مسنديّ الكرسي منقوعتين بملح الدهشة، وعيناي تنظران بخجل نحو نادل المقهى الذي كان يكنس الأرض بهمة ونشاط ويوّضب الكراسي والطاولات استعداداً ليوم جديد.

***

قلت له يوماً: قل لي "أحبكِ" بالعربية لا بالفرنسية!

قال: وما الفرق؟

قلت: «أحبكِ» بالعربية وحدة متكاملة مندمجة منصهرة:

«أ» تعني أنتَ، «حب» تعني الحب، و «كِ» تعني أنا،

إذاً أنا وأنت والحب لفظة واحدة.

أما *Je t'aime* بالفرنسية فهي ثلاث وحدات،

إذاً أنا وأنت والحب ثلاث لفظات منفصلات.

الفصل الواحد والعشرون

غراس

مدفعية قلبي تطلق ٢١ طلقة

"على رسلك يا بيير، قلبي الصغير لا يحتمل كل هذا الكم من السعادة!"، قلت ضاحكة حين طلبني للزواج. لقد ملكتُ الواقع وتماثلتُ للشفاء من أحلامي البعيدات. أطلقت مدفعيةُ قلبي 21 طلقة احتفاء ببيير وبالحب الذي انتظرته لسنوات لا يعلم بوجعها إلا الله. في البداية، كان بيير شديد التردد خافِت الهمة بسبب فارق العمر الكبير الذي قضّ مضجعه لفترة ليست بالقصيرة، هذا بالإضافة إلى تضاريس جراحه الوعرة التي لم يكن تسلّقها بالأمر اليسير. استمسك بالصمت حتى نال من قلبه الإعياء باهظاً، واستسلم بعد أن احترق بهدوء مستوفياً كل درجات التردد واستحقاقات الألم.

بكثير من الحب وقليل من الصخب تزوجنا أنا وبيير. كنت أسير إلى جانبه خفيفة كأسطورة على قدمين من حرير.. قصيدة حرة بلا وزن أو قافية، نسمة شديدة الانتماء إلى مفردات الحياة

وأهازيج الربيع. أما هو فكان يحتضن انهماري كحديقة تفوح منها رائحة السكينة والطمأنينة واللافندر.

- غوزا حبيبتي، أين تريدين قضاء أسبوع العسل؟
- "روما"، قلت بلا تردد.
- روما! ولماذا روما؟ لنذهب إلى مكان لم نزره من قبل! بالي مثلاً.. منذ زمن طويل وأنا أخطط لزيارتها ولم تسنح لي ظروف العمل، ها! ما رأيك؟ الطقس رائع هناك الآن ويمكننا الاسترخاء في الشمس والسباحة.
- لروما في ذمتي فنجان إسبرسو وحكاية وعدتها أن أرويها لها.
- "إممممممم.. فنجان إسبرسو وحكاية!! فنجان إسبرسو وحكاية أم تراك اشتقت لسنيور فيليبو ألبيرتينو؟"، سأل بمكر.
- بالتأكيد اشتقت له.. أريد أن أشكره على ما قدم لي من خدمات جليلة. لقد تمكن، من حيث لا يدري، من إثارة غيرة تمثال أبي الهول الفرنسي: بيير دوتفيل.
- "أبو الهول الفرنسي!! أيتها الشقية"، قال ضاحكاً. "روما!!.. روما، فليكن، لك ما تشائين يا قطتي الدمشقية".
- مياووووو.. مياووووو.
- وماذا يعني هذا المواء بالعربية؟
- يعني أن قطتك الدمشقية ممتنة للطفك وشاكرة حسن تعاونك مسيو دوتفيل.

اشتعلت صباحاتي بالعمل، وأغرقتني الأيام بأوقات مرصوصة، لكنها خضراء كبستان لوز. أما أكتاف المساء فكانت تحملني

إليه لأذوب بين ذراعيه كملح الأبيض المتوسط. كنا نذهب سوياً إلى المختبر في الصباح الباكر، وأعود قبله مساء كي أتمكن من تحضير وجبة العشاء. أدخل إلى مطبخي الصغير تائهة مدججة بجهلي وتواضع خبرتي، ثم سرعان ما أحسم أمري: شريحة لحم أو دجاج أو سمك وإلى جانبها طبق سلطة وبعض الخضار السوتيه، وعلى المتضرر اللجوء إلى القضاء الفرنسي. لقد عايشتُ ثقافتين ثريتين بأشهى أطباق الطعام وصنوف الحلوى، وخرجت منهما لا شرقية ولا غربية. لم يكن المطبخ يوماً من أولوياتي، بالرغم من أنني ذوّاقة ماهرة للطعام وناقدة شرسة. أين أنت يا بريجيت؟ كنت أدعوها إلى الغداء كل يوم أحد لأنني أشفق عليها من وحدتها وأشتاقها من كل قلبي. بريجيت تقف خلفي في المطبخ، تراقبني بصمت وأنا أتعثر بعرقي وقلة حيلتي، ثم ما تلبث أن تفقد الأمل وتخرج عن صبرها:

- جوريا يا صغيرتي، المطبخ الصغير لا يتسع لسيدتين.. اذهبي إلى زوجك في الصالون وأنا أعد الطعام لنا نحن الثلاثة.
- ولكن يا بريجيت..
- اسمعي الكلام يا صغيرتي.. لا بد وأن بيير يشعر بالملل ويشتاق إلى وجودك معه. اتركي الأمر لي! سيكون الطعام جاهزاً خلال نصف ساعة.

***

يقول فيكتور هيغو: «يكره الناس من يضطرونهم إلى الكذب عليهم»،

لكنني لن أكرهك يا جدي

بل سأظل أحبك وأحبك وأحبك ما حييت.

سامحني لأنني استقويت على تجاعيدك بكذبة.

الفصل الثاني والعشرون

دمشق..

وآه منك يا جدي!

أغمضت عينيّ وألقيت رأسي إلى الوراء. استبد بي الجوع والتعب. كان بيير غارقاً حتى أذنيه في تجربة جديدة، والمختبر غارق بالصمت ورائحة الزيوت. يبدو أننا لن نتمكن من العودة إلى البيت هذا المساء، لا بد أن نتجاوز تلك المرحلة الصعبة من الاختبار. رفع رأسه ونظر إلي بعينين منهكتين:

- تعبتِ غوزا؟
- قليلاً.
- بإمكانك الذهاب إلى البيت حبيبتي، خذي السيارة! سأكمل المرحلة وألحق بك بسيارة أجرة.
- لا.. لا.. لن أتركك وحدك، سأبقى معك ونعود سوياً. ولكنني أشعر بالجوع.
- وأنا أيضاً.. هل عندنا ما نأكله؟ أي شيء نصبّر به أنفسنا ريثما نعود إلى البيت.. مكسرات.. رقائق بطاطا.. زبيب.. أي شيء.

- لا شـيء بيير.. لا شـيء على الإطلاق، باسـتثناء القهوة والشاي الأخضر. لم أتوقع أن نبقى هنا الليلة.. آسفة حبيبي اعذرني!
- لا عليك غوزا، أنا أيضاً لم يخطر في بالي أن تأخذ هذه المرحلة من التجربة كل هذا الوقت. سأذهب لشراء بعض الطعام وأعود سريعاً، راقبي الجهاز، لا تغفلي عنه!
- لا ابق أنت! أكمل العمل وأنا سأذهب لإحضار الطعام. ماذا تريد أن تأكل؟
- أي شيء حبيبتي، احضري لي ما تحضريه لنفسك؟ مفاتيح السيارة على الطاولة. لا تتأخري!

اعتمرت قبعتي الصوفية والتحفت معطفي الفظّ وخرجت بحثاً عن الطعام. كانت ليلة كانونية بامتياز، البرد خشن والمطر يغرف الشوراع وأرصفتها بلا هوادة. أحسست بالصقيع يقتحم وجهي بقسوة، رفعت ياقة المعطف العريضة نحو خديّ وخطوت عدة خطوات نحو السيارة. شيء ما جعلني ألتفت إلى الوراء. رأيت رجلاً أربعينياً يستعطي بالقرب من المختبر، وينظر إلي بعينين مريبتين، أو هكذا بدتا لي. كيف لأحد أن يستعطي في هذه الساعة المتأخرة من الليل، وفي هذا الطقس الجامح، وفي هذا المكان البعيد نسبياً عن البيوت المأهولة؟! حدّقت فيه فخفض رأسه متظاهراً بالبحث عن شيء ما في جيوب سترته المهلهلة الفائضة عن كتفيه. شعرت بالخوف لكنني تحاملت على خوفي. ربما أكون مخطئة في حقه. ربما يكون مسكيناً لا بيت يؤويه. ربما يكون متشرداً ثملاً لا يدري أين هو. وربما يكون..

. كل الاحتمالات واردة يا جوريا، كلها واردة.. تابعي طريقك ولا تلتفتي إليه مرة أخرى كي لا يشعر بخوفك!

عدت إلى المختبر وفي يدي هامبرغر دجاج وبطاطا مقلية وكولا. ماكدونالد هو المكان الأقرب إلى المختبر، ولم أكن راغبة في الابتعاد كثيراً عن المنطقة. لم يكن المتسول هناك، تنفست الصعداء. تقاسمت مع بيير وجبة العشاء، لكنني ترددت كثيراً قبل أن أتقاسم معه مخاوفي. لا أريد لشيء أن يشتت تفكيره ويحرمه من فرصة تحقيق حلمه الكبير.

- ما الذي يشغل بال قطتي الدمشقية؟
- لا شيء بيير.. لا شيء.. هل تريد فنجان قهوة أم شاي؟
- أريد فنجان قهوة لو سمحت، ولكن ليس قبل أن أعرف ماذا يدور في رأسك الجميل.
- بيير! المكان آمن برأيك؟
- ماذا تقصدين؟
- أقصد.. أليس من الأفضل تركيب كاميرات مراقبة حول المختبر وربما في الداخل أيضاً؟
- مم أنت خائفة غوزا؟
- بصراحة.. بصراحة عندما خرجت لإحضار الطعام رأيت متسولاً يجلس بالقرب من المختبر.
- متسول!! متسول في هذا الوقت وهذا الطقس وهذا المكان؟
- هذا بالضبط ما فكرت فيه، بيير. لا يمكن أن يكون متسولاً أليس كذلك؟
- الله أعلم غوزا.. الله أعلم.

حاول بيير جاهداً أن يخفي قلقه عني، لكنني قرأت في عينيه أول حروف أبجدية الشك، وربما الخوف. أخافني خوفه كثيراً.. قطع خيوط أنفاسي اليابسات. نظر ملياً في عينيّ العطشتين لكلمة تعيد السكينة إليهما، اعتدل في جلسته وأخذني بين ذراعيه

- غوزا لا أريدك أن تخافي من أي شيء طالما أنا معك.
- بيير! أنا لا أخاف على نفسي، أخاف عليك.. أخاف على حلمك الكبير.
- حلمنا الكبير.
- طيب، طيب كما تشاء.. حلمنا الكبير. لماذا لا نركّب كاميرات مراقبة ونريح رأسنا من هذه الوساوس؟
- ولماذا كاميرات المراقبة؟ ولماذا الوساوس؟ غوزا حبيبتي أنت تبالغين بمخاوفك. المكان آمن، لا تخافي! انزعي هذه الأفكار السلبية من رأسك، أرجوك!
- أنا من يرجوك بيير، لن أشعر بالأمان إلا بوجود هذه الكاميرات.. هذا المتسول اللعين نبش كل مخاوفي وأفقدني السيطرة عليها، أرجوك لا تستهتر بالموضوع وتتركني أعيش في حالة قلق دائم!
- طيب.. طيب، لا تقلقي! غداً سأكلم شركة كاميرات في نيس وأطلب منها تحديد موعد لزيارة المختبر وتقديم عرض أسعار بأسرع وقت.
- وعد!
- وعد غوزا وعد. لا تقلقي! لا شيء يستدعي الخوف، صدقيني! وفي جميع الأحوال، الكاميرات فكرة جيدة حتى لو كان احتمال الخطر 1%.

أثلج بيير صدري حين أوفى بوعده وقام بتركيب كاميرات داخلية وخارجية في غضون أسبوع. أغلقتُ الباب على مواسم الخوف.. هكذا بدأت حكايتي مع الخوف وهكذا انتهت وكأنها مزيج من حقيقة وخيال.

طفح الكيل.. فقد جدّي صبره معي واتهمني بالكذب والمراوغة بعد أن أخبرته أنني أعد للدكتوراه في صناعة العطور، وأن هذا الأمر يتطلب مني البقاء في فرنسا لمدة لا تقل عن أربع سنوات أخرى.

- ماذا!! أربع سنوات!! أربع سنوات أخرى يا جوريّة!! وكم سنة تظنين جدك سيعيش؟ ها! كم سنة يا جوريّة؟ وكم سنة سأبقى في انتظارك؟ وكم سنة ستنتظرك جدتك العجوز ومزرعة الجوري؟ ما هذه المسخرة يا جوريّة؟؟ أنا أعرف أنك لا تهتمين كثيراً لأمر والديك ولا ألومك على ذلك، ولكن ماذا عني أنا وجدّتك؟ إلى متى سنبقى نتعذب لفراقك؟ ألا تشعرين بنا، أم إن الغربة أفقدتك كل المشاعر، ونجحت في تحويلك إلى إنسانة أنانية لا تهتم بمشاعر من يحبونها ويفدونها بأرواحهم؟
- جدي أرجوك لا تغضب..
- لا أغضب؟؟ وكيف لا أغضب وأنت..
- جدي اسمعني أرجوك! أنت تعلم جيداً كم أحبك أنت وجدتي ومزرعة الجوري، ولكن..
- لكن ماذا يا جوريّة؟ لكن ماذا؟ أين ترجمة هذا الحب الذي تتكلمين عنه؟ هل تضحكين علينا؟ هل تستغلين جهلنا

وسـذاجتنا؟ قـال دكتـوراه قال! أنا لا أريد الدكتـوراه الزفت ولا أشـتريها بفرنـك واحـد.. بفرنك واحـد، أريدك أنت يـا جوريّة.. أنت ثروتي الوحيدة.

- جدي! اسمعني! أرجوك اسمعني! أنا أزوركم مرتين في السنة و..
- والله هذا كرم أخلاق منك، تزورينا مرتين في السنة..
- لا العفـو يـا جدي، لـم أقصد هذا أبداً، ولكننـي أردت أن أقول إنه بإمكاني إقناع المشرف أن يسمح لي بزيارتكم ثلاث مرات في السنة إلى أن..
- إلى أن ماذا يا جوريّة؟ إلى أن تأتي لتلاوة الفاتحة على قبرينا أنـا وجدتـك وتتركي لنا وردة ودمعة متأخـرة؟ القبلة على خد الميـت لا تنفـع يـا بنتـي، والـوردة علـى القبر لا أحد يشـمها! سيأتي اليوم الذي تبحثين فيه عني وعن جدتك في كل مكان ولا تجدينا يا جوريّة، لن تجدينا، وسـوف تندمي على كل يوم قضيتيه بعيداً عنا.
- بعيـد الشـر يا جـدي، الله يطول عمركم ويعطيكـم الصحة، أنا أقصد..
- لا أريد أن أسمع منك ولا كلمة إضافية ولا يهمني ماذا تقصدين بعد اليوم، انتهى الكلام بيننا يا جوريّة.. طولت بالي عليك إلى أقصى الدرجات، اسمعيني جيداً يا جوريّة! أمامك خياران لا ثالث لهما، إما العودة إلى دمشـق خلال شـهر واحد، أو انسي جدك وجدتـك وعوضنـا على الله فيك.. عوضنا علـى الله فيك.. هذا آخر كلام عندي وهذه آخر مرة تسـمعين صوتي على الهاتف.

الابتسامة للأقوياء، للذين لا تهزمهم الدموع مهما حلكت الظروف. ابتسمتُ بما يشبه النحيب. بقيت روحي لدقائق مشنوقة على أسلاك الهاتف الذي أُقفل للتو في وجهي قبل أن أكمل كذبتي وأمسح طرفيّ فمي مما علق منها على شفتيّ. كان صوت الإقفال يرقى لقنبلة نووية فجّرت ضلوعي ضلعاً تلو الآخر. احتميتُ بالصمت. كان بيير يقرأ صحيفة، ألقى بها جانباً ونظر إلى وجهي الشاحب. لم يفهم شيئاً مما قيل لكن صراخ جدي الهارب من سماعة الهاتف إلى أرجاء الصالون الصغير كان كافياً ليعطيه فكرة مبدئية عما جرى. توجه إلى المطبخ، أحضر كأس ماء بارد، وجلس إلى جانبي على الأريكة.

- اهدئي غوزا! اهدئي حبيبتي! اشربي قليلاً من الماء!

دفنت رأسي في صدره وانفجرت باكية. ما كنت من الأقوياء، لقد هزمتني دموعي يجب أن أعترف بذلك. أصر بيير أن يصطحبني إلى مقهى بول لنشرب القهوة هناك، ونحاول أن نجد مخرجاً آمناً من هذه الورطة المستجدّة.

- هيا غوزا! هيا! لا تماطلي، اغسلي وجهك الجميل وغيّري ملابسك بسرعة! لا أريد أعذاراً.
- أرجوك بيير، لا تضغط علي! لا رغبة لي بالخروج من البيت، أنا متعبة ومحبطة، والطقس أصلاً لا يشجع على الخروج. أرجوك! أرجوك بيير!
- صدقيني سيتغير مزاجك، وخاصة عندما تقع عينك على ماكارون الشوكولا الشهي، أعرفك جيداً. هيا حبيبتي،

لا جـدوى مـن الجلوس هكذا كالبطة الكسـيحة! كل شـيء له حـل فـي النهاية، لا تيأسـي! سـنفكر بهدوء ونصـل إلى نتيجة مرضية للجميع، أعدك بذلك، هيا!

جلسنا في زاوية هادئة من المقهى الذي احتفى بالأمس بأحلامي وها هو اليوم يحتضن دموعي. أخبرت بيير بتفاصيل ما جرى بيني وبين جدي، فاشتعلت دموعي من جديد حتى نال من فؤادي الإعياء وتعالت ضرباته في أذنيّ. اقترح علي أن أسافر إلى دمشق لمدة أسبوع أطيّب فيه خاطره وأحاول إقناعه بالدكتوراه المزعومة، ونرى إذا ما كان في الإمكان أن ننعم بالأمان لأربع سنوات وبعدها يحلّها ألف حلّال. كنت موجوعة وخائفة وظالمة ومظلومة وحزينة كفراشة طُوي جناحاها تحت إبطيها في منتصف فصل الربيع. وافقت على اقتراحه، بالرغم من أنني لم أكن مقتنعة تماماً بصواب الخطوة، فجدّي عنيد وما عهدته تراجع عن قرار مصيري حتى مع أشخاص من لحمه ودمه، وعمتي نجوى مثال حي حتى هذه الساعة.

لم أطل التفكير في الأمر، فخياراتي محدودة ولغة جدي الخشنة ضمّختني بالخوف والرهبة واليتم. لست نادمة على زواجي من بيير على الإطلاق.. قلبي لا يصلح لغيره، ولو كُتب لي أن أعيش ألف مرة، فلن أختار غيره حبيباً وصديقاً وشريكاً. لكن سعادتي باهظة الثمن وأحلامي، مثل أوجاعي، باذخات.

وضّبت حقيبتي، جمعت فيها خوفي وكل ما تشظّى في داخلي، ثم توجهت إلى دمشق من دون أن أخبر أحداً فيها. وصلتُ حوالي الحادية عشرة ليلاً. عقارب الساعة تركض لهفةً

لقدومي، لكنها ما تلبث أن تتريث قليلاً لتلتقط أنفاسها وتعيد حساباتها من جديد. كان مطار دمشق في انتظاري، ودمشق ما تزال تشبهني، أما بركان جدي فكان يغط في نوم عميق في مزرعة الجوري. أخذت نفساً عميقاً ودفعت بوابة المزرعة بهدوء حذر. أصدرتْ صريراً خافتاً فتسارعت نبضاتي. قلّمتُ خطواتي بأناة نحو الفيلا. فتحت بابها الخشبي بمفتاحي، كان المكان مزدحماً برائحة الدفء وهيبة الحب. حملت حقيبتي الصغيرة إلى غرفتي في الطابق الثاني وغفوت في سريري مثقلة بأفكاري، بعد أن أرسلت رسالة نصية لبيير أطمئنه فيها على وصولي بالسلامة. الصباح رباح يا جوريا! الصباح رباح ولكل عقدة حلّال.

صحوت باكراً على صوت أبي عطية ينادي ابنته ميادة بلجاجة لتأخذ منه الحليب الذي أتى به من مزرعة الزبداني. لا بد وأن جدتي تخطط لإبرام صفقة حلوى الرز بحليب وتوزيعها على العائلة كالعادة، قلت في سري. لم أشعر برغبة في الطعام، كانت معدتي تجيش بأفكاري ومخاوفي. أخذت حماماً سريعاً وتعطرت بكونترا أنسامبل لأستمد منه بعض القوة، ونزلت السلم باتجاه الصالون. كان جدي لا يزال إلى طاولة الفطور وجدتي إلى يساره تساعده في تقطيع شرائح الجبنة النابلسية والطماطم والخيار.

- "صباح الخير!"، قلت وأنا واقفة في منتصف السلّم.

رفعا نظرهما إليّ وجمعا على عجل أفكارهما المبعثرة. لا يوجد نسخة أخرى من نظرة عينيهما في تلك اللحظة، هي نسخة واحدة فحسب احتفظت بها في ألبوم قلبي وأعلم تماماً أنني لن أنجو من وجعها في حياتي بعد رحيلهما. «جوريّة!!! يا روح

روح ستك! هل أنا في حلم؟؟»، صرخت جدتي بأعلى صوتها. هرعت أم عطية من المطبخ وبرفقتها ملعقة الخشب والمنشفة، «يالله! ست جوريّة! معقول!! ما هذه المفاجأة! يا الله! والله لا أصدق عيني!!". أما جدي فقاوم نداءَ قلبه الذي رأيته بأم عينيّ يمزق ضلوعه ويحاول أن يخرج من بينها ليعانقني. أدار لي ظهره بعنجهية الغاضب، لكن جبروته المؤقت ما لبث أن انهار تحت التعذيب وأوجع البكاء عينيه الهرمتين. لا شيء يدمي القلب أكثر من عجوز يبكي. تنفست بقوة كي لا يتوقف قلبي عن الخفقان. كيف سأكذب على هاتين العينين العسليتين النبيلتين؟ كيف؟ كيف؟؟ لا تعذبي نفسك يا جوريا ما من وسيلة أخرى. الحقيقة هي أنني تزوجت من فرنسي مسيحي يكبرني بأكثر من ثلاثين عاماً وأحتاج للبقاء في فرنسا إلى آخر العمر، والكذبة هي أنني أعد لنيل درجة الدكتوراه في صناعة العطور وأحتاج للبقاء في فرنسا لأربع سنوات أعود بعدها إلى دمشق راضية مرضية. أيهما أقل وطأة عليك يا جدي، الحقيقة أم الكذبة؟ أخبرني أرجوك!

كان لزيارتي المفاجئة مفعول إيجابي أدهشني وفاق توقعاتي. لقد تمكنتْ من إصلاح ما أفسدته المكالمة الأخيرة بيني وبين جدي، وأقنعَته أنني لست أنانية كما اتهمني، بل أهتم لمشاعره وأحرص على رضاه، وأشعر بالامتنان لكل ما قدمه لي في مسيرة حياتي المتعثرة. أما موضوع الدكتوراه، التي لا يشتريها جدي بفرنك واحد، فقد تطلّب مني أسبوعاً كاملاً من المناورة. استدعيت كل طاقاتي وصقلت كل أسلحتي واستعطفت واسترضيت وبكيت وتباكيت وفتحت كيس أحلامي

وشحذت عليه وعانقت وأقسمت إنني سأزور دمشق ثلاث مرات في السنة، وإنني سأعود إليها فور حصولي على درجة الدكتوراه. لم يكن الأمر سهلاً على الإطلاق، لكن جدتي كانت في صفي ليس لاقتناعها بأهمية شهادة الدكتوراه، فهي أيضاً لا تشتريها بفرنك واحد ولا حتى بنصف فرنك، بل لأنها أشفقت علي من دموعي وأحلامي الجامحات.

كان الثمن باهظاً. كنت أدافع عن حقيقة لا نبرة لصوتها بكذبة صادحة أخدع فيها أقرب الناس لي وأعزهم على قلبي. ضاقت روحي ولا سبيل.. كيف بلغتُ هاته الدرجة من الكذب والمخاتلة والخداع؟ كيف استقويتُ على عجوزين مسكينين يستمسكان بي كما الظفر باللحم؟ وكيف سأنسى يوماً يدي جدتي المنمّشتين المرتعشتين وهما تحضّران لي زوّادة السفر: تعقدان أكياس الكبة المقلية وتحكمان إغلاق علب محشي ورق العنب المثلج وترصفان معمول الجوز والتمر والفستق الحلبي في علبة كرتونية سميكة؟ كيف يا جوريا؟ كيف؟

جوريا! من حقك أن تدافعي عن خياراتك في الحياة وأن تحميها بكل السبل الممكنة. لقد عاشا حياتهما بالطريقة التي اختاراها، ولا يحق لهما أن يمارسا عليك كل هذا الابتزاز العاطفي. حياتك ملكك وخياراتك ملكك وعمرك ليس ماء سبيل ولا صدقة جارية. احتفظي لجوريا بالكثير من جوريا، واهتمي بها فهي أولوية أولوياتك! آه منك يا جدي!! آه وآه وألف آه!

***

الحنينُ مسامرةُ الغائب للغائب، والتفاتُ البعيد إلى البعيد.

الحنين عطشُ النبع إلى حاملات الجِرار، والعكس أيضاً صحيح.

الحنينُ يجرّ المسافةَ وراءً وراءً...

الحنين هو صوتُ الريح...

الحنين هو الرائحة.

"محمود درويش"

الفصل الثالث والعشرون

لا يصلح قلبي لغيرك يا بيير

بيير مسكون بهاجس إنجاز المرحلة الخامسة من أصل تسع في تجربته الأخيرة، قبل أن نغادر إلى بالي لقضاء إجازة الفصح. لقد أجّل الكثير من مواعيده المهنية، وألغى لقاءات عديدة مع الأصدقاء، واعتذر عن إجراء مقابلة هامة مع مجلة عطور أمريكية بالرغم من إلحاحي الشديد على عدم الاعتذار. كنت أعمل معه على مدار الساعات، ونكاد لا نتوقف إلا لتناول سندويشة على عجل عندما تبدأ أمعاؤنا بالعويل مطالبة بأبسط حقوقها. حتى فنجان الإسبرسو وقطعة ماكارون الشوكولا في مقهى بول، أصبحا رفاهية لا طاقة لنا بها.

أصبحتُ أشبهه كثيراً، وأصبحتْ لنا طقوسنا وعاداتنا التي لا ننتمي بها إلى أحد. نضجتُ به، وتداويتُ بحبه، وقويتُ بخبرته، والتمستُ على يديه مسيرة حياة لم تكن تخطر لي على بال. معه لا وجهة إلّا إلى الأمام، أما الوراء فله ناسه. مشينا على إيقاع العطور وزيوتها بكل ما أوتينا من شغف، وتعاهدنا ألا نتوقف إلّا حيث نبضنا يتوقف.

أخيراً توجهنا إلى بالي، حلم بيير الأزلي. لأسبوع كامل، أغلقنا هاتفينا وانطلقنا كسنجابين نبحث عن بندق ضحكاتنا على طول الشاطئ الجميل هناك. كل الحضور أنا وبيير، وبالي كلها لنا وحدنا.. لا نرى أحداً فيها، حتى في أكثر الأماكن ازدحاماً وضجيجاً. كنت أصحو وأنام على توقيت ابتسامته، أما هو فقد دفن حِداد ماضيه الفظّ في شعري الأسود الطويل، ورأيت في عينيه الزرقاوين قراراً حاسماً أن يركب موج البحر من جديد. لا يصلح قلبي لغيرك يا بيير! قلتها مرة وسأظل أرددها حتى آخر يوم في عمري، طال أم قصر.

تجاوزنا المرحلة الثامنة بنجاح، وبدأنا العمل على المرحلة الأخيرة. حبسنا الأنفاس وعقدنا الآمال. كان بيير يصرّ في هذه المرحلة بالذات على اصطحاب الملفات الخاصة بالتجربة إلى البيت كل مساء.. يتأبط الحقيبة بكل فخر متوجهاً إلى سيارته المركونة قريباً من المختبر.

- بييـر حبيبي الكاميرات في كل مـكان.. في الداخل والخارج!! لماذا تصر على زرع الرعب في قلبي؟
- هكذا أفضل غوزا، أنام وأعلم أنها في حضني. هكذا أفضل..
- لا أرى أي مبرر لكل هذا الخوف والحرص، ولكن إذا كان هذا يريحك فكما تشاء.

إنه مزاج تشرين المتقلب. درجات الحرارة ترفض حتى اللحظة أن تستقر، تنبض بقوة ثم تتوقف فجأة لتأخذ نفساً عميقاً وكأنها مزيج متناقض من إقبال وإدبار وتجاهل ولهفة. شعرت بقشعريرة

وتعب يجتاحان مفاصلي وعظامي.. لا بد أنه الزكام اللعين، لم ينج منه أحد. تقاويتُ على نفسي لأنجز أكبر قدر ممكن، لكنني ما لبثت أن أشهرت إفلاسي وأعلنت استسلامي.

- بيير! أريد الذهاب إلى البيت.. أشعر ببعض التعب.
- ما الأمر غوزا؟ هل أنت بخير حبيبتي؟
- نعم.. نعم أنا بخير لا تقلق! أظن أنني مصابة بالزكام. سأذهب إلى البيت لأحضّر شوربة العدس وأرتاح قليلاً ريثما تعود، إلا إذا كنت تريد مرافقتي ونكمل العمل معاً في الصباح الباكر.
- اعذريني غوزا لا أستطيع.. لدي الكثير من التفاصيل هذا المساء، خذي السيارة أنت وأنا سأعود فيما بعد في سيارة أجرة.
- لا، الأفضل أن أذهب أنا في سيارة أجرة، لا أريد أن أقود وأنا في هذه الحالة من التعب.
- كما تشائين حبيبتي.. لن أتأخر عليك. اعتني بنفسك! ألقاك بعد قليل.
- "طيب.. سأكون في انتظارك أنا وشوربة العدس"، قلت مازحة رغم أنف الوجع.
- غوزا..
- نعم بيير!
- أحبك!
- وأنا أيضاً.. قلبي لا يصلح لغيرك بيير حتى ولو عشت ألف حياة.
- "ولكننا لا نعيش إلا حياة واحدة يا قطتي الدمشقية"، قال ضاحكاً.

- للقطط الدمشقية سبع أرواح.. ثم من يدري!! ربما نلتقي في حياة أخرى في مكان آخر من هذا الكون المليء بالأسرار.

حضّرتُ حساء العدس بصعوبة بالغة، كان رأسي يؤلمني ويداي ترتجفان وساقاي بالكاد تحملاني في رحلاتي المتكررة من المطبخ وإليه. شربت القليل من الحساء مع قطعة باغيت صغيرة، وتناولت حبتي مسكّن دوليبران، ثم غفوت على الأريكة في الصالون بعد أن غمرتُ جسدي المتهالك بغطاء صوفي سميك ريثما يعود بيير.

لا أدري كم من الوقت مرّ على غفوتي تلك. صحوت على جرس الباب يرن بإلحاح. يا إلهي! بيير، لماذا لم تأخذ مفتاحك معك؟ قلت متذمرة في سري. اللعنة! الطريق من الأريكة إلى الباب طويلة ومحفوفة بالتعب والدوار وبعض الغثيان. تحاملت على نفسي ووصلت بمشقّة بالغة. كان في الباب ضابطان شابان في لباس الشرطة الفرنسية الرسمي. عرّفاني على نفسيهما بأدب، واستأذناني في الدخول وسط ذهولي وحيرتي. ما هذا الإزعاج! ماذا يريدان مني، وكم الساعة الآن؟ أتراني مازلت على ذمة النوم؟

نظرا في عينيّ المتعبتين بهدوء وثبات. ماذا تخفيان في حلقيكما؟ تساءلت في سري. لم يطل انتظاري. أخبراني أن ملثّمَين حاولا سرقة حقيبة كانت على كتف بيير لدى خروجه من المختبر في تمام الثانية ليلاً، وأنه اشتبك معهما بالأيدي وتمكن من الإفلات من قبضتيهما، لكن أحدهما أطلق عليه عياراً

نارياً وهو يحاول الفرار باتجاه سيارته وأرداه قتيلاً على الفور. لقد رصدتهما كاميرات المراقبة وهما يلوذان بالفرار والحقيبة على كتف أحدهما.

لست أدري عما كانا يتحدثان، وما الهدف من وراء هذه الرواية البوليسية الطويلة السمجة التي كانا يبذلان جهداً في سرد حذافيرها المملة. شعرت أن المسافة بيني وبينهما تغوص وتبتلعني.. تغوص وتبتلعهما.. تغوص وتبتلعنا، وسرعان ما أصبح وجهاهما بلا ملامح وصوتي بلا نبرات. لن أشغل نفسي بالموضوع، دقائق ويصل بيير ويفهم بالضبط ما يريدان. أنا متعبة ولا رغبة لدي في الكلام ولا في سماع القصص البوليسية المملة.

- مدام دوتفيل، هل أنت بخير؟ مدام دوتفيل! أوه مدام..

كفراشة تحترق، درت حول نفسي مرتين أو ربما أكثر ثم افترشت الأرض مغشياً علي وعليها. صحوت في المشفى بعينين ثقيلتين ولسان حبيس داخل فم يابس ككومة قش. لا أدري كم من الوقت مرّ على هذا السيروم اللعين الذي يشنق كفّي اليسرى إلى عمود معدني لا يشعر بوجعي. كانت بريجيت إلى الجانب الأيمن لعَجزي ترتدي بصمت وجهاً من ألم وذهول وتمسح برفق أمومي على ذراعي الميتة فوق الغطاء القطني الأبيض. لم أكن أبكي ولم أكن قادرة على الكلام. كانت نظراتي التائهة تبحث عن موعد لا يخون انتظاراتي وعشق لا يتركني فريسة اليُتم والضياع.

لم يحضر لتفقدي، ناب عنه عطره الساديّ.. يتنفس بقوة في أرجاء المكان.. يزفر ويشهق، يشهق ويزفر، يمرّ بسريري فيتنامى

شوقي إلى عناقه. أحدهم ينقر برقة على الباب، لا بد أنه هو! أعرف جيداً سمفونية أصابعه النحيلة على الباب. يا لخيبتي! إنه الطبيب المشرف على حالتي برفقة إحدى الممرضات. لماذا يأتي إلي؟ ماذا يريد مني؟ يحاول التحدث إلي، لكنني غير قادرة على التفاعل مع ما يقول. «مدام دوتفيل! مدام دوتفيل هل تسمعينني؟». الظلام الكثيف في داخلي يحجبني عن محيطي، وضجيج حزني أعلى بكثير من أي نداء. لقد أدرك بعد عدة محاولات فاشلة أن الصدمة أفقدتني القدرة على النطق بشكل مؤقت، وأنه يتعين عليه المسارعة في وصف مضادات اكتئاب بجرعات مركزة قبل أن تخرج الأمور عن السيطرة. يدوّن بعض الملاحظات السريعة على الملف المشنوق بمشبك معدني إلى طرف السرير، ويطلب من بريجيت مرافقته إلى مكتبه لمناقشة بعض التفاصيل العاجلة. يرحل الجميع، وأبقى أنا والسرير الحديدي وهيبة عطره والفراغ.

أحدهم ينقر بخفّة على الباب، لا بد أنه هو، لن يخذلني هذه المرة! يا لحسرتك وسوء طالعك يا غوزا! إنهما شارلوت وريمون يلبسان وجهين من خيبة وحزن وصدمة. لماذا يأتيان إلي؟ ماذا يريدان مني؟ ماذا يريد مني هذا الكون الواسع الفسيح على أنفاس الفضاء الضّيق على أنفاسي اللاهثات خلف بيير؟ لن أفتح خزائني، سأُبقي عليها موصدة على رائحته إلى الأبد وأتنفسها وحدي لا أشارك فيها أحداً. لا أريد أن أنجو من تلك الرائحة المستوطنة موتي ما حييت. بيير حبيبي!

لقد تركتَ لي وجعاً يكفيني ألف حياة، وعطراً باهظاً يستبيح أرواحي السبع في مواسم الحنين والكمد. سأحمل عطرك معي إلى مزرعة الجوري ريثما نلتقي من جديد في جزء ما من هذا الكون المليء بأسرار الحضور وأحاجي الغياب. ما عدتَ في حاجة إلى حبي.. في السماء حب كثير وعطف كثير ورحمة واسعة، أما على الأرض اليباس اليباس اليباس، فقطتك الدمشقية في أمسّ الحاجة إلى لقاء قريب معك حيث تكون. بيير دوتفيل! "ما أقصر الحب.. ما أطول النسيان"، بابلو نيرودا.

***

كالجياد الجريحة،

لا أدري ممّا أعاني، ولا في أيّ معركة سقطت.

“أحلام مستغانمي”

الفصل الرابع والعشرون

بيروت

كلود وشارلوت في غرفة كبيرة في أحد الفنادق الراقية وسط بيروت ينصتان باهتمام بالغ عبر جهاز تنصت صغير إلى الحديث الدائر بين سعد وكريم، شاب مغربي في الثلاثين من العمر وأحد أفراد العصابة البارزين.

تتسارع أنفاس النقاش الحاد ويعلو صوت نبضاته حين يتهم كريم سعداً بالإهمال والفشل وتفويت فرصة ذهبية في الحصول على اكتشاف جوريا الجديد.

- المعلم يشعر بالانزعاج الشديد وخيبة الأمل. لقد أكدت لنا أكثر من مرة أنك قادر على إنجاز هذه المهمة، وأوهمتنا أن الأمر غاية في السهولة بحكم تواجدك في المعمل وصلة القربى التي تجمعك بجوريا، ونحن وثقنا بك وأعطيناك المال الكافي بل وأكثر مما تحتاج لتنفيذ المهمة، لكنك للأسف لم تكن على قدر المسؤولية.

- أقسم إنني بذلت كل الجهود المطلوبة، وكنت على وشك الحصول على بيانات الاكتشاف الجديد لولا تدخل ابن الكلب صفوان في اللحظة الأخيرة. لست أدري ما الذي جعله يغير كلمات السر!
- لا بد أنه شعر بشيء ما.. لو توخيت أنت ورجالك الأغبياء الحيطة والحذر لما انتابه الشعور بالخطر، ولكنتم أتممتم المهمة بنجاح.
- أرجوك أخبر المعلم أنني رهن إشارته، وأنني مستعد للمحاولة من جديد إذا أعطاني فرصة أخرى. أقسم إنني سأكون عند حسن ظنه هذه المرة. جوريّة لا تزال في المستشفى، والأرجح أنها لن تخرج منه إلا في الصندوق. أعطوني فرصة أخيرة لأرتب الأمور قبل أن يفوت الأوان! إذا ماتت جوريّة، فستكون كل أوراقها في يد محاميها الوغد. أرجوكم، دعوني أتصرف قبل فوات الأوان!

ينتفض موبايل شارلوت الموضوع بوضعية الهزّاز الصامت على طاولة صغيرة بالقرب من فنجان قهوتها البارد. تتناوله بقليل من الاهتمام وكثير من الشرود، لكنها ما تلبث أن تسارع لفتح شاشة الوتس أب حين ترى اسم المرسل: "غادرت صديقتنا فجر اليوم. الجديد في عهدة الجهات المختصة. ريمون". تدير شاشة الجهاز باتجاه كلود الذي يعدّل جلسته ويثبت نظارته على أنفه العريض ويقرأ الخبر بتوتر بالغ.

- اللعنة!! اللعنة!!!!

*

C000243776

KHAYAT